実家から絶縁されたので
好きに生きたいと思います

榎夜

Kaya

Regina

登場人物紹介
リリアーナ・カリステラ
シャルロットの妹。シャルロットを
追い落とした張本人。プライドが高く、
他人のものを欲しがる癖がある。
ヤンヌ・バリアント
シャルロットの元婚約者で
リリアーナの婚約者。思い込みが激しく、
シャルロットとは元々仲が良くなかった。
シャルロット・カリステラ
伯爵令嬢だったが、妹リリアーナの嘘で
平民になってしまう。前向きだが、
やや流されがちな性格。服を作ることが好き。
デザイナーだった前世の記憶を
生かして店を開くことに。

アンナ
元はシャルロットの家のメイドだが、
シャルロットの店の店員になる。
明るく活発な性格で、手先が器用。
マリアンヌ・クリストファー
シャルロットの幼馴染である侯爵令嬢。
状況把握が上手く、勝気に振る舞うが、
実際は面倒見のいいツンデレ。
ルイス・ザーシュ
ミナジェーンの兄で、隣国の
第三王子。公私共に、穏やかで
柔らかい振る舞いが多い。
ミナジェーン・ザーシュ
シャルロット達が住む国に
留学に来ている、隣国の王女。
口調のせいで我儘と
誤解されているが、心優しい性格。

目次

実家から絶縁されたので
好きに生きたいと思います

「シャルロット！　お前は妹を虐《いじ》めているらしいな！　そんな奴だとは思わなかった！」

何のアポイントもなしに、急に我が家に来てそう叫んだのは、私の婚約者のはずのヤンヌ・バリアント伯爵子息でした。これでも一応、婚約者だというのに、何故かヤンヌ様は憎らしい人でも見るかのように私のことを見ています。

そして、その隣には可愛らしくヤンヌ様に擦《す》り寄っている、私の妹のリリアーナ・カリステラの姿がありますね。

「ヤンヌ様ぁ〜……私、つらかったですぅ〜」

リリアーナを虐《いじ》めた、ですか……全く覚えがないんですよね。

そんなことを思いながら二人を眺めていると、ヤンヌ様は私にもやったことがないのに、リリアーナのことをとても優しく抱きしめています。

「あぁ、悪かった。早く気付いてやれたら……」

いやいや、悪かった、なんて謝罪をしていますが、気付かないと思いますよ？

だって、リリアーナは嘘をついているんですもの。

そう考えると、とんだ茶番としか言いようがありませんよね。

「何か言ったらどうなんだ！　あー、面倒くさいな！　貴様とは婚約破棄だ！」

ヤンヌ様が私を指さしてそう叫んだので、私はニッコリ笑ってこう言うのです。

「婚約破棄、喜んでお受けしますわ」

まったく……転生してからろくなことが起きませんよ。元々、この令嬢として生きていた子が可哀想すぎるくらいです。

あ、何を変なことを言っているんだ、と思うかもしれませんが、実は私、前世の記憶があるんです。

作業部屋にこもって仕事をしていたはずだったんですが、いつの間にかこの世界にいたので凄《すご》く驚きましたよ。忙しすぎて、眩暈《めまい》が凄《すご》かったから過労死でもしちゃったんでしょうか？　まぁ、戻る方法もわからないので、どうでもいいんですが。ただ、こんなに悪いことがあると、帰る手段が欲しい、とないものねだりをしたくなるものですよね。

そんなことを思いながら、自分の部屋に戻ると、私の専属メイドのアンナが心配そうな顔をして私の方に駆け寄ってきました。多分、ヤンヌ様に婚約破棄されて、私が落ち込んでいると思っているんでしょう。

「別に大丈夫よ。リリアーナに奪われるのは慣れているもの」

そう言って微笑むと、心配そうな表情が一変して悲しそうな顔に変わってしまいました。

いやぁ……本当のことを言っただけなんですけどね。

今私が言った通り、リリアーナは昔から私のものを奪ってきました。最初は人形から始まって、小さなアクセサリー、そこからどんどん大きなものに変わっていって、今ではドレスや本、あとは気に入った家具まで奪い取る始末。しかも、私がいない時に取りに来るから気付いたらなくなっているんですよ。おかげで、私のものと呼べるものは数えるくらいしか持っていないんです。

でも、まさか婚約者まで奪われるとは思いませんでしたけど。

まぁ、リリアーナは確かに可愛いから仕方がないと思いましょう。緑色の目はクリっと大きくて、金色の髪の毛はフワフワとして、リリアーナの可愛らしい雰囲気も相まって可愛さ二倍ってやつですよね。

一方私は、ありきたりのブロンド色の髪の毛ですが、何をしてもカールがかからないくらい直毛で、同じ緑色の目なのに少しつり上がっています。パッと見キツそうな見た目をしているので、リリアーナが羨《うらや》ましいと思っていますよ。

そう思いながら、ため息をつくと、アンナは落ち込んでいると勘違いしたのか、私を見てオロオロと慌てています。

あ、別にヤンヌ様のことは好きでも嫌いでもないですよ。ただ、勝手に決められた婚約、ということもあって恋愛感情に発展出来なかった、というのが本音ですね。

とりあえず、今日はどこにも行かず本でも読んでいようかしら？

そう思って椅子から立ち上がった時でした。

急にバンっと大きな音を立てて、私の部屋の扉が開きました。一応、女の子の部屋だ、というのも考えてノックくらいはしてほしかったですが……言うだけ無駄ですね。

そう思いながら誰が来たのか、と確認をすると、部屋に入ってきたのはお父様でした。

お父様はリリアーナを溺愛しているので、どうせ私に文句でも言いに来たのでしょう。

まったく……文句を言いたいのはこっちだというのに。

思わずお父様のことを睨《にら》みつけそうになりましたがグッと堪《こら》えて、淡々と尋ねました。

「何の用事でしょう？」

そんな私の様子が気に食わなかったんでしょう。

お父様は顔を真っ赤にさせて叫んできます。

「お前は陰でリリアーナを虐《いじ》めていたらしいな！　そんな奴、この家にはいらん！　今すぐ出ていけ！」

……なるほど。リリアーナはお父様にまで嘘を伝えたんですね。お父様はリリアーナが一番ですものね。どうせ何を言っても私の言うことなんて聞いてくれないので、ここは素直に従うとしましょうか。

「わかりました」

頷《うなず》くと、すぐにお父様は部屋から出ていこうとしたので、反射的に一つ質問をしました。

「ただ、最後にお母様にだけ挨拶をしてもいいですか？　それが終わったらすぐに出ていきます」

これを反対されるなら、暴れちゃうかもしれないです。だって、私はお母様が大好きですもの。

そんな私の気持ちが伝わったのか、お父様は渋々ではあるものの頷《うなず》いてくれました。

「わかった。その代わり荷物をまとめるのも合わせて二時間以内だ」

そしてそう言い残すと、私の部屋を後にしました。

さて、お母様に挨拶に行く許可が出たので、すぐにお母様の部屋に向かいましょう。

だって二時間しかありませんからね。相当急がないと荷物なしで家を出ることになってしまいます。

実は、私のお母様は病弱で、基本的にベッドから出ることが出来ないんです。なので、よくお母様の部屋に行ってお話をしていたんですが、私のつまらない話を優しく頷《うなず》きながら聞いてくれて、唯一の癒《いや》しの場だったんですよね。

色んなことを思い出しながら、コンコン、と扉をノックすると、お母様の代わりに当主夫人専属メイドであるマリア（アンナの母）が返事をしたので中に入ります。今日はお母様の調子があまり良くないみたいで顔色が悪いですね。そんな時に別れの挨拶だなんて……親不孝者って言われてしまうでしょうか？

「お母様、実はお父様に今日中にこの家を出ていくよう言われました。ですので最後のご挨拶にと思って」

私がそう言うと、お母様もマリアも物凄《ものすご》く驚いた顔をしながら何があったのか、と尋ねてきたので全て話しました。

婚約者をリリアーナに取られたこと。リリアーナがお父様と婚約者に対して私から虐《いじ》められていると嘘をついていること。お父様にリリアーナを虐《いじ》めるような人間はいらない、と出ていくように言われたこと。

すると、私の話を聞いたお母様は本当に悲しそうな顔をしていて、その隣ではマリアまでもが泣きそうな顔をして私のことを見ていました。すでにお察しいただけているかもしれませんが、マリアは私の数少ない味方の一人で、幼い頃から凄《すご》く可愛がってくれて私の乳母的な存在でもあります。

なので、お母様達と別れるのは寂しいですが、お父様の決定は絶対なので仕方ないです。最後の会話なのに、暗い内容になって申し訳ないですね。

そう思いながら、お母様に別れを告げて部屋を出ようとすると、お母様の声が聞こえてきました。

「マリア、あれを持ってきてちょうだい？」

あれ、とは？

私が首を傾《かし》げていると、マリアが引き出しの中から袋を持ってきました。何が入っているのかはわかりませんが、なんだか重そうです。

「こんなことにならないのが一番だったけど、準備をしておいて良かったわ」

お母様はそう言ってマリアの持っている袋を私に渡しましたが、持った瞬間、かなりの重さで思わず取り落としそうになりました。

余計に何が入っているのか見当がつかないんですが……

「お母様……これは……？」

「この中に百万ハルが入っているわ。ずっと貯めていたの。何かがあった時用にね」

お母様は優しく、でもどこか寂しそうにそう言って微笑みました。

百万ハル……この国では一ハル、百円というところです。

つまり、お母様が私に渡してきたのは日本でいう一億円、ということになりますが、流石《さすが》にそんな大金を簡単にもらうわけにはいきません。

「こ、こんな大金もらえませんわ！」

そう言ってお母様に返そうとすると、袋を押し返されてこう言われました。

「いいのよ。今まで我慢させてきたんだもの。たまにはお母様らしいことさせてちょうだい？」

……そんなことを言われたら、受け取るしかないじゃないですか。お母様の強い思いを感じて、この袋を突き返すことは出来ません。

「……ありがとうございます」

袋を大事に抱えると、お母様はホッとした顔をして微笑みました。

本当はもっと話がしたいところですが、まだ荷物を詰めていないのでそろそろ部屋に戻ろうと思って挨拶をすると、急にマリアが思い出したかのように声をあげました。

「そうだ！　アンナを連れていってあげて下さい」

「アンナを？」

「はい。お嬢様がいなくなったらこの家での居場所がなくなるでしょう。だったら、アンナも一緒に連れていった方がお嬢様のお世話も出来ますし、ここで虐《いじ》められる心配もないと思ったんです」

マリアはそう言って、お母様に向かって確認するように視線を送りました。

すると、お母様もマリアの提案にニッコリと微笑みながら頷《うなず》きます。

「私もいい提案だと思うわ。シャル、アンナをお願いしてもいい？」

確かにアンナは私の専属メイド、というだけで、嫌がらせをされているんです。それなのに、このまま置いていく、というのも罪悪感が残る気がします……

そう思った私は、お母様とマリアの提案にしっかりと頷《うなず》いて、お母様の部屋を出ました。

廊下で待っていたアンナに、早速一緒についてきてくれないか、と話してみます。正直、お給料のこととか色々とわからないことばかりなので、一緒に来て、と言うことで彼女を困らせてしまうかも、と思っていましたが、アンナは一瞬驚いた顔をしただけで、悩む様子もなく快諾してくれました。

何となく頷《うなず》いてくれるだろう、と期待していたものの、断られることも覚悟していたので拍子抜けしてしまいました。

その後は、部屋に戻って自分の鞄に急いで荷物を詰め込みましたが、下手に大きな鞄で家を出ると、お父様が騒ぐと思ったので、本当に必要最低限のものだけです。お母様からいただいたお金、それから日記と数日間の着替えで終わりです。ちなみに着替えは自分で買ったものだけを持ちました。まぁ、元々お父様に買ってもらったものはしっかりとしているドレスのみなので、平民になる私には必要のないものですよね。

なんて思いながら、これまでと特に変わりのない殺風景な部屋を眺めているとニヤニヤと嫌な笑みを浮かべたお父様とリリアーナが部屋の中に入ってきました。

「ふん！　やっと準備が終わったのか！」

またノックもせずに部屋に入ってきましたが、リリアーナの部屋でもこんな感じで入っているのでしょうか？　年頃の娘の部屋に勝手に入るなんて、そのうち嫌われますよ。

そう思いながらお父様とリリアーナの様子を窺《うかが》っていると、急にお父様が颯爽《さっそう》とクローゼットに向かって歩き始めました。

「お前のものはいらないから処分しておく」

あ、リリアーナの顔色が変わりましたね。

きっと、お姉様にドレスを取られて……とお父様達に嘘をついているのが気付かれてしまうと思ったのでしょう。

実際、お父様はリリアーナから奪ったドレスを返してもらう！　とでも言いたそうに自信満々でクローゼットの取手に手をかけていますしね。

さて、どのような反応をするのか……そう思いながらお父様のことを眺めていると、クローゼットを開けて、着古したドレス以外何もない、と知ったお父様は何故か私に向かって怒鳴りつけてきましたね。

「お前……自分のドレスはどうした!?」

でも、仕方ないじゃないですか。怒るならリリアーナを怒って……なんて思いながらリリアーナのいたところに視線を移すと、私の隣にいたはずのリリアーナが、いつの間にか部屋からいなくなっていますね。きっと都合が悪くなったので部屋を出たのでしょう。

「さぁ？　私が部屋にいない間に色んなものを盗まれていましたから……リリアーナの部屋のクローゼットを開ければ沢山出てくるのではないでしょうか？」

普段は絶対にこんな発言をしないですが、お父様には相当腹が立っていたので、にこやかにそう言うと、お父様は顔を真っ赤にさせて怒鳴りつけてきました。

「お前は……最後までそんなことを……っ！」

もしかして、私が嘘をついているとでも思っているのでしょうかね？　それとも、急に生意気なことを言ってきた私に対しての怒りでしょうか？　どちらにしても、怒られる意味がわかりませんね。

「本当のことを言っただけです。鞄の大きさを見てわかると思いますが、私は一枚もお父様に買ってもらったドレスを持っていくつもりはありません。そんなボロボロのドレスで良ければ好きに使って下さい」

それだけ言って自分の部屋を出ました。もう二度と戻ってくることが出来ない、ということで、本当は少しくらい感傷に浸《ひた》りたかったんですが、邪魔者がいるので仕方ありません。このような状況になってしまったら、さっさと逃げておいた方が身のためですし、これからどうするかも考えないといけません。お母様のおかげでお金に困ることはないと思いますが、まずは寝る場所を探さなければいけませんよね。それから、今後の生活をどこで過ごしていくのかも決めないといけませんし。

うーん……とりあえず、アンナと合流した後に、マリアンヌのところに報告しに行きましょうか。貴族じゃなくなったことを言いに行かなければいけませんからね。

マリアンヌというのはクリストファー侯爵家の令嬢で、幼い頃から一緒にいる、いわゆる幼馴染、という存在です。お父様達が私に対して虐待まがいなことをしていることも知っていて、何かあったらすぐに頼るように、と耳が痛くなるほど言い聞かされていました。

あ、だからといって、侯爵家を頼りにするわけではありませんよ？

ただ、平民になれば学園にも行けなくなる、ということでマリアンヌに平民になったことを報告するだけです。

そんなことを思いながら、馬車で侯爵家に向かい、アンナと一緒に応接室で待機です。当然ですが、何の連絡もなしにすぐに会ってもらえるほどマリアンヌも暇ではありません。そのことは、私もよくわかっているので、普段はしっかりと約束をして一週間前くらいにはお邪魔することを伝えておくんです。だからこそ私が事前連絡もなしに急に来ることが珍しすぎて驚いているのか、それとも、何かあった、と察してくれたのか、応接室に来たマリアンヌはとても心配そうな顔をしていました。

「シャル？　一体何がありましたの!?」

「実は、お父様から絶縁されましたの」

何があったのか全て話さず、それだけを言って苦笑すると、マリアンヌは私の言葉を理解するのに時間がかかったのか、少しの間の後に真剣な顔で聞いてきました。

「詳しく話してくれる?」

そこで私は、今日あった出来事を隠すことなく全て話しました。

正直、ここに来るまでは、家を追い出された、と頭ではわかっていても、やっぱり認めたくなかったんですよね。現実味がない、という感じでしょうか? まぁ、話をしているうちに今起こっていることは本当なんだな、としっかり理解しましたけどね。

私の話を聞いたマリアンヌは、はぁ……と大きくため息をついた後に呆れた、という様子で呟きました。

「頭がおかしいとは思っていたけど、ここまでだとは思わなかったわ……」

そんなマリアンヌを見て、色んな感情が過《よぎ》ってきましたがグッと堪《こら》えます。そして、微笑みながら頭を下げました。

「今日で貴族じゃなくなったから、挨拶に来ましたの。今までありがとうございました。マリアンヌが一緒にいてくれて心強かったですわ」

マリアンヌは私の言葉に驚いた顔をしていますが、侯爵家のような高い爵位の令嬢と平民になった私が仲良くするなんて、周りからの印象がよくありません。

もちろん、貴族と関わりのある平民もいますが、それは商売相手としてであって、やっぱりどこかで上下関係というものが存在するものです。その上、貴族が直接声をかける平民なんて、よっぽど実力のあるお抱えの商人や職人だけ。本来であればこのやり取りだって、侍女を介するべきなのです。

それくらい、平民と貴族の間には差があるんですよ。マリアンヌのためを思うなら、私は二度と彼女の前に顔を出してはいけない。

物凄《ものすご》く冷静な、でもどこか怒っているような雰囲気の声がしたのは、頭を上げて暇《いとま》を告げようとした時でした。

「もしかして、自分が平民になるから私とは友人じゃなくなる、とでも思っていますの？」

「え……でも平民と仲良くなんてしたら周りからバカにされたりとかも……」

私が言うと、マリアンヌは座っていた椅子からバッと立ち上がります。

「そんなの言いたい人には言わせておけばいいんですわ！　私は貴方のことを大切な友達で幼馴染だと思っていましたけど、そう思っていたのは私だけでしたの？」

そう言ってきた時のマリアンヌは、悲しさと怒りとが入り混じったような複雑な表情をしていて、否定すると、すぐさま私の頬を平手打ちでもしそうな勢いで、どんな顔をしたらいいかわからなくなってしまいました。

もちろん、マリアンヌは大事な幼馴染であって大切な友達です。

だからこそ私は言っているんです。

平民と仲良くしている貴族が白い目で見られていることを知っているから。

それをマリアンヌに伝えると、彼女は胸を張りながら自信満々に言いました。

「私のことを大事に思うなら尚更そんなこと言わないで下さいませ！　私がそれくらいで怯《ひる》むと思っていますの？　それこそバカにされている気分ですわ！」

まるで、私が心配していることを全て吹き飛ばすかのようなマリアンヌの勢いに呆気にとられてしまいます。次いで、目頭が熱くなりました。

「ありがとう……」

何とか声を絞り出しましたが、家を出る時すら涙が流れなかったのに泣きそうになりましたよ。

だって、マリアンヌがまさかこれほどまでに私のことを大事に思ってくれていたなんて想像もしていなかったんですもの。あの家での生活は最悪だったけど、貴族だったおかげで大切なお友達が出来たのは感謝しなければなりませんね。

心の中でマリアンヌに感謝しながら、とりあえずぬるくなってしまったお茶を一口口に含みます。

「それで？　これからどうしますの？」

これはアンナにも言っていなかったことなので、後ろで聞いているアンナも、その隣にいるメイドも興味津々、という雰囲気ですね。まぁ、平民になった貴族、というのはあまりいい話を聞きませんし、私の答え次第ではマリアンヌも何か考えがあるんでしょう。

「お母様がお金をくれたので、どこかで家を買って暮らしていこうかな、って思っていますわ」

「あの夫人が？　一体どこから出したのかしら？」

確かにお母様は家から出ることもなかったですし、あの金遣いの荒いお父様がお金を渡していたとは思えません。あの時は余裕がなかったので考えられなかったですが、よく考えてみると不思議ですよね。

「さぁ？　でも、もしものために貯めておいたと言っていましたわ」

色々と思うことはありますが、とりあえずお母様に言われたことをそのままマリアンヌに伝えると、マリアンヌは何かを考え始めました。急にどうしたんでしょう？

「大体でいいけど、母親からもらった金額はどれくらいありますの？」

「百万ハルほど……」

「はぁ!?　本当に一体どこから出てきたんですの!?」

多分、マリアンヌが想像していた金額より遥かに上だったんでしょうね。大きく目を見開いて、叫ぶようにそう言ってきましたもの。ですがすぐに、はぁ……と大きくため息をついてこう言ってきました。

「……まぁ、いいですわ。それだけあれば大丈夫ですわ」

大丈夫とは？　あ、確《かく》かに平民として生きていくには十分なお金ですよね。

そう思いながら首を傾《かし》げていると、マリアンヌは物凄《ものすご》く真剣な顔で口を開きました。

「シャル、貴方、店を開く気はないかしら？」

「店……ですか？　でも、私が経営とか出来るわけがありませんわ」

一応跡取りだったので、令嬢としてのマナーと領地経営のことはしっかり学んでいますよ？　ただ、領地経営と店の経営は同じ……ではありませんよね？

そう思った私は、流石《さすが》に無理だ、と断ろうとしましたが、マリアンヌは自信があるのか不敵に微笑んでいますね。

「それは我が家が全面的に援助しますわ。シャルになら出来ると思っての提案なんだけど」

経営について教えてくれるなら、やることもないですし、お店が軌道に乗るとアンナにもお給料を渡せるので賛成です。

ただ、店と言っても、色んな店があります。飲食、花屋、アクセサリーに本屋……どれを手がけるか、というのも重要になってきます。場所の確保だってしないといけませんよね。そう考えると簡単な話ではないような気もするんですが……

なんて思っていると、今まで黙っていたアンナがポツリとこう呟いたんです。

「お嬢様だったら服屋とか、どうでしょう？」

この提案に一瞬驚いた顔をしていたマリアンヌですが、すぐに嬉しそうにアンナの手を取ってブンブンと縦に振っています。

「私も全く同じことを思っていましたわ！　流石《さすが》、わかっていますわね！」

それを聞いて、私もなるほど！　と思いましたね。実は私、前世がデザイナーということもあって、自分のドレスをよくリメイクしてパーティーに参加していたんです。二人はそのことを知っていますし、私にだったら出来る、と思って提案してきたんでしょう。

「でも、どこまで出来るか、なんて私にもわかりませんわよ？」

私としてはどうなるか全くわかりませんし、もしかしたら向いていなくてすぐにお店が潰れてしまう可能性だってあります。しかし、マリアンヌはまるで確証があるように続けます。

「きっと大丈夫ですわ！　お店を出すのは決定ですわよね！　お父様に話をしに行きま

しょう！」

そう言うと、私の腕を引っ張って、侯爵が仕事をしている執務室に突入しました。

急に私とマリアンヌが執務室に入ってきたこともあって、侯爵は目を大きく見開いて驚いていましたが、マリアンヌは特に気にすることなく話をしていますね。侯爵はお父様達が私に対してとった行動を聞いた時には顔を歪めましたが、店を開きたい、ということを簡単に説明すると、二つ返事で了承してくれました。

「なるほど……わかった。我が家の領地内で良かったら、好きな場所を使ってもらって構わない」

もちろん凄《すご》くありがたいですよ？　ただ、こんなに簡単に決めてもいいことなんでしょうか？

なんて戸惑っている間にもお店を開く話はどんどん進んでいきます。場所はここがいいのではないか？　とか、費用はどれくらいなのか……とか、とんとん拍子とはこのことを言うんだろうな、と思うほどの速さですよ。

お店を出す、と決めてから約二週間後。

ついに今日、建設が終わった、という報告があったので、早速私とアンナはお店の建つ場所に向かっています。思った以上の速さに驚きを隠せませんが、まぁそれはスルーしましょう。異世界転生者がいるような世界です、細かいことを気にしていたらキリがありませんからね。

ちなみに、お店は一階が作業スペースと売り場、二階が住居スペースにしてもらいました。そうすれば家も確保出来るので一石二鳥でしょう？　まぁ、提案してくれたのはマリアンヌとアンナなんですけど。

店が完成するまでの間はクリストファー侯爵家にお世話になりました。急な話ですし、そんな長い間お世話になるなんて、と断ったんですが、マリアンヌと侯爵の押しに負けましたよね……

なんてことを思いながら歩いているうちに、出来たばかりの店に到着しました。お店の周りでは、建築業者の人達が汗を拭《ふ》きながら撤収の準備をしています。

それなのに中に入っていくのは少し申し訳ない気もしますが、ずっと気になっていたのでいいですよね……？　そう思いながら、アンナと二人で店の中へと入っていきました。

出来たばかりの店は、新築の匂いがしていて、なんだか気分が高揚《こうよう》しますね。あまり派手にしすぎると、服が目立たなくなってしまうので、内装はなるべくシンプルに、薄いクリーム色の壁紙と濃い茶色のフローリング、と注文しましたが、想像のままの出来です。これは二週間で作ったとは思えない出来栄えですね。

「わぁ……お嬢様！　凄《すご》くいい感じですね！」

先に一通り見終わったアンナがテンション高くそう言うので、同意しようとした瞬間、別の声が割り込んできました。

「当たり前でしょう？　誰が職人を手配したと思っているんですの？」

いつの間に到着したのか、店の扉のところでマリアンヌが腕を組んでいます。もう少し遅くなると思っていましたが、きっと急いで来てくれたんでしょう。

そう考えると、自慢げなマリアンヌが可愛く見えますね。

「ふふっ。マリアンヌ、ありがとうございます」

私がお礼を言うと、少し顔を赤くしています。これは照れ隠しがきますかね。

「ふんっ！　その代わり、一番目の客は私じゃないと許さないんですからね！」

あ、やっぱり。ビシッと指をさされてしまいました。

ただ、それはもちろん……というか、こっちからお願いしたいくらいですよ。マリアンヌに似合うドレスを作らせてほしい、と。

そう思いながら、ニコニコしてマリアンヌを見ていると、扉の近くで配送業者さんが話しかけてきました。

「すみませーん。これはどこに置いておけばいいですか？」

今持っているのは……ミシンですね。

「あ、それは奥の方にお願いします。こっちの家具はそこに。その他は全て二階にお願いします」

後ろで待っていた方々に同じように指示すると、了解しました！　と元気な声が返ってきました。やっぱりいい返事をされるのって気分がいいですよね。そう考える私の横で、マリアンヌが驚いた顔をしています。

「もうミシンとかは買ったんですの？」

「ええ。他にやることもなかったから、アンナと二人で必要なものを揃えていましたの」

そう言うと、マリアンヌは興味深そうにミシンを眺め始めましたね。この他にもトルソーや裁縫道具。あとは使いやすそうな色の生地と糸も揃えておきました。全て今日に合わせて配達を頼んでいるので、一気に届く頃でしょうか？

そう思いながら、店の入口を眺めているとマリアンヌも納得したようで、別の質問をぶつけてきました。

「それで、いつ頃から注文出来るようになりますの？」

「うーん……まだ決まってませんのよね」

一応、依頼は受けられるんですが、最終確認をした後で営業を始めたいんですよねぇ……。もし足りないものとかがあったら困りますし……あ、あと店の名前を決めなきゃいけないんですね。どうしましょう……思った以上にやることが多そうです。

「お店の名前はどうしましょう……」

思わず呟いてしまいました。

前に考えたんですが、何となくこれ！　というものが思いつかなかったんですよね……。前世で働いていた店の名前を……と一瞬思いましたが、私が決めたわけじゃないので勝手に使うのは申し訳ないですし……

「え⁉　まだ決めていませんでしたの⁉」

私の呟きが聞こえたマリアンヌが信じられない、とでも言うような顔で私のことを見てきました。ま、まぁ……そりゃあ普通なら店の名前を優先的に考えますよね。

「いやぁー……ミシンとか布の取引先を探していたらすっかり忘れていましたわ」

苦笑しながらそう言うと、マリアンヌは、はぁ……と大きくため息をついて頭を抱えてしまいました。

ただ……その、ちょっと言い訳させて下さいね？　こんなに早く店が建つなんて思わなかったんですよ。

二週間後には出来るわよ！　と言われて、そんなに早く出来るわけがないと思ってしまうのは仕方がないことじゃないですか。

すると、私とマリアンヌの話を聞いていたアンナが提案してくれました。

「お嬢様！　じゃあシャルロットのお店とかどうですか！」

思った以上にそのままですね。少しくらい捻《ひね》っておかないと、お父様達に私の店だと気付かれてしまう可能性があります。

なので、もう少し何かこう……と私が思った時でした

「それは安直すぎますわ。そうね……シャーロット……とか？」

マリアンヌが少し考えた後に言った言葉を聞いて、私はこれだ！　と思いました。

ですが、アンナとマリアンヌは二人で言い合っていますね。

「あんまり変わってないじゃないですか！」

「だ、だって、まさか店の名前が決まってないなんて思わなかったから……咄嗟《とっさ》に出たのがそれだったのよ！」

シャーロット……なんか少しだけ物足りないような……

そう思いながら、思いつくままシャーロット、という表記をサラサラと書いてみました。

その中の一つで、アンナとマリアンヌの二人が……そして私も気に入ったのが『Charlotte』という字でした。

「これ、なんかいい感じじゃないですか?」

「ええ……これ、私もいいと思うわ」

読み方はシャーロット、のままですし、この国では自分の名前を書く時に、カタカナを使っているので、リリアーナ達だったら読めないでしょう。アルファベットは元の世界で言うところのラテン語ぐらいの扱いです。

……となると、一番いい名前なのではないでしょうか?

なんて思っていると、マリアンヌはいまだに戸惑っているのか物申してきました。

「ちょっ……私が咄嗟《とっさ》に言っただけなのにいいんですの!?」

「もちろん。元々マリアンヌに店の名前を決めてもらえたらいいなぁって思っていたのよ」

しかし、私がハッキリとそう言うと、流石《さすが》に何も言い返せないようです。

「じ、じゃあいいわよ!　その代わり、やっぱり気に入らない、とか言うのはなしですわ!」

顔を少し赤くしてぷいっとそっぽを向いてしまいました。

「お嬢様……何から何までマリアンヌ様頼りですか……」

「それは……言わないでちょうだい」

これ以上アンナに何かを言われたら、私も困ってしまうので話題を変えることにしましょう。

「よし！　では、店の名前も決まったことですし、先にマリアンヌの注文を聞きましょうか」

「あら？　ちゃんとお店が開いてからでいいですわよ？」

首を傾《かし》げながらそう言ってくれましたが、私としては別の話題を、と思っていることもありますし、最初に何を作れるのか、早く聞きたい、というのは本音なんですよ。そう思いながらマリアンヌの言葉を待っていると、アンナはジト目で私を見てきました。

「……早く服を作りたいだけですよね？」

とりあえず笑って誤魔化しておきましょう。アンナ……さっきから私の本心を言い当てすぎて怖いわ……

でも、誰からも邪魔されずに服を作れる、というのは本当に嬉しいことです。だって、途中で破《やぶ》いてくるような人もいないんですからね！　そう思いながらワクワクしていると、マリアンヌはクスクス笑っていました。

「そういうことならわかったわ。私が依頼しようと思っていたのは、お茶会に着ていくドレスですの」

「お茶会……」

思わず呟いてしまいましたが、貴族のお茶会はとっても面倒なんですよね。パーティーと違って女だらけですから、腹の探《さぐ》り合い、と言いますか、牽制《けんせい》したりされたりで、いい思い出はありませんね。私としては月一でも行きたくないのに、それを週一くらいで開く夫人もいらっしゃいますから尊敬しますよ。

「ほら、パーティーとは違って座る時間が長いでしょう？　コルセットでお腹を締めているけど苦しくって……」

確かに、お茶会ではお茶菓子とか色んなものが出ますが、コルセットが苦しくて茶だけ飲んで終わる、というのも多々ありましたね。長い時間のお茶会だと、水腹みたいになってしんどかった記憶もあります。

つまり、ご要望はコルセットなしのドレスを……ということですね？　それなら、マリアンヌはコルセットを締めなくても元々が細いのでウエストが強調されるような……ボリュームのあるスカートにする、とか？

なんて思っていると、まだマリアンヌの注文は終わっていませんでした。

「それから、クリノリンも凄《すご》く邪魔じゃありません？　なるべくパニエは柔らかめのものを選んでもやっぱり邪魔になるのよね」

そう言ってきた時のマリアンヌの顔が本当に嫌がっています。

「なるほど……コルセットとクリノリンやパニエがいらないドレス、ということですね？」

「ええ、でも流石《さすが》に難しいかしら？」

「いや、いいデザインを考えてみますわ！」

苦笑するマリアンヌに、思わず反射的に答えてしまいましたよ。

だって、こう見えても私は前世ではデザイナーですからね。無理とか、難しい、と聞くと、やる気に満ち溢《あふ》れてしまうような人なんです。

ちなみに、パニエはウェディングドレスなどの膨らんだスカートに使われるもので、クリノリン、というのは、スカートの下に穿《は》く格子状の枠のようなものの名前です。

どちらもスカートのボリュームを出すために穿《は》くんですが、明らかにお茶会のように立ち座りの多い時に穿《は》くものではありませんよね。

しかも、ボリュームを出すために、パニエを穿《は》くと太ももがチクチクして、令嬢達も平気そうな顔をしている裏で実は嫌がっている人は多いんですよ。

とりあえず、その日はマリアンヌの採寸を終わらせて解散となったので、早速新しい家で、デザインに取り掛かります。

ちゃんとデザイン画用の紙とペンも買っておいて良かったと思いながら、いまだ荷解《ほど》きされていないダンボールの中からそれらの道具を取り出しました。まだ部屋には机がないので、食堂にある机に紙を広げて、とりあえず思いついたことを箇条書きしていきます。そうすれば後からまとめやすいんですよね。あ、ただ、これはあくまで私のやり方なので、人それぞれですよ？　デザイナーが全員そうしてるってわけではありません。

そんな中、横からチラチラと様子を窺《うかが》っていたアンナが声をかけてきました。

「でもお嬢様、ドレスなのにコルセットを使わないのは大丈夫だと思いますが、パニエを使わないのは難しいですよね？」

確かにコルセットをつけない、という人はたまにいるので、特に問題はないんです。

問題はスカート部分なのです。

この国のドレスは、基本的にプリンセスラインかベルラインのものがほとんどで、プリンセスラインは上半身をキュッと見せて、スカート部分にボリュームをもたせるドレス、ベルラインはプリンセスラインと似ていますが、スカート部分が少し丸くなっているのが特徴なんですよ。どちらも布やチュールを沢山使いますし、クリノリンやパニエは必須になってくるデザインで、作る側も結構コストがかかったりするのですよね……

だから貴族のドレスは高いものばかりなのです。それなのに、一度着たらもう着ない！という人もいますからね。あ、ドレスのリメイクも受け入れたらどうでしょう？

……って、話が逸《そ》れてしまいましたが、今はマリアンヌのドレスですね。もういっそのこと、プリンセスラインじゃなくて、思いきり別のものにするとか……

そこでふと、あることを思いつきました。

「ねぇ、アンナ。ドレスってプリンセスラインかベルラインじゃないとダメなのかしら？」

スカート部分にボリュームが欲しいからパニエを使うのであって、もっとスリムなデザインにしたらいらないいんじゃないか、と思ったんです。

「そうですねぇ……ダメってわけじゃありませんが、それが基本、みたいなところがあるのは確かですね」

「そうよねぇ……」

まぁ、やっぱり定番みたいなところに皆収まっちゃうってことね。でもそれじゃなきゃダメ、ってことはないみたいなので、少し安心しましたよ。今日、マリアンヌの採寸をしてみてわかったんですが、凄《すご》くスタイルがいいんですよね。ボンッキュッボン……みたいな。こんな表現をマリアンヌの前で口に出したら怒られちゃいますが、せっかくだったらそれも活かしたいんですよね。身長も百六十五センチメートルで、令嬢の中では高めの方だし。

確か、お茶会はなるべくシンプルなドレスの方がいい、と言われているんですよね？

あれ？　でもリリアーナはいつもフリフリで派手なドレスを着ていたような気も……。

まぁ、それに関してはリリアーナの常識がないだけでしょう。

とにかく、大まかなデザインは頭の中で出来上がってきました。あとは私の画力の問題ですね。ここに来てから一度も描いてないんですが、大丈夫でしょうか？　少し不安はありますが……まぁ、やるしかないですよね。

そう覚悟を決めて、デザイン画に取り掛かること約半日。

頭の中に大体のデザインが浮かんできていたので、思ったより早めに完成しました。

アンナは、完成してから見たい！　と言うので、まだどんなデザインか教えていません。

私としては結構攻めたデザインのつもりですが、どういう反応をするでしょう？

ワクワクしながら、ご飯を作っているアンナにデザイン画を差し出します。

「アンナ！　デザインが出来たわ」

「早いですね!?　もっとかかるものだと思っていましたが……」

どうでしょう……流石《さすが》にこれは無理ですかね……？

ドキドキしながら、アンナの様子を窺《うかが》っていると、アンナは急にバッと顔を上げました。

「……凄《すご》く素敵です！」

にこやかな微笑みに嘘は見られません。

「本当⁉」

「はい！　それにこんなドレスを着ている人なんて見たことないですよ！　絶対話題になります！」

アンナが自信満々にそう言うのを見て、一気に肩の力が抜けたような気がします。

はぁ……こんなに緊張したのはいつ以来でしょう？　本当に緊張しました……

なんて思っていると、アンナはデザイン画を持ったまま「ただ……」と呟きましたね。

なんだか言いにくそうな、都合の悪そうな顔をしているので嫌な予感がしますが……まさか、やっぱりやめた方がいいとか？

何を言われるのか少し怖かったですが、アンナの顔を見ながら言葉を待っていると、苦笑と共に答えが出ました。

「これってイブニングドレスですよね？」

確かにその通りでした。

イブニングドレスとは夜に着る……まぁ、パーティーとかで着用するドレスのことです。肌をいい具合に出すのが決まりで、逆に隠しているとマナー違反って言われるんですよ。

一方、昼に着るのはアフタヌーンドレスって言って、肌の露出は少なめですがスカートの丈がくるぶしくらいなのが一般的です。

お茶会はリリアーナが勝手についてくるので迷惑がかかる、とこれまでほとんど断っていたため、すっかり忘れていましたよ。で、でも、ここからでもアフタヌーンドレスに変えられます！

「じゃあ、ここを短くして……袖《そで》をつけて……それで……どうよ!?」

上から太めのペンで直したものをアンナに見せると、途端に表情が変わりました。

「わぁ……！　だいぶ雰囲気が変わりましたね！　これならお茶会にも着ていけます！」

はぁ……アンナがいなかったら気付かないで作ってしまうところでした。本当に助かりましたよ。

じゃあ次は型紙ですね。布は……あぁ、なるべく光沢の少ないものにしないとですね。だったらシルクがいいでしょうか？

それから……と頭の中で作業工程を考えていると、アンナが協力を申し出てくれました。

「何か手伝えることはありませんか？　これからのことを考えて色々覚えておきたいですし」

正直、一着作るだけでもレースを作る機械がないから手作業でやらなければいけないし、刺繍部分だって多いし、やることは大量にあるんですよ。アンナの言葉は願ったり叶ったりです。

「そうねぇ……なら、型紙を作るところから教えるわ。それで、あとはレースの編み方と……あぁ、それから刺繍もね！」

私は遠慮なんて全く知らない人のように、ニヤリと笑って一気にアンナにそう言いました。

「うわぁ……自分で言っておきながらなんですが、思った以上にやることが多いですね」

アンナは苦笑しながらも、何となく楽しそうでホッとしました。とにかく今はアンナにも頑張ってもらいましょう。


作業をしているうちに二日間が経過しました。型紙作りは昨日の一日で全て終わらせたので、今は裁断して仮縫《かりぬ》いの最中です。

実は型紙って色々計算するところがあるんですよ。基本の型紙を描いてそこから展開していくんですが、この世界には電卓というものが存在しないので、全て自力で計算しなければいけないんですよね。間違えたらサイズが合わなくなってしまいますし、自信があっても間違えることはあるので、何度も確認してやっと完成、という……もう大変でしたよ。この世界で計算している人達全員を尊敬しました。

まぁ、無事に終わったのでいいんですけどね。なんて思いながら、ミシンを進めていると、手に編み終わったレースを持ちながらアンナが近付いてきました。

「シャル様！　レースが編み終わりました！」

アンナは思った以上に裁縫のセンスがあるみたいで、すでに即戦力になってくれています。マリアとお母様からの提案でしたが、ついてきてくれて本当に感謝ですよ。

「もう……様はつけないで、と言っているのに……」

そう呟きながらミシンを止めると、アンナは思わずといった調子で苦笑しました。

「あ、あはは……こればかりは癖が抜けませんね」

私はもうお嬢様ではなくなったし、アンナもメイドではなく従業員になったので呼び方を変えるように言ったのに、様、だけは取ってくれないんですよね。私としては呼び捨てか、それが無理なら、さん付けでも構わないって言ったんですけどね。

まぁ、そのうち変えてくれると信じるしかありません。

「それで、もうレースが出来たの？　早いわね」

アンナからレースを受け取って確認したけど、直しどころのない完璧な仕上がりでした。信用していなかったわけじゃありませんが、流石《さすが》に驚きましたよ。

ただ、アンナは自信がないみたいで私の様子を窺《うかが》ってソワソワしています。なので、安心させるようににっこり笑いました。

「完璧よ。仕事も早いから凄《すご》く助かったわ」

私の言葉にホッとした表情をしています。

自分では大丈夫だと思ってもやっぱり不安になりますよね。でもアンナには、これからのことも考えてもっと自信をつけてもらいたいと思っています。それには経験を積んでいくしかないですね。

なんてことを考えていると、アンナは次の仕事を求めてきました。ありがたいんですが、編み物って意外と疲れるんですよ？　アンナだって半日以上もの間作業をしていたので疲れているのでは？

「少し休憩とかしなくて大丈夫？　編み物で目も疲れたでしょう？」

「いえ！　大丈夫です！　それに、編んでる時、凄《すご》く楽しくて夢中になっていたので、疲れたりなんかしませんよ！」

にっこり笑いながらそう言ってくれましたが、今の作業が終わったら少し休憩をしてもらうつもりだったので、何をしてもらうか決めていないんですよね。まだ仮縫《かりぬ》いも終わってないので刺繍も頼めないですし……。期待して待っている中、申し訳ないですが、どうしましょう。

とりあえず、何か探さなきゃ、と思ってキョロキョロしていると凄《すご》く良いタイミングで「すみませーん」と入口の方から声が聞こえてきましたね。

「私はまだ終わってないからお願いしてもいい？」

アンナに頼むと、もちろんです！　と引き受けてくれました。

しばらくして戻ってきたアンナによると、看板が完成した、とのことなんですが、マリアンヌが頼んだ業者さんは皆仕事が早すぎますよね。それなのに完璧な出来のものを作ってくれるので、感謝しかありませんよ。アンナに設置場所の指示を全て任せて、私はアンナの仕事を作るために急いでミシンに取り掛かります。このまま順調にいくと、三日もあれば完成しそうな気がしますね。

「完成したわ……！」

「お嬢様！　やりましたね！」

そう言って喜ぶ私とアンナの目の前には、デザイン画通りに作られた一着のドレス。

そうです。ついに完成しました。

「はぁ……疲れたわねぇ……」

そう言いながら椅子に座り込んでドレスを眺めますが、我ながらいい出来ですね。これなら自信をもってマリアンヌに渡すことが出来ますよ。

ちなみに、アンナにはあの後、刺繍に挑戦してもらったんですが、やっぱり元々センスがあったんでしょう。刺繍もレース同様、完璧に仕上げてくれました。一方、私はというと、シルクの扱いに慣れていないのもあって、実は苦戦していましたが、きっとバレていないと思っています。

ここ一週間くらいまともに休むことなく作っていたので、達成感と疲れが重なって眠気のピークを迎えている状態です。出来ることなら今すぐにでもベッドに行って気の済むまで寝ていたいところなんですが、アンナはそれを許してくれません。

「さぁ！　シャル様！　今日はマリアンヌ様が来るんですからね！　早く準備しないと！」

椅子でぐったりしている私の腕を引っ張って無理やり起こされました。あぁ……そういえば、マリアンヌに今日完成するって言ってしまいましたねぇ……なんて思いながら、アンナに引っ張られるまま立ち上がります。すると、ちょうどマリアンヌが到着したみたいで、心配そうな表情で私を見ていました。

「シャル……完成が早いとは思いましたが、随分無理したんじゃなくて？」

「服を作れるのが嬉しくってつい……」

私が笑いながらそう言うと、横からアンナも頷《うなず》いてくれました。

「私も凄《すご》く楽しかったです！」

その言葉に思わずホッとします。結構ハードなスケジュールだったので、アンナが服作りを嫌いになっていたらどうしようって思っていたんですよね。

まぁ、だったら休ませろよ、って話なんですけど、調子に乗ってしまいました。

「あまり無理はしちゃダメよ？　ちゃんと休憩をとって、それから……」

心配してくれているのはわかるんですが、こうなったマリアンヌは長いので話を逸《そ》らすに限ります。

「さ、早速ドレスを見てもらってもいいかしら？　自信作なの！」

そう言いながらドレスの前にマリアンヌを連れていきました。

マリアンヌは話の途中だ、ということもあって「ちょっ……話はまだ終わっていませんわ！」と叫んでいますが、強制的にドレスが置いてある部屋の中に押し込みます。扉を開いてすぐのところにドレスを置いておいたので早速聞いてみました。

「どうかしら？」

私が作ったドレスはソフトマーメイドラインのドレスです。一般的なマーメイドラインよりもゆったりとして、歩きやすいものにしたんですが、わざわざコルセットで絞らなくてもスタイルが良く見えますし、パニエなんて必要のないスカートになっているので、マリアンヌの言っていたことは全てクリアしています。

それから、このドレスで一番こだわったのは、ドレス全体にかかっているグラデーションですね。白い布を一から染めたんですが、水色から深い青へと変化しているところの、どの部分をウエストにするのか、など色々試行錯誤したんですよ。デコルテ部分と袖《そで》にはアンナが編んでくれたレースを使用していて、スカートの裾《すそ》には黒に近い青でバラの刺繍を。これもアンナが頑張ってくれました。唯一無二の、この世界に一着しかないドレスになったと思います。

……とまぁ、長々と説明をしましたが、マリアンヌからの反応が全然ないんですよね。自分は作った側なので自信しかありませんが、着る側になるとやっぱり何か違うんでしょうか？

「その……やっぱり攻めすぎちゃったかしら？」

居ても立ってもいられなくなって、そう尋ねるとマリアンヌが小さく何か呟きました。

「凄《すご》くいいわ」

聞き逃すんじゃないか、というほどの声でそう言ってくれた気がします。

でもそれにしてはその後の反応が……気のせいですかね？

不安になっていると、マリアンヌはようやく顔をパァっと明るくしてくれました。

「こんなドレス初めて見ましたわ！　ねぇ、早速試着出来るかしら？」

「もちろん！」

即座に返事をして試着室に案内をします。

作っている最中はトルソーに着せていたので、私達も実際に人が着ているのを見るのは初めてです。アンナに着付けをお願いして、私はマリアンヌが出てくるのを待っていますが……やっぱり緊張しますね。サイズとか間違えていたら……いや、それは何回も確認しました。きっと大丈夫だと思います。

そう自分に言い聞かせながら待っていると、上機嫌のマリアンヌが試着室から出てきました。

「完璧よ！　こんなドレスが欲しかったのよ！」

これには思わず涙が出そうになりました。

「良かったぁ……」

「シャルさまぁぁ」

その呟きと同時に、顔を涙でグシャグシャにしたアンナが戻ってきたのを見たら、涙も引っ込んでしまいましたよ。


さて、マリアンヌがあのドレスを着てお茶会に参加した次の日、彼女から手紙が届きました。

内容は、ドレスを見た周りの人達からの評価と、お茶会でのリリアーナの様子でしたね。

まず、ドレスは私達が想像していたよりも遥かに好評だったみたいで、お茶会に参加した人のほとんどが、どこで作ったのか聞いてきたみたいなんです。中には同じお店にドレスを頼みたい、と言っていた方もいらっしゃった、とのことで、アンナにもそのことを教えたら、凄《すご》く喜んでいました。やっぱり頑張って作ったから褒められると嬉しいですよね。

次に、リリアーナのことです。リリアーナは最近、学園で私が絶縁されたことを言いふらしている、と聞いていましたが、マリアンヌと同じお茶会に参加したんですね。礼儀もなっていないし、娼婦のような格好をして現れて、周りにバカにされて帰った……とのことですが、本当に何をしているんでしょう。大体、そのような格好をしてお茶会に参加するなんて、自分から男遊びをしていますよ、と言っているようなものです。令嬢との関わりが少ないからある程度の礼儀は仕方ないとはいえ、最低限のドレスコードもわからないほど勉強していないとは思いませんでした。家を出る時に誰も教えてあげなかったんですかね？　あぁ……教えたとしても、自分の選んだのを押し通す人でしたね。

ただ、私がいなくなったことで家の跡取りはリリアーナになったんですが、そのことは理解しているんでしょうか？　理解していたらそのような行動は出来ないような……まぁ、そんなことをここで言っても仕方ないですね。私は絶縁されたんですからもう関係ない、と思いましょう。

そう思いながらマリアンヌからの手紙を封筒の中にしまうと、ワクワクしたような表情でアンナが聞いてきました。

「お嬢様！　ドレスも好評だったみたいですし、店をいつ開けるつもりなんですか？」

店の準備は昨日終わったので、開けようと思えばいつでも開けられるんですよね。あのドレスがどれほどの宣伝をしてくれたのかまだわかりませんが、そろそろ開けておいた方がいいような気がします。

なら、答えは一つしかありませんよね？

「よし！　決めたわ、アンナ！　明日から開けましょうか！」

そう言うと、余程嬉しかったのかアンナはパァっと表情を明るくさせて両手を上にあげました。

「やったぁ！　またドレスを作れるんですね！」

大体は察していましたが、アンナはドレスを作りたくてウズウズしていたんですね。まぁ、最近は事務作業ばかりだったのでその気持ちはよくわかりますよ。この布は一メートルでいくらなのか、とか、この糸を使った場合は、とか、そんな話ばっかりでしたし、私もやっていてつまらなかった、といいますか……もちろん、大切なことなんですけどね？

とりあえず、明日に備えてマリアンヌに手紙を……手紙？

「ねぇ、アンナ。明日から開店することを、マリアンヌにも教えようと思うんだけど、便箋《びんせん》ってあったかしら？」

「そういえば買っていませんでした……今すぐ買ってきます！」

あら、走って店から出ていってしまいましたね。

そんなに急がなくても、ここは侯爵家の領地だから、夕方までに出せば今日中には届くんですけど……それは言わないでおきましょう。


こうして迎えた次の日。

手紙は速達で出したおかげもあって、昨日のうちにマリアンヌに届いたみたいです。なんでわかるのか、というと、マリアンヌから店宛てに大きな花束が届いたんですよ。やっぱりこの世界にも店を開いた時にお花を贈る慣習があるんですね。

それから、実はアンナに内緒で夜な夜な制服を作りました。私服と制服を区別した方が心の切り替えも出来ますし、一目で店員だとわかるから早急に準備したんですよ。デザインはあまり派手にならないように、上は紺のベストに白のYシャツ、下はベストと同じ色のプリーツスカートにしました。本当はタイトスカートにしようかと悩んだんですが、見た目より動きやすさ重視です。

イメージは前世の学校の制服なんですけど、この国は平民でもワンピースが主流なので、アンナが物珍しそうにしていましたね。

また、店の経営方針としては、どのような服が欲しいのかお客様とお話しして決めようと思っています。つまりは、全てオーダーメイド、ということですね。ただ、金額は安価なものを提供したいと考えているので、最低金額は十ハル（千円）から、ということになりました。もちろん、これは平民価格ですよ。

その他に、ドレスのリメイクも受け付けることにしました。ただし、他のデザイナーにオーダーメイドで頼んだのは受け付けません、という条件はありますが。だって、他のデザイナーが依頼主のことを考えて作ったのに、それを変えるなんてことは出来ませんもの。私もやられたら嫌ですし……

ということをアンナと一緒に確認しているうちに、開店の時間になりましたね。

「アンナ！　開店しますよ」

「はぁーい！」

元気な声に、なんだかこっちまで気が引き締まるような気分になりますね。

……なんて気合を入れて開けたのはいいですけど、新しい店にそんなに簡単にお客様は来ませんよね。

「シャル様～、流石《さすが》に暇すぎませんか？」

アンナなんて、暇すぎてレースを編み始めちゃっていますよ。

何か店を宣伝する方法があればいいんですが……。チラシを配るのは禁止されていますし、呼び込みも迷惑になるから遠慮しちゃいますよね。だとすると、もう宣伝の方法がない、といいますか……

「編みぐるみでも作ろうかしら？」

暇つぶしに、と思って呟いたことでしたが、アンナが早速食いついてきました。

「編みぐるみ！　なんですか？　それは」

目をキラキラと輝かせて、椅子を私の隣に持ってきて教えてもらう気満々です。

ということで、急遽ですが編みぐるみを作ることになりました。編みぐるみはその名の通り、糸で編んだぬいぐるみですよ。布を裁断して作るのもいいですが、出来上がった時の達成感的にもこっちの方が好きなんですよね。

アンナはレース編みの時にかぎ針を使っていたし、コツを覚えたら簡単に出来ると思います。

なんて思いながら、一枚の紙に編み図を描いてアンナに手渡しました。

最初は前回と違う編み図に首を傾《かし》げていたアンナですが、読み方を教えたらあっさりと理解して、レース編み同様、凄《すご》いスピードでぬいぐるみの頭の部分が出来上がっていきます。私も負けないように編み進めていきますが……凄《すご》いですね。初心者の時は編み図があっても歪な形になって落ち込むのが普通なのに、アンナからはそんな気配を感じられません。これは私よりも上手くなっていく可能性がありますよ。

編み始めて、そしてお客様も来ないまま、気付いたら三時間が経過していました。アンナはあと、仕上げだけですね。私ですか？　流石《さすが》に初めて作る人には負けたくなかったので、さっき作り終わらせましたよ。教えている私の方が遅いとか、なんか悔しいじゃないですか。

もうすぐ完成させそうなアンナを眺めていると、遠慮気味な声が扉の方から聞こえてきます。

「すみません……」

反射的にパッと顔を上げると、そこには主婦という感じの、優しそうで穏やかな雰囲気の女性が立っていました。

「えっと……開店しているんですよね？」

辺りをキョロキョロ見渡しながら緊張した様子です。こんな時こそ、元気に挨拶をして安心してもらうのが一番ですね！

「開店していますよ！　いらっしゃいませ！」

にこやかに挨拶をすると女性がほんの少しですが口角を上げたのがわかりました。

あ、アンナにはさっきまでの編みぐるみの道具を片付けてもらっていますよ。流石《さすが》に置きっぱなしなのはダメだと思ったので。

「……ここは何のお店なの？」

「服屋です！　基本的にはオーダーメイドの洋服を……」

私がそう言うと、さっきまでの少し戸惑う様子に逆戻りしてしまいました。

「オーダーメイド……」

それだけ呟くと、黙り込んでしまっています。きっと、オーダーメイドは貴族がするもので、平民には金額も何もかも合わない、と思っての戸惑いなんでしょう。

女性が慌てながら口にした言葉は、私の想像通りでした。なので、にっこりと笑って相槌をうちます。

「オーダーメイドの洋服って高いイメージでしょう？　だからちょっと戸惑ってしまって……」

「あぁ！　そういうことでしたか。確かに一般的にはそうかもしれませんね」

「でしょう？　だから私みたいな庶民が入っちゃいけない店なんだと思って」

きっとオーダーメイドをするような店の人間は自分とは考えが合わない、と思いながらも言ってくれたんでしょう。だって、あからさまに私の言葉を聞いてホッとしていますもの。

ただ、女性の誤解は解いておかないと、これからも同じようなことになってしまいます。

「そんなことないですよ！　うちの店は貴族、平民問わず作りますし、金額も相談してもらえればその範囲内で希望通りの服でも小物でも作ってみせますよ！」

「本当ですか？　……ならお願いしてもいいかしら？」

女性が安心したような表情をしながら言ってくれたので、私も椅子を持ってきて話を聞くことにしました。

「どのような服がいいとか希望はありますか？」

「そうねぇ……今私が欲しいのがエプロンなのよ。新調したばかりなんだけど、ほら、無地のものばっかりでしょう？　だから少し可愛くならないかしら、と思ってねぇ」

「なるほど……それでしたら、元から持っているエプロンに刺繍するだけで金額がぐっと抑えられますが……」

「本当？　ならこれにお願いしてもいいかしら？」

女性はそう言うと、鞄の中から新品らしきエプロンを差し出しました。袋に入ったままなので、さっき買ったばかりだったんでしょう。タイミングが良かったですね。

エプロンを一通り眺めながら、どのようなデザインにするか話をして、約五分くらいですかね。

「わかりました！　刺繍だけでしたら明日の昼過ぎ以降に来ていただいてもいいです

か？」

大体のイメージは固まりましたし、私とアンナのどっちが担当しても明日の朝までには終わりそう、と思っての発言だったんですが、女性に驚かれてしまいました。

「え⁉　そんなに早いの⁉」

まぁ、オーダーメイドでエプロン自体を一から作るともっとかかりますが、刺繍だけなのでこんなものですよね？　そう思った私が女性の言葉に頷《うなず》くと、彼女は最終的には満足そうに店を後にしていきました。

これは期待に沿えるように頑張らなければいけませんね。

早速大体のデザインを紙に描いて、今からでも刺繍を始めようか、と椅子から腰を上げると、編みぐるみの道具を片付け終わったアンナがやってきました。

「シャル様！　今回の刺繍、私がやりたいです！」

まぁ、何となく想像がついていましたけど、これしか仕事がないのに私はどうするんだ、と言いたいところですが、アンナのそのキラキラした目を見たら断れませんよね。それに、私自身アンナには経験を積んでほしい、と思っていたところですし。

「わかったわ。じゃあ、今回はアンナに譲るわ」

あ、もちろんデザインは、私が描いたものをそのままやってほしい、とまでは言いませんが大体はこんな感じ、という意味で渡しましたよ。私の予想では……早くても半日くらいで完成出来るんじゃないか、と思っていますが、まぁ、これはアンナの腕次第ですね。そう思いながら刺繍糸を用意しているアンナの背中を眺めました。


「シャル様！　出来ました！」

次の日の朝、アンナにそう言われて起こされました。

「アンナ……まさか、寝ないでやっていたの？」

昨日の夜に少しと、朝起きてから作業をして……と考えると、開店時間に間に合うか、間に合わないかくらいで終わることを想定していたんですが、今は朝の五時です。

明らかに寝ないで作業をしていたような時間に完成しているので、驚きながらアンナを見ると、当の本人はキョトンとした顔をしています。

「いえ、寝ましたよ？　ほら、私って、睡眠時間が短いんですよね」

さも当然のようにそう言ってきました。

確かに、うちのメイド達は寝る時間が遅いのに、起きる時間は物凄《ものすご》く早いと記憶しています。噂によれば給料も低いらしいですし、その割に求められる仕事は多いんだとか。

そのせいで、メイドの入れ替わりが激しいんですよね……

いや、そんなことを考える前にアンナのやった刺繍を見ましょう。気持ちを切り替えアンナから依頼されたエプロンを受け取ります。

「……うん。ステッチも上手く出来ているし、ちゃんと糸の方向も意識出来ていると思うわ。完璧ね」

二回目にして、私のチェックなんて必要ないんじゃないか、と思うほどに完璧な出来栄えで、文句のつけようもありませんでしたよ。

その後は、早めの朝食を済ませて、商品を渡す時の練習をしたり、二人しかいないのでお客様が来た時の流れを確認しているうちに開店の時間になりました。

そういえば、今日は学園が休みの日なので遊びに行く、とマリアンヌの手紙に書いてありましたね。他にもあのドレスを見て誰か来てくれたらいいんですが……

なんて思っていると、早速お客様です。

何と、今日は開店して十分で来店という驚きの速さですよ。入ってきたのは黒服を着た男性なんですが……もしかして誰かの従者でしょうか？　だとしたらドレスの依頼とかが入ってきたり……なんてワクワクしているうちに、黒服の男性は店を出ていってしまいましたね。

これにはアンナも私も二人で首を傾《かし》げてしまいましたよ。

「シャル様、今の男性は一体……」

「さぁ？　私もわからないわ……」

するとと次の瞬間、急に外から怒鳴り声が聞こえてきました。

「何をやっていますの！　私は店内を見てこいじゃなくて、店員を見てこいって言ったのよ!?」

この声……どこかで聞いたことがあるような気が……いや、でもまさかあの人がここに来るわけがありませんし……なんて思いながらアンナと二人で扉を眺めていると、外では何やら決着がついたようです。

「もういいわよ！　自分で行くわ！」

その声と共に、勢い良く扉が開きました。

店に入ってきた声の主に、思わず目を見開きます。それは隣国の第一王女、ミナジェーン・ザーシュ殿下でした。声で察してはいたんですが……まさかここに来るのは想像出来ないじゃないですか。

そう思いながら私が戸惑っている間にも、ミナジェーン殿下は店内を見渡しています。

「あら？　思っていたより広いのね」

何も悪いことはしていませんが、何となく緊張しますね。

ちなみに、アンナは誰が来たのかわかっていないのか、ポカーンとしています。まぁ、一部のパーティーくらいでしかお顔を見られない人ですし、メイド達とは関わりがないので仕方がないんですけどね。

なんて思っていると、ミナジェーン殿下は一通り店内を見渡してから私に声をかけてきました。

「シャルロット、久しぶりね」

「お久しぶりでございます。ミナジェーン殿下」

そう言って物凄《ものすご》く久しぶりにカーテシーをしました。

「えっ⁉　殿下⁉」

今まで様子を窺《うかが》っていたアンナが、驚いた顔をしながらミナジェーン殿下のことを見ていますが、殿下は気にもとめません。

「もう！　ミナって呼んで、と言っているじゃない！」

いつも通りに頬を軽く膨らませながら私にそう言ってきましたね。

これは本当に会うたびに言われていることなんですが、乾いた笑みを浮かべるしかありませんよ。

「あはは……でも私はもう平民なので、流石《さすが》に殿下をそう呼ぶことは出来ませんよ」

まだ貴族だった時は……いや、それでも身分的に難しかったというのに、今では絶対に無理です。

アンナが一体何が起こっているのか、と言いたそうにジッと私のことを見ているので、とりあえず簡単にミナジェーン殿下のことを説明することにしました。

ミナジェーン殿下とはとあるパーティーで知り合ったのですが、まさかの私の着ていたドレスを気に入った殿下が直接声をかけてくれたんです。しかも、その時に着ていたドレスは、既存のものに私がアレンジを加えたものだ、と説明をすると、ミナジェーン殿下は驚きと、尊敬と……という感じで、目をキラキラと輝かせてどうやって作ったのかを質問してきたんですよね。まさか、これほどまでに話に食いついてくるとは思ってもいなかったので、当時は凄《すご》く驚きましたよ。

それからは、一緒にいたマリアンヌのおかげもあって、学園やパーティーで見かけたら声をかけてもらえるようになったんですが、思った以上に私のことを気に入ってくれているみたいです。噂ではミナジェーン殿下は我儘《わがまま》な人だと聞いていたんですが、やっぱり噂って変に広まってしまうもので、本当は話し方がハキハキしているので誤解されていますが、優しくて気さくな方なんですよ。私からしてみると、リリアーナの方がよっぽど我儘《わがまま》です。

ということをアンナに伝えると、何も言わずに苦笑していました。

「それで、今この店は開店してるのよね？」

「え？　あぁ！　もちろんですよ」

驚きで忘れていましたが、今は営業中なんですよね。急に思ってもいない人が現れたので、すっかり忘れていましたよ。

ミナジェーン殿下は私の返事に満足そうに頷《うなず》くと、満面の笑みで言ってきました。

「そう！　なら良かったわ！　シャルロットに私のドレスを作ってほしいんですの！」

「え⁉　ミナジェーン殿下のですか⁉」

どういうことでしょう？　前に聞いた話では、殿下の御用達《ごようたし》のお店があって、そこ以外にドレスを頼んだことがない、とのことだったはず。驚きのあまり、ポカーンとして返事も出来ませんでした。

「何よ！　嫌だとでも言うの⁉」

「ち、違います。ただ、私なんかが作ってもいいのかと思いまして……」

咄嗟《とっさ》にそう尋ねてしまいました。

いや、もちろん私としては嬉しいですよ？　お店の宣伝にもなりますし、ドレスを作ることも出来るんですもの。

ですが、ミナジェーン殿下のですよ？　隣国の王族のドレスを作るなんて、下手したら国際問題にも発展するのでは？

「当たり前じゃない！　逆に貴方じゃないと頼まないわ！」

貴方じゃないと頼まない……ということは、私を信用してくれているということですよね？

そんなことを言われたら、私だって覚悟を決めるしかないじゃないですか。ふぅー……と大きく深呼吸をして、ゆっくりと口を開きます。

「わかりました。精一杯頑張らせていただきますわ」

そう答えると、ミナジェーン殿下は嬉しそうに、ぱぁっと顔を明るくさせました。

その後は、すぐにミナジェーン殿下の採寸を終わらせて、依頼内容を聞きながら他愛《たわい》のない話なんかもしたりして、最後には満足そうに帰っていってくれました。

「期待しているわ！」

そう言い残していったので、少しプレッシャーにも思いましたけど。

無事に店を閉めた私達は、椅子でぐったりとしていました。本当に今日は疲れましたよ。

「はぁ……今日はビックリしましたね」

「本当ね。まさかミナジェーン殿下が来てくれるなんて私も予想外だったわ」

ミナジェーン殿下の来店はもちろん驚きましたし、嬉しいことなんですが、それ以外にも、昨日のあのエプロンのお客様、ご近所さんにお話をしてくれたみたいなんですよね。そのおかげでたった一日のうちに噂が広まって、今日だけで同じような依頼が八件もきて、少しバタバタしてしまいました。

依頼に来た人達の話を聞いてわかったことなんですが、貴族の令嬢は、刺繍も淑女の嗜《たしな》みの一つとして当たり前のようにやっていますが、平民の方々からしたら、そんなことをしている暇もないくらい忙しいとのことで、自分でやる、という考えはないらしく意外と需要があるみたいです。

しかも、八枚のうちの二枚は、エプロンから作り上げないといけませんから、少し忙しくなりそうですね。

「あ、そういえば、昨日のお客様の反応はどうだったの？」

ふと、思い出したのでそう尋ねると、アンナは自慢げに答えてくれました。

「凄《すご》く喜んでもらえましたよ！」

「本当？　良かったわ！」

今回エプロンに施《ほどこ》した刺繍は菫《すみれ》の花をモチーフにしたんですよね。あのお客様に話を聞いた時、紫色が好きだって聞いてパッとデザインが浮かんできたんです。

なんて依頼の内容を思い出していると、アンナが不安そうな顔をして聞いてきましたね。

「それにしても、あんなに安くしちゃって良かったんですか？　お客様も凄《すご》く驚いていましたよ？」

刺繍でもらったお金はたったの五ハル（五百円）ですもの。アンナからすれば不安でしょう。

「刺繍だけだしね。大体、刺繍糸が束で一ハルよ？　元は取れているし、あれでもっと取るのは流石《さすが》にお客様にも申し訳ないわ」

実は、それ以外にも安い理由があるんですけどね。

やっぱりどこの世界でも、安ければ安いほど嬉しいじゃないですか。それに、こうやって気軽に買えるようなものがあれば、手に取りやすいですし、買ってくれた人数が増えるほど店の知名度も上がります。うちは開店したばかりなので、今は知名度を上げていくのが重要だからこそこの金額設定でもあるんですよね。まぁ、アンナはさっきの説明で納得してくれたみたいなので、余計なことは言いませんけど……

「そういえば、ミナジェーン殿下のドレスの依頼ってなんだったんですか？」

唐突に聞かれましたが、そういえば伝え忘れていました。

アンナに依頼の内容を書いたメモ用紙を渡すと、「ほほう……なるほど……」と言いながらメモを読んでいて、なんだか可愛くて笑いそうになりましたよ。

ミナジェーン殿下の依頼は【今まで着ている人がいないようなドレスを作ってほしい】とのことでした。

まぁ、それだけだったら良かったんですが、クリノリンも使ってほしくないみたいなんですよね。私達がマリアンヌに作ったドレスを見たらしくて、ああいう感じの最先端をいくようなドレスがいいんだとか。それを聞いた瞬間、マーメードラインにしようかとも思ったんですが、ミナジェーン殿下は小柄で可愛らしい顔立ちをしているので、ミスマッチですよね。あれはマリアンヌのスタイルの良さがあったから出来たようなデザインでもありましたし。

そう思っていると、メモを読み終えたアンナも苦笑しています。

「今回もまた、難しい依頼ですねぇ……」

本当にその通りですよ。まぁ、引き受けたからにはやるしかないんですけどね。もう少しこっちの気持ちも考えてほしいかもしれません。

なんてことを思いながら迎えた次の日、大量の依頼を片付けるべく、私とアンナはそれぞれ作業を進めていました。

「シャル様、刺繍が終わったので確認をお願いします」

「ええ、わかったわ」

アンナが相変わらず機械のような速さで仕上げてくれたエプロンを持ってきました。一日で刺繍が五枚……もう神業《かみわざ》ですね。多分ミシンで縫《ぬ》えるようになったらもっと早くなるでしょう。もちろん場合によっては手縫《てぬ》いになるんですけど、アンナだったら上手く使い分けてくれそうです。

そう思いながらエプロンを確認しましたが、やっぱり完璧ですね。今は、一応確認していますが、もう完全にアンナに任せても大丈夫そうです。

「うん。今回も完璧ね。これからは自分で大丈夫だって思ったら、私に持ってこなくても大丈夫よ」

「本当ですか⁉　なんか認めてもらったみたいで嬉しいですね！」

「ただし！　雑なものをお客様に提供したら給料から引くからね」

アンナのことは信用しているので、きっと大丈夫でしょうけど、一応そう言うと、アンナは満面の笑みで頷《うなず》いてくれました。技術面ではアンナもしっかり成長してくれているし、安心です。

「もちろんですよ！　任せて下さい！」

ただ、ここで一つ問題が……

「すみませーん」

「はぁーい！　今行きますね！」

入口の方から声が聞こえてきたので、作業中の手を一旦止めて、店舗の方へ向かいます。

そうです。人手が足りません。

私の思惑通り、お客様の来店人数は増えました。あの刺繍が領地内で好評らしく、最近は少し離れたところから依頼をしに来てくれる人もいるんですが、私とアンナの二人しかいないので、どうしても受注枚数が限られてきちゃうんですよね。刺繍だけではなく、服の注文をしに来てくれる人も増えてきましたし、最低でもあと二人くらい人手が欲しいです。

あ、職業案内所みたいなところってあるんですかね？　あるならそこに募集をかけてもらうとか……

あれこれ考えている間にも、お客様が少しずつ並んでいっているのが見えました。

これは……今日も忙しくなりそうですね。

そう思いながらお客様の相手をすること半日。お客様の列がやっと落ち着いたのは、外が暗くなってからでした。

「シャル様……今日のお客様の人数凄《すご》かったですね」

いつも元気なアンナも流石《さすが》にぐったりしていますね。今日依頼されたのは、刺繍が十六枚、ワンピース二枚という感じです。はぁ……ミナジェーン殿下のドレスのデザインが、もう少しでまとまりそうなところでこれは結構つらいですね。

「やっぱり従業員を増やすしかないわね」

そう私が呟くと、アンナが急に立ち上がって拳を握りしめて力説してきました。

「そうです！　絶対増やした方がいいですよ！　シャル様、全然休んでないじゃないですか！」

確かに『Charlotte』を開くと決めてから休んだ記憶がないですが……

「それを言ったらアンナだってそうよ」

「私は慣れているから大丈夫です！」

……余程我が家はブラックだったんでしょうね。

でも、このままだと我が家と同じような状況になってしまいます。お店が軌道に乗ってくれるのは嬉しいですが、それは避けたいです。

「うーん……どうしましょう」

そう呟いた時でした。

カランカラン、と店の扉が開く音が聞こえてきたので、急いでそちらに向かうと、何と、そこには思いがけない人物がいました。

「マリアンヌ!?　どうしたの？　こんな時間に」

そうです。マリアンヌが立っていたんです。これには流石《さすが》に驚いて、呆然とマリアンヌを見ることしか出来ませんでした。

「ちょっと心配……いや、お兄様もシャルのお店が見たいって言っていたし、それにシャルに会いたがっている人を連れてきただけで……」

マリアンヌは強気な口調でそう言ってきましたが、最初に、心配して……と言いかけたのがしっかりと聞こえていますからね。

マリアンヌの後ろをチラッと見ると、確かに、マリアンヌ以外にも何人かが待機しているのが見えます。私に会いたがっている人を連れてきた、とのことですが、一体誰のことなんでしょう？

そう思いながら、マリアンヌを先頭に店の中に入ってくる人達を眺めます。

「シャル、久しぶりだね」

微笑みながら私にそう言ったのはマリアンヌの兄、アルト様で、隣国に留学してからは会う機会もなく疎遠になっていたんですよね。ここにいる、ということは、もう帰ってきた、ということなんでしょうか？

なんて呑気《のんき》に思っていると、アルト様の後ろには、「お嬢様!!」と私の顔を見て、目を潤ませている我が家のメイド、そして執事達が。しかも四人も。

まぁ……一人くらいはそのうち来るかもしれない、とアンナと話をしていましたが、まさか四人も一気に来るとは思ってもいませんでしたよ。家で何かがあった、ということなんでしょうか？

とりあえず、メイド達とアンナが二階で話をしている間に、私はマリアンヌと話をしました。

「聞きましたわよ。ミナジェーン殿下から依頼があったんですって？」

「そうなの。急に来てビックリしましたわ」

なんだか久しぶりにこの喋り方をした気がします。だって、貴族でもないのにこの口調はおかしいでしょう？　マリアンヌの前で出てしまったのは長年の癖みたいなものですね。

「うん。シャルらしい落ち着いたお店だね。人気が出るのもわかるよ」

店を一通り見終わったアルト様にそう言われました。私自身、派手なものが苦手だというのもありますが、服が目立つように、と内装には力を入れたので褒めてもらえるのは嬉しいですね。

ただ、人気が出るって、まだオープンしたてなのに、もう噂になっているんでしょうか？

「この店の評判は我が家にも聞こえてきていますわよ。凄《すご》く順調みたいですわね」

「マリアンヌが作ってもらったドレスを見て父上達も凄《すご》く喜んでいたよ。シャルは天才なんじゃないか、って」

アルト様も店のことを褒めてくれて、なんだか凄《すご》く過大評価されている気がします。だって、デザインに関しては前世の記憶があるから、この世界では変わったデザインが描けるというだけで、私はそんなに凄《すご》いことはしていないんです。

でも素直に嬉しいのでお礼を言うと、マリアンヌが目を輝かせて頼み事をしてきました。

「ミナジェーン殿下のドレスのデザインは出来ていますの？　もし良かったら見てみたいわ！」

実は最初からそれが目的だったのでは？　なんて思っちゃいますね。

そう思いながら、まだ途中のデザイン画をマリアンヌに見せていると顔を涙でぐちゃぐちゃにしたアンナが戻ってきました。

「シャル様ぁぁぁ！　皆をここで働かせて下さぁぁぁい‼」

一体、どのような話をしたらそれほどまでに顔が酷いことになるのか、と思いながら、アンナに話を聞いたところ、この四人は我が家の使用人をクビになったらしいんですよ。しかもクビになった理由は、私のことを庇ったとか、私に対して同情をしたから。まぁ、言い出したのはリリアーナでしょうけど、それを簡単に聞き入れるお父様もおかしいですよね。一緒に話を聞いていたマリアンヌとアルト様も呆れ顔ですよ。

そしてこの四人が、マリアンヌの元を訪ねた理由は、私がどこにいるか知ってそうだから、らしいです。

しかし私が一番気になることは……ここで働くのは構わないけど、結構地味な作業が多いけど大丈夫なのか、ということです。普通に椅子に五時間くらい拘束《こうそく》されて作業することもありますからね。しかも、物凄《ものすご》く細かい作業だということもあって、今までバタバタ動き回っている仕事が多かった四人には逆にしんどいんじゃないでしょうか？

もちろん、人が足りていないので一緒に働いてくれるなら嬉しいですが、嫌なことを強制的にやらせようとは思っていませんし、帰りたいのであればそれぞれ実家があるんですから、交通費くらいなら出しますよ？　私を頼ってここまで来てくれただけでも嬉しいですからね！

　という私の思ったことを四人に伝えると、答えは即座に返ってきました。

「アンナから話は聞いています！　それを聞いて、一緒に働きたいって思ったんです！」

「そうですよ。大体、いくらマリアンヌ様の領地だからとはいえ、女性が二人だなんて危機感がなさすぎます！」

「力仕事だってありますよね？　これからは俺に任せて下さいよ！」

「お嬢様は少し世間知らずなところがありますからね。しっかりフォローするように奥様から言われています」

　なんか最後に衝撃的なことを言われた気がしますが……でも、しっかりと覚悟が決まっているのであれば、止める理由もありませんよね。

　そもそも、アンナも含めてここにいる人は皆、伯爵家にいた時から私の味方をしてくれた人です。そんな人達を見捨てるようなことは出来ないですからね。

　そうと決まれば四人の部屋をどこにするのか……。部屋の数を多めに作っておいて良かったです。

それからというもの、四人が来てくれたおかげで、受けられる依頼の数も増えて、売り上げも右肩上がりの状態です。

私自身、デザインに時間が取れるようになりましたし、皆も覚えるのが凄《すご》く早いので、下手に初心者を雇うより圧倒的に助かっています。

今なんて、休憩がてら皆が作業しているのを眺める余裕すらあります。

「アンナ、これってどうすればいいの？」

そう言いながらエルマがアンナに白いエプロンを持ってきましたね。

「あぁ、その人のはね……あれ？　確かユリが好きだって話をしていた……」

「そうなの！　白ユリが一番好きなんだって」

あぁー……なるほど。濃いめの色の刺繍だといい感じにワンポイントになって可愛らしくなるけど、白いエプロンだと、同化しちゃう、と悩んでいたのね。アンナは一体どのような答えを出すのか、と少し気になった私は二人のやり取りに入ることなく、ただただ眺めることに徹しました。

「あ、だったら、ユリの葉とかつけてみたら目立つんじゃない？」

「やってみます！」

私の想像以上にアンナは仕事が出来るようになっていたらしく、すぐに最良の選択をして、エルマにも正確な指示を出していたので少し驚きましたよ。まさか、ここまで成長が早いとは……流石《さすが》、としか言いようがないですよね。

そう思いながら、とりあえず自分の仕事に戻ろうとミシンの電源を入れた私の元に、型紙を頼んでいたミアがやってきました。

「シャル様、ミナジェーン殿下のドレスの型紙なんですが……」

まだ基本しか教えていなかったですが、やっぱり実践は大切ですからね。ミナジェーン殿下のドレスの型紙ですが、私もしっかりと確認しているので、今のところは順調に出来上がっていっています。あとは展開していくのが面倒な部分が残っているはず……と思いながらミアが渡してきた展開図を見ると、ミアが指をさしたのはドレスのスカート部分ですね。

「あぁ、それはね……」

デザインを描いていて、私もどうしようか悩んだところです。これればかりは教えたことだけでは少し難しかったかも、ですね。

なんて思いながら、ミアに展開の仕方を教えていると、テオがおたまを片手に作業場に来ました。

「みなさーん！　ご飯が出来ましたよ！」

普通は女性がご飯を作るものかもしれませんが、うちでは女性陣が作業をしているので、テオとカルロが家事を担当してくれています。今までは作業の手を止めてアンナがやってくれていたので、彼らが来てくれて本当に助かっています。

しかも、食事をしながら、今日の依頼の件数だったり、受け取った人の反応、それから売り上げの話なんかもしているので、経営している感が増してきて、私としては四人が来てからいいことだらけです。

そう思いながら椅子に座ると、早速カルロが興味津々というように聞いてきました。

「どうですか？　ドレスの方は」

ドレスを作る過程なんてお屋敷で働いていた頃は見る機会がなかったので、皆興味津々なんですよね。

「そうねぇ……ミアの型紙がもう少しで出来そうだから、あと一週間もしないうちに仕上がると思うわ」

私が言うと、エルマが聞こえるか聞こえないかくらいの声の大きさでポツリと呟きました。

「いいなぁ……ミアもアンナもドレスに関われて……」

やっぱり目の前で作っていたら自分も関わりたいですし、自分だけが……と悲しい気持ちになるかもしれません。

「あら？　エルマも一緒にやる？」

「えっ！　出来るんですか!?」

「もちろんよ。刺繍をするところも沢山あるし、レースも必要になるからね」

「やったぁ！」

私の提案にエルマは相当嬉しいのか、見たことがないくらいの満面の笑みで喜んでいますね。

それほどまでに一緒に作りたかった、ということなんでしょうけど、まさかこんなに喜んでくれるとは思ってもいませんでしたよ。

ただ、それを見ていたテオは少し肩を落としました。

「俺達も手伝えたら良かったんですけど……」

手伝うことが出来ない、ということを自分なりに申し訳なく思っているんでしょう。

隣のカルロも、テオの言葉に頷《うなず》いていますし……。私としてはテオとカルロが家事をやってくれているおかげで、私達は仕事に集中出来るので感謝しかないですし、そこまで自分は役に立っていない、みたいな勘違いはしないでほしいものです。

まぁ、私のその思いを伝えても、二人はどこか不満げにしていましたけどね。二人の気持ちはわかるので、これ以上は何も言わないでおきましょう。

こんな話があった次の日、作業を始めようとした私に、最初に声をかけてきたのはミアでした。

「シャル様。型紙が完成しました」

「もう少しかかると思ったのに、随分と早いわね？」

確か、昨日縮小された型紙が出来上がったはずで、今日からハトロン紙という型紙を写す紙に描くように頼んだはずです。いくら計算などは終わっていても、流石《さすが》に早すぎません？

「だって……昨日、目の前でドレスの話を開いたら、少しでも早く型紙を終わらせたくなったんですよ」

ミアが少しムッとした表情でそう言ってきましたが、それで納得しましたよ。

ミアは責任感が強いです。エルマがドレスに関わりたい、と言うのを聞いて、早く型紙を終わらせないと皆が待っている、という風に捉《とら》えてしまったのでしょう。別にまだ時間はあるのでゆっくりで良かった、というのが内心ですが、せっかく早く終わらせてくれたので、それは内緒にしておきましょう。増えた時間は、どこかで使っていけばいいだけですし。

「うん。完璧ね」

それだけ言って型紙を返すと、ミアは少しホッとした表情に変わりましたね。

あの苦戦していたところも、ちゃんと完璧に出来ていますし、これならすぐに裁断しても大丈夫そうです。

「じゃあ、次の裁断はエルマに任せるつもりだから、休憩を挟んだ後に、ミアには店の方を任せてもいいかしら？」

そうお願いをすると、任せて、と頷《うなず》いたミアは休憩をする様子もなく、店の方に向かっていったので必死に止めましたよ。まぁ、ミアの方も「皆が仕事をしている中、私一人が休むことは出来ません」と全く引かなかったけど……

でも、ミアは全く寝ていないですからね。流石《さすが》にここで休んでもらわないと、ミアのことが心配になって逆に迷惑をかけるんだ、ということをしっかりと伝えましたよ。

すると、流石《さすが》のミアもこれには言い返すことが出来なかったみたいで、「レジ締めはやらせてもらいますからね」という言葉を残して、部屋に行ってくれました。

はぁ……ミアって意外と頑固なんですよね。まぁ、でも休んでくれる、とのことなので私も作業に移りましょう。

今回、ミナジェーン殿下のドレスの生地は、サテンとシフォンを使うつもりです。サテン、って聞くと、あのギラギラのツルツルの、みたいな感じに思うかもしれませんが、色々種類があって、金額が高めのものは、思っているより上品な光り方をしてくれるので、今回はそっちを使います。

シフォンは柔らかくて、透け感のある生地なんですが、少し扱いが難しいので皆には苦戦させてしまうかもしれませんね。ただ、いいドレスを作るため、ということで頑張ってもらいましょう。

……なんて安易に考えていましたが、エルマが泣きそうな顔をしながら練習用の生地を持って私のところに来ましたね。

「シャル様、ドレスの刺繍なんですけど上手く出来なくて……」

慣れている人でも扱いが難しい生地です、やっぱり無理がありますよね。

「あー、シフォンだから今までのみたいに上手く出来ないよね」

私はそう言いながら苦笑しました。

布に施《ほどこ》されている刺繍は、一応形は出来ていますが、なんだか不格好ですし、何回も布に針を刺したのか、ところどころに穴も開いてしまっています。まぁ、あるあるですね。

マリアンヌのドレスを作った時は、シルクだったのでアイロンをかければ多少は誤魔化せたんですが、シフォン生地は穴を開けたら修復が難しいんです。

「そうなんですよぉ……あんまり引っ張りすぎると破《やぶ》れそうで怖いですし、だからといって布を張らないとやりづらくて……」

エルマも、何故刺繍が綺麗に出来ないのかはしっかりと理解しているみたいですね。

まぁ、やっぱり最初は破《やぶ》れそうだ、と物凄《ものすご》く戸惑いますよね。

「ちょっと枠を持ってきてくれるかしら？　お手本を見せるわ」

そう言うと、エルマは奥の方に行ってすぐに持ってきてくれました。

枠というのは、刺繍をする時に使う、丸い木枠のことなんですが、エルマが使っていた布を受け取って、枠に布をつけます。刺繍をする時はなるべくシワが寄らないようにピンっと張るのがポイントです。

「え!?　この布……そんなにピンっと張っても大丈夫なんですか!?」

「ええ、薄いから破《やぶ》けやすく感じるかもしれないけど、ちゃんと糸を紡いでいるんだから、簡単には破《やぶ》れないわよ」

そう言いながら、エルマに枠を渡しました。

「ありがとうございます！　早速やってみます！」

私から枠を受け取ったエルマが早速席に戻ろうとしたので、そんなエルマの背中に声をかけます。

「あ、針はなるべく細いものを使ってね？　穴が開いちゃったら直せないから」

エルマは元気な声で返事をして、再び作業をしに戻っていきました。

ちょうど手を止めたので、アンナの様子も見てきましょうか。

「アンナの方は何か困ってることはない？」

「今のところは大丈夫ですね。ただ、初めて使う生地なので多少は苦戦していますが」

流石《さすが》のアンナもシフォン生地には苦戦していますね。

ちゃんとまち針で留めておいても、滑りやすいのですぐズレてしまいますし、やり直すために糸を抜こうと思ってもそれで再び間違えたりして、本当に腹立たしい生地なんですよ。

「まぁ、確かに今回の生地は難しいかもしれないわね」

そう言うと、アンナは黙って頷《うなず》きました。

これは……集中しているみたいなので邪魔するのも悪いです。

「何かあったらすぐに呼んでね？」

一言だけ言ってその場を離れました。

この様子だと、シフォン生地さえどうにか扱えるようになったらすぐに出来そうですね。アンナとエルマの成長を信じるしかありません。

そう思った私は、とにかく二人が早く刺繍に参加出来るよう、本体のミシンを急ぎました。


それから数日後、生地に関しての苦戦はありましたが、ついに完成しました……

「終わったぁ……」

ミナジェーン殿下から依頼をいただいてから二週間以上もかかってしまいましたね。

まぁ、今月は色んなことがあってバタバタしていましたから仕方ないんですが……

いや、他のお店と比べたら早い方ですよ？　有名なお店だと三か月待ちとかは当たり前ですもの。マリアンヌのドレスを一週間足らずで作ったので遅いなぁって感じてしまっただけです。

考え事をしながら出来上がったばかりのドレスを眺めていると誰かが部屋に来る気配がしました。

「出来たんですかっ⁉」

あら、一番に駆け付けたのはエルマでした。

「わぁぁぁぁ！　こ、これっ、私が刺繍したところ！」

やっぱり自分が関わった部分には最初に視線がいきますよね。

「エルマが頑張ってくれたところ、いい感じでしょう?」

「はいっ！　なんか、凄《すご》い達成感ですね！」

本当に……やっぱり時間がかかった分、マリアンヌの時とはまた違った達成感です。

そう思っていると、ひょっこりとテオとカルロが扉の方から覗き込んでいるのが見えましたね。エルマの声が聞こえたんでしょう。

二人は私と目が合うと、陰から見ることをやめて作業場に入ってきました。

「シャル様、お疲れ様です！」

「へぇ……どんなのが出来るのか全然想像もつきませんでしたが、これは凄《すご》いですね」

そう言いながら、視線は完全にドレスに向いています。

ミアと私以外はデザイン画を見ていないので、皆が興味津々でドレスを見ている中、一つ質問を投げました。

「イブニングドレスとして大丈夫かしら?」

これは私が一番心配していたことです。一応デザイン画の段階でミアに確認をしましたが、完成したものを見た方が判断しやすいですよね。

「はい。いい感じに露出されていてバランスもいいですし、これでダンスを踊ったら綺麗でしょうね」

カルロのその言葉に、本当に安心しましたよ。ここまで完成してからダメでしょ、なんて言われたら立ち直れませんもの。

そんな私を見て、テオは呆れ気味です。

「いやいや、作る前に聞きましょうよ！」

「それも考えたけど、それだとつまらないじゃない？」

そう言って笑うと、テオは苦笑しながら頷《うなず》いていました。まぁ、テオの言っていることもわかりますけどね。でも、皆が完成図を知っていたらつまらないですよね。

なんて思いながら大きく伸びをしました。店を開けてからずっと休みなし、というのはやっぱりしんどい気がしますが、一人だけ休むっていうのも気が引けますし……とはいえ、久しぶりにゆっくりしたいような気もします。何かいい感じで皆が休める理由があれば……そう感じた私は、ある計画を思いついたので、不思議そうな顔をしているエルマの手を取ってこう言いました。

「よーしっ、決めたわ。明日は全員休みの日！　結構ハードスケジュールだったし、各自しっかり休むように！」

そうすれば、私だけじゃなく皆も休めるし最善の選択ですよね！

「ええ!?　そんなに簡単に決めちゃっていいんですか!?」

エルマは驚いていますが、これは決定事項です！

「いいのっ！　そうと決まったら、ミアとアンナにも伝えましょう？」

後ろの方でテオとカルロにクスクス笑われながら、私はエルマの手を引いて二人のところに向かいました。

アンナもミアも「そんなに急に……」とは言ったものの、私の「そろそろ体も限界を迎えている気がする」という言葉を聞くと、すぐに私の提案に頷《うなず》いてくれました。

まぁ、嘘ではありませんし、最近はずっと忙しい日々を送っていたので、たまにはいいですよね？

ということで、今日は閉店の時間も早めて、明日に備えることになった……のはいいんですが、思わぬ来客が。

「今日は店を閉めるのが早いんじゃない!?」

「え!?　ミナジェーン殿下!?」

ビックリしました……

普段は店を五時くらいに閉めていますが、今日は一時に閉めてゆっくりと過ごしている最中に、ミナジェーン殿下が店に来たんです。

一応、手紙にはそろそろ完成します、ということを書いていましたが、まさか今日来るとは思っていなかったですよ。

なんて思っていると、ミナジェーン殿下は少し頬を膨らませています。

「もうすぐドレスが出来るって手紙が届いたから、取りに行こうと思ったのに」

「わぁぁぁ……すみません。まさかこんなに早く来るなんて思っていませんでした」

咄嗟《とっさ》に謝罪をしましたが、留学しに来ているとはいえ、隣国の王女なので忙しいと思っていたんです。すぐに来るなんて予想外でしたよ。

心の中でそんな言い訳をしながらアンナにドレスの準備をするようにお願いすると、ミナジェーン殿下は相当ドレスが楽しみなのか、いつもよりもソワソワしているような気がします。

「お休みの時にすみません。殿下がすぐに向かうと聞かなかったもので……」

黒服の人がコソッと私に伝えてきました。

私としては楽しみにしてくれている、ということなので嬉しいですが、黒服の言葉がミナジェーン殿下にも聞こえてしまったみたいで、「余計なことを言うんじゃないわよ！」と恥ずかしそうにしていますね。まぁ、ミナジェーン殿下の可愛らしい姿を見られたので満足です。

準備が出来たとのことで、ミナジェーン殿下を客室に案内しました。

「気に入ってもらえるといいですが……」

そう言いながら扉を開きましたが、置く場所が良かったんでしょうか？　照明の光が当たっていい感じにキラキラ光っていて、私から見たら綺麗だ、と思うんですが、ミナジェーン殿下はどうでしょう？

「どうですか？」

恐る恐る尋ねると、ミナジェーン殿下はニッコリと笑っています。

「いいじゃない！　凄《すご》く気に入ったわ！」

「本当ですか⁉」

「こういうことで私が嘘を言うわけがないじゃない！」

良かった。本当に安心しましたよ。

毎回、自分達で作ったものはいい感じに出来たって思うんですけど、作った人の贔屓《ひいき》目が入っちゃいますからね。

やっぱり依頼主が気に入ってくれるのが一番嬉しいです。

「試着されますか？　合わないところがあったらすぐに直すことも出来るので」

そう尋ねるとミナジェーン殿下は、もちろん！　と返事をしたので、早速アンナに着付けをお願いしました。こういう時、メイドだった経験が生かせるのでいいですよね。

待つことおよそ十分……ワクワクしながら待っている私の目の前に、ミナジェーン殿下がドレスの裾《すそ》を靡《なび》かせて現れました。

「この刺繍……近くで見ると凄《すご》いわね。こんなに綺麗に、しかも細かく出来るなんて」

「ありがとうございます。そこはエルマが一番頑張ってくれたところなんですよ」

そう言ってエルマを見ると、照れたような表情をして俯《うつむ》きましたね。きっと、まさか褒められるとは……という感じなんでしょう。

今回のミナジェーン殿下のドレスは、膝上三センチメートルのミニ丈ドレスにしました。

色はドレスの本体は白、被せているシフォンはモーブピンクにしてみました。全部がピンクだとあまりにも可愛らしい感じになりますが、モーブピンクは紫が混ざったピンクなので、大人っぽい感じに出来たと思います。

それから、ミナジェーン殿下は小柄ですが、全体的に細いので、せっかくの綺麗な足を隠すのは勿体《もったい》ないと思ったんです。ただ足を出すだけだと露出しすぎかなって思ったので、ウエストからシフォンを被せています。

ちなみに私が一番気に入っているところは、シフォンに施《ほどこ》された刺繍ですね。ラメ入りの糸で入れているので、光が当たるとキラッと光って見えるんですよ。蝶と花の刺繍を入れましたが、エルマが細かいところにもこだわってくれたおかげで凄《すご》く綺麗です。

そんな説明を簡単にすると、ミナジェーン殿下は私と初めて話をした時のように、目をキラキラと輝かせて聞いてくれました。

「想像以上にいい出来だわ！　専属にしたいくらいよ！」

なんて返事をしたらいいのかわからず苦笑していると、更に言葉を重ねてくれます。

「そんな顔をしないで。せっかくシャルロットが楽しそうにしているのに、邪魔しようと思っていないわよ」

私の反応があまりにも鈍かったので、ミナジェーン殿下に気を遣わせてしまいましたよ。確かに毎日好きなことをしているので楽しくて仕方ないですが、ミナジェーン殿下に気付かれるなんて……わかりやすいんでしょうかね？

「専属には出来ないけど、また依頼しに来るわ！」

そう言って、ミナジェーン殿下は満面の笑みでドレスを持って帰っていきました。

後日、ミナジェーン殿下から、あのドレスを着てパーティーに参加したら、相当注目された、と教えてもらいました。

ただ、またリリアーナのことで問題が起こったらしいですけどね。あまりにも申し訳なくて、つい謝ってしまいました。本来なら絶縁された私にはもう関係のない話ですが、流石《さすが》に謝らずにはいられませんでしたよ。

ミナジェーン殿下は私に謝られると思っていなかったのか、驚いた顔をしていましたが。

「あ……そうよね。あんなことをされてもリリアーナが貴方の妹なのは変わらないわよね。それなのにこんな話を」

「あ、いいんですよ。私としては、もう参加することのない社交界の話を聞けるのは楽しいですから」

正直な話、リリアーナがどうなろうと別に構いません。私は身内だったから、というのと、ヤンヌ様が苦手だったので騒がなかっただけで、普通なら何かしらの仕返しをされても仕方のないことをやっているんです。リリアーナの不幸話は自業自得、ってやつですね。

あ、でもミナジェーン殿下やマリアンヌが話してくれるおかげで社交界の話を知れるのは本当に嬉しいですよ。流行を知ることが出来ますしね。

ただ、ミナジェーン殿下は私に悪いことをしたと思っているみたいで、いまだにシュンとしています。ミナジェーン殿下のそういうところが好きなんですよね。一見、自分の意見や我儘《わがまま》を押し通しているように見える時もありますが、実は人一倍相手のことを考えていて、心優しいんです。

まだシュンとしているミナジェーン殿下に微笑んで補足します。

「私がいなくなって、リリアーナがどんなことをやらかしているのかは結構気になっていたので、教えてもらえるのは助かりますよ」

「そうっ！　なら沢山教えてあげるわ！」

良かった。ぱぁっと花が咲いたような笑顔を見せてくれました。

それからは、ミナジェーン殿下が知っている限りのリリアーナの問題行動を教えてもらいましたが、聞けば聞くほど頭が痛くなりますね。ミナジェーン殿下の婚約者であるカイン殿下が嫌がっているのに、懲りもせずストーカー行為を続け、私から奪い取ったヤンヌ様は放置。ミナジェーン殿下やカイン殿下と親しくしている令嬢の誕生日パーティーに来たのはいいけど、娼婦のようなドレスを着て、ミナジェーン殿下と話した後は主役に挨拶もせず逃げるように帰った、ですか。

バカなんですかね？　私がいなくなったことで自分が当主になることを理解していないんでしょうか？

このままだとリリアーナが……いや、伯爵家がピンチになっても誰も助けてくれないですよ。

あまりの衝撃的な内容に、思わずため息をつきそうになっていると更なる来客が。

「あら、今日はミナジェーン様も来ていましたのね」

「マリアンヌ！　どうしたの？」

ビックリしました。マリアンヌは私のことを心配して週二くらいの頻度で来てくれるんですが、一昨日来たから今日は来ないと思っていましたよ。反射的にどうしたの？なんて聞いてしまいましたが、用事がなくても来ていいんですけどね。私としては嬉しいですし。

「特に用事があったわけじゃないけど……い、いや、ミナジェーン様のドレスの話をしに来たんだけど本人がいらしていたのね」

「ええ。ドレスのお礼とパーティーのことを言いに来たの」

二人が会話をしている間に、マリアンヌ用の椅子を持ってくると、アンナがお茶を追加で用意してくれました。

なんだか久しぶりに三人で話をするような気がしますね。学園にいた頃やパーティーでは当たり前のように集まっていましたが、今では新鮮な気分ですよ。

アンナが用意してくれたお茶を一口含むと、マリアンヌは早速聞いてきました。

「そうだ。ミナジェーン殿下のドレスの刺繍もアンナがやったの？」

マリアンヌの時はアンナがやってくれましたもんね。

「今回はエルマがやってくれたのよ」

「そうだったのね」

あたりさわりない返事をしましたが、なんだかマリアンヌの様子がおかしいですわね。

私としては、凄《すご》くいい出来だなと思って自慢したかったくらいなんですが……

マリアンヌはふぅ、と一息ついた後に訳を教えてくれました。

「ミナジェーン殿下がカイン殿下とダンスを踊っている時、キラキラ輝いていてつい見入っちゃったわ。とっても綺麗だなと思って」

「マリアンヌもそう思った!?　私もあの刺繍が一番お気に入りなのよ！」

二人で盛り上がり始めたので、安心しましたよ。問題があるわけじゃなかったんですね。

「エルマに言ってあげたら凄《すご》く喜ぶと思うわ」

そう言うと、早速マリアンヌがエルマを探しに行くために、部屋を後にしました。

そんなに急がなくても逃げていかないいんですが……

客室には再び私とミナジェーン殿下の二人だけですね。何を話そうかと考えていると殿下が私に向き直りました。

「……ねぇ、シャルロット」

なんだか改まって名前を呼ばれたので、緊張してしまいました。だって、今までこんなことはなかったですからね。ミナジェーン殿下も何故か緊張しているようですし……

とりあえず、余計なことを言わず首を傾《かし》げてミナジェーン殿下の言葉を待ちます。

「呼び方は諦めるから、私がここにいる間だけでもマリアンヌと同じように話してくれないかしら？」

そう言ったミナジェーン殿下の顔が少し赤くなっていて、勇気を出して言ってくれたんだな、というのが伝わってきました。

隣国の王女ということもあって、普段から周りの人達に距離を取られてしまっているミナジェーン殿下からしたら、私とマリアンヌのような気軽に話が出来る関係が羨《うらや》ましいのかもしれません。幸い、ここでは身分なんて関係なく、皆が気軽に話をしていますし、周りの目も気にすることはありません。殿下の従者やマリアンヌ以外の貴族がいる時はまた別ですが……

そう考えると、その頼みを断る理由なんてありませんよね。

「わかりました……いや、わかったわ。ミナジェーン殿下」

私がそう言うと、満足そうに頷《うなず》いてくれました。

もしかして、これが言いたくて緊張していた、とかですか？　え、何？　とっても可愛いと思いません？

なんて思っているうちに、ちょうどマリアンヌも戻ってきたので再び三人で話をします。

「それにしても、リリアーナは今後社交界に参加しにくくなったでしょうね」

「人の婚約者を奪おうなんて考えるのが悪いんですわっ！」

「私もミナジェーン殿下の意見に賛成だなぁ」

私の中でリリアーナって、人のものを奪うことに、快感を覚えるタイプの人だと思っているんですよね。今までは私のもので欲を満たしていたんでしょうけど、いなくなってしまったので、他人のものに手を出し始めているんだと思います。それなのに、自分では何の努力もしない人だから、たちが悪いですよねぇ。

「そういえば、シャルロットはヤンヌ様を取られて何も思いませんでしたの？」

ミナジェーン殿下が不思議そうな顔をして聞いてきましたね。

なんだか気を遣っているのか、遠慮気味に聞いてきましたが無用な心配です。

「私はヤンヌ様に対していい印象をもっていなかったから、勝手にどうぞ、としか思わなかったわ」

淡々とそう言うと、ミナジェーン殿下は驚いた顔をしましたが、すぐに面白いものでも聞いたかのように笑っていました。

だって、ヤンヌ様って何かしら突出したものがあるわけでもないのに、プライドが高いというか、自信家というか……リリアーナが欲しいなら喜んであげたのに、としか思えませんでした。

「シャルを家から追い出したって聞いた時は、お父様に頼んで伯爵家を潰そうかとも考えましたわよ」

横からマリアンヌが、満面の笑みで結構凄《すご》いことを言うものですから驚いてしまいました。隣でミナジェーン殿下も頷《うなず》いていますし。

この二人なら本当にやるだろう、ということもあって、苦笑しながら誤魔化していると、急にミナジェーン殿下が遠慮気味に言ってきました。

「あー、言っていいのか悩んだけど、そんなことをしなくても領地の方が大変って噂になっているわ」

「まぁ、元々シャルの父親は自分で仕事をしないって有名でしたもの。リリアーナがミア達をクビにしたのもあって、物凄《ものすご》い勢いで傾《かたむ》いているらしいわ」

あ、私が言おうとしたことをマリアンヌが全て言ってくれました。

でも、本当にその通りなんですよ。領地に関しては、お父様頑張って、としか言えません。

まぁ、この話は盛り上がらないのですぐに終わって、再び他愛《たわい》のない話に戻りましたけどね。

そう思っていると、ミナジェーン殿下が唐突に相談を持ちかけてきました。

「そうだ！　シャルロットに依頼をしたいのだけど」

「また近いうちにパーティーがあるの？」

こんなに速いペースで依頼するなんてそれしかありませんよね。

同じドレスを何度も着る人もいますが、お金を持っている人は新しく買い換えますものね。

だったら今度は……と頭の中でミナジェーン殿下のドレスを想像していましたが、次の言葉で、一気にデザインが頭から飛んでいってしまいました。

「私じゃなくて実家の方で、ね」

実家……ということは、隣国の王族のことですよね？

これには理解が追い付かなくて首を傾《かし》げてしまいます。

「そういえば、再来月に大きなパーティーが隣国であるとお父様も言っていたような気がしますわ」

「えぇ！　そのパーティーで、私が着るドレスではないんだけど、お願い出来るかしら？」

ミナジェーン殿下が着るというわけではないんですね。

「うーん……サイズがわかれば作ることが可能ですが……」

出来ればドレスの形やその人の顔を見てデザインを決めたい、というのが本音です。

やっぱり人によってスタイルも全然違いますからね。

なんて思いながら苦笑すると、そもそも依頼はドレスですらありませんでした。

「支給係が着る服を頼みたいんですの。サイズが必要なら全て用意するわ！」

「えっ⁉　あ、あぁ……ドレスじゃないんですか？」

支給服……まぁ、いわゆるメイド服のことでしたか。てっきりミナジェーン殿下の知人のドレスだと思っていましたよ。

これにはちょっと残念なんて思ったり、思わなかったり。

「今、ちょっと残念とか思ったわよね？」

あら、マリアンヌには私の考えはお見通しですか？

でも、ドレスを作るのも楽しいですが、私は服を作る、というのが好きなだけですし依頼があるだけ嬉しいですよね。

「……で、どうかしら？　お願い出来ますの？」

「えっと、枚数はどれくらいになりそうですか？」

「そうねぇ……ざっと百五十枚くらいかしら？」

サラッと言ってきましたが、相当な枚数ですよね？

そんなに簡単に作れるようなものではありませんし、服を作る機械があればいいですが、それも存在しませんしね。結構大変な依頼のような気が……

「凄《すご》い枚数ですのね」

「だって汚れたら替えないといけないじゃない？」

確かに、王族の主催するパーティーで汚れた服を着ているメイドは絶対にいてはいけませんよね。

ただ、そんなに大量に作るのであれば、私一人で決めてしまうわけにはいきません。

「量的に、私一人では決められないので、皆に聞いてきてもいいですか？」

と聞くと、もちろん、と頷《うなず》いてくれたので、早速皆に確認しに行きます。

いや、多分ですよ？　多分、皆驚くとは思いますが、嫌がることはないと思うんですよね。私もせっかくの機会ですし、頑張りたいなって思っていますもの。

そう思いながら皆に聞くと、反応は様々でしたが。

「ええ！　凄《すご》いじゃないですか！」

「大変なのは確かですが、やりがいはありそうですよね」

「俺達もやれることは手伝いますよ！」

「こんなチャンスないですし、頑張るべきだと思います」

というような感じで、皆やる気みたいですね。

そう言ってくれると思いました。ミアなんて、もう一着あたりの金額の目安を立て始めています。

私達の答えを聞いたミナジェーン殿下は、すぐに依頼の内容を教えてくれましたが、また難しい内容ですね……。なるべく品のある、そして動きやすくて、パッと見ただけでも王室の使用人だとわかるようにしてほしい、とのことでした。なので、本来なら勝手に使うことは禁止されていますが、王室の家紋を使用する許可を念のためにもらっています。

それにしても、何故いつも通りのメイド服ではダメなんでしょう？

ミナジェーン殿下とマリアンヌが帰った後、そんなことをつらつらと考えます。

「それで、今回はどんなデザインにするんですか？」

ミアが聞いてきました。まぁ、型紙担当なので気になりますよね。ひとまず余計なことは考えず、依頼に集中しましょう。

「ミアはメイド服で、動きにくいなぁとか、これ嫌だなぁ、って思ったことはある？」

現場で働いたことがある人から意見を聞こうとミアに尋ねると、少し考えてから答えてくれました。

「そうですね……高いところに腕を伸ばす時とかは服にゆとりがないので破《やぶ》けないか心配でしたね」

なるほど……確かにメイド服って白い襟付きの黒のワンピースに白いエプロンが定番ですが、体にフィットしたものを着ている人がほとんどでしたね。

まぁ、家によって多少違いはあると思いますが、お父様の趣味とかでしょうか？　だとしたら機能性を考えず、見た目だけで判断したんでしょうね。

「なになに？　何の話ですかー？」

エルマも話に参加してきたのでミアと同じ質問をしました。

「あー、なるほどー、私はメイド服が長袖《そで》だったので水仕事の時が嫌でしたねぇ。たまに、ずり落ちてきたりとかして。あとは袖《そで》が引っかかったりしましたし」

じゃあ袖《そで》はない方がいいのかしら？　メイド服は長袖《そで》、みたいなイメージはありますが、確かにお客様の前で袖《そで》が入るようなことがあったら大変ですしね。

まぁ、それは後で決まりがあるのか聞くとして、ちょっと気になることがあるんですよね。

「二人に聞きたいんだけど、汚れたりした時に、毎回服を一式着替えるのは面倒だと思う？」

だって、一か所汚したら全部替えなきゃいけないんですよ？　私だったら上下で分けて汚れた方を替えるのが楽だし、手間もかからないような気がする、と思っての質問でした。

「確かに面倒ですね。スカートだけ汚れても一式替えないといけないですし、ファスナーが後ろの方にあるので一人で着るのも苦労していました」

そうですよね……パーティーでバタバタ動き回るんだったら着替えやすさも考えた方がいいですね。

……となると、やっぱり前ボタンでしょうか？

あとは、生地をどうするかで動きやすさや洗いやすさも変わりますし、スカートも品がある、で定番なのはタイトスカートですが、動きやすさを考えるとやめた方がいいですね。

「あと、色々聞くことが多くて申し訳ないんだけど、メイド服には決まり事みたいなのはあるの？」

「そうですね……あまりないですが、強《し》いて言うなら色でしょうか？　やっぱりメイドは裏方みたいなものですので主張が激しいのは……」

色ね。だとしたらやっぱり黒？　でもそれだと定番すぎますよね。

うーん……これだという考えが浮かんできません。

「話を聞かせてくれてありがとう！　とりあえず、今日の分の仕事を始めましょうか」

一旦考えることをやめて他のことに集中しましょう。その方がパッと思いつくものですよね。

今日の依頼はいつも通りエプロンの刺繍が五枚、あと、結婚式に参列する時のドレスが二枚、普段も着られそうなワンピースが一枚、といった感じです。

ここ最近はエプロンだけではなく、色んなものが注文されるようになって、おかげで売り上げも上々です。

ただ、まさかここまで人気が出ると思っていなかったので、再び人手不足になってきたのが問題ですね。最低でも二人はお店の方に取られてしまうので、どうしても人が足りません。

そんな中で少し変わったことがあります。

「シャル様、これってこの糸を使うので合っていますか？」

そう聞いてきたのは、何とカルロです。

ミナジェーン殿下から依頼を受ける少し前くらいに、カルロとテオが急に、自分達も手伝いたい、と言ってくれたおかげで、皆で交代しながら休みやすくなりました。テオはミシンを、カルロは刺繍を担当してもらっていて、二人が増えただけで随分と仕事が楽になりましたよ。

「うん。合っているよ。あと、このお客様は紫があまり好きじゃないから、出来たら使わないでほしいの」

私が指示すると、納得したような顔をしながら「わかりました」と自分の持ち場に戻っていきましたね。男性がこんな細かい作業をするのは、この世界ではあり得ない話なので嫌がると思っていましたが、楽しそうにやってくれているみたいです。

本当は型紙を覚えてもらおうかとも思ったんですが、流石《さすが》に見ず知らずの男性に自分の体のサイズを知られるのを嫌がるお客様がいないとは言い切れず、地味な仕事を頼むことになって申し訳なく思いますね。

「シャル様ー！」

「はーい？　どうしたの？」

お店の方を担当していたミアがなんだか慌てた様子で私を呼びに来ました。

どうしたんでしょう？　まさか、お店の方でトラブルでもあったんでしょうか？

「その、マリアンヌ様のお母様がいらっしゃって……」

「ええ!?」

おばさまが、ですか!?　客室に通した、とのことですが、一人で来るなんて……何かあったんでしょうか？

そう思った私は急いで客室に向かいました。

「すみません、お待たせしてしまって」

「いいのよ。マリアンヌから聞いているわ。ミナジェーン様直々に依頼を受けたんですって？」

そう言ってくれましたが、表情がないので、何を考えているのかわかりませんね。

も、もしかして、受けない方が良かった、とかでしょうか？

そう思った私は恐る恐る小さな声で返事をします。

「はい……」

「凄《すご》いじゃないの！　マリアンヌに作ってくれたドレスも見たけどとっても素敵だったし、この店を目当てにうちの領地に沢山の人が来てくれるし！」

おばさまは、さっきまでの無表情はどこへやら……満面の笑みで満足げにそう言いました。

これには、思っていた反応と違ったので、返事が間抜けなものになってしまいましたよ。

「え、えっと……あ、ありがとうございます？」

「何か困ってることはない？　なんでも言ってちょうだいね！」

そう言って私に握手まで求めてきてくれて、されるがまま手を差し出したんですが、急にどうしたんでしょう？　しかも、おばさまは忙しい合間を縫《ぬ》って来てくれたのか、それだけ言うと颯爽《さっそう》と店を後にしたんですよ。ただただ激励しに来てくれただけ、という……相変わらずパワフルな人でした。店を出る前にアンナやカルロ達にも握手をしていましたし。きっと、おばさまなりに心配してくれた……ということでしょうか？

「一体なんだったんでしょう？」

「さぁ……？　激励のために来た、とかでしょうか？」

「まぁ、色々嫌味みたいなことを言われるより断然いいですけど」

皆はおばさまと会うことがなかったので驚きですよね。貴族の夫人にはあのタイプはいないですし、想像していた夫人とは全く違うので戸惑っているようにも思えます。

さて、おばさまも帰ってしまいましたし、長々とこの話をしていても時間が勿体《もったい》ないので、話をしている皆に声をかけます。

「さぁ、仕事に戻って。今日の仕事を終わらせるわよ」

そう言うと、はーい、と返事をしながらそれぞれの持ち場に戻っていきました。流石《さすが》、切り替えが早いですね。

私も自分の仕事を終わらせてメイド服のデザインを考えないといけませんね。ただ……いまだにいいデザインが思いついていないんですけど。

「はぁー……」

今日の営業も問題なく終わって、テオの作った美味しいご飯も食べ終わって、いつもだったら上機嫌でお風呂に入って寝るところなんですが、さっきから一枚の紙を目の前に何度もため息をついていますよ。

「どうしたんですか？　そんなに大きなため息をついて」

「それが、全然思いつかないのよ」

私がそう言うと、目の前に置いてある真っ白な紙を見て、アンナは状況を察したようです。

「珍しいですね。いつもならパッと思いついてるイメージがありますが」

「そうなのよ……依頼してくれた人を見ればデザインも思いつくんだけど、今回は全く浮かんでこなくて私も驚いてるの」

マリアンヌの時も、ミナジェーン殿下の時も、本人と話をしたり、その人の体型や雰囲気もわかっていたからデザインが湧いてきやすかったんですが、今回のはどんな人が着るのか全くわからないので大苦戦です。

可愛い系の人でも、美人系の人でも似合うような……どんな人でも似合う服というのは意外と難しいんですよね。品のある、といってもあまり大人っぽくしても似合わない人が出てきちゃいますし、人によって隠したい部分とかもあると思いますし。

そう考えると悩みが尽きなくて、八方塞がり状態です。

すると、私とアンナの会話を聞いていたミアが呟きました。

「ミナジェーン殿下がデザインの確認をしに来るのは二日後でしたっけ？」

今回は大量注文なので、デザインを確認した後に仮縫《かりぬ》いしたものを確認、それでミナジェーン殿下の許可が出てから大量に作る、ということになっているんです。パーティーまで期間が短いので、結構シビアなスケジュールになっているんですよね。様子を見て、店も三日くらい休みにして作業することも考えています。はぁ……このデザインがどれだけ早く出来るかも重要ですが、考えれば考えるほど変なプレッシャーを感じてしまいます。

「とりあえず、いつもみたいに箇条書きしてみたらどうでしょう？」

「それもやっているのよ……」

「確かに……」

私が差し出した紙を見て、ミアは静かに頷《うなず》いて困った顔をしました。

皆はデザイン経験がないから、何かアドバイスをするにしてもどうしたらいいのか……という感じなんでしょうけど、一人で考えるのに行き詰まっている私は、わらにもすがる思いで相談します。

「品のあるっていうのがわからないのよ。そういうスカートにしたら動きづらくなるし、だからといって、いつもと変わらないメイド服だったら私に頼んでもらった意味がなくなってしまうし……」

というか、そう考えるとメイド服って凄《すご》いですよね。誰にでも似合うようになっていますし、少し改良するだけでだいぶ不便もなくなります。

「王室の家紋もつけるんでしたっけ？」

「それが出来たらいいな、とは思っているけど、それも悩み中なの」

家紋を使うといっても場所が難しいということで、なくてもいいかなぁ、とも思ってきましたが、せっかく許可をもらったし……という思いもあります。

「とりあえず、ひたすら描いてみるしかないわ」

もうそれしか方法が思いつかないですよね。幸いなことに皆仕事も出来るようになってきたし、店の方は少し任せても大丈夫でしょう。

そう思った私は、アンナとミアに当分の間、部屋にこもることを伝えて、デザイン画に集中することを決めました。

そして、部屋にこもること二日間。つまり、今日はミナジェーン殿下が来る日です。

「シャル様、デザインは完成したんですか？」

「まぁ、一応ね……」

なんだか曖昧な返事をしてしまいました。

実は自分の部屋に引きこもって、ひたすら考えましたが、私が納得するようなデザインが出来なかったんですよね。しかも描いたデザインも一つに決められなくて、何枚か見てもらって決めようかな……と全く自信のない状況です。

はぁ……いわゆるスランプってやつでしょうか。まさかこのタイミングでスランプになるとは思いませんでしたよ。

あ、でも一枚だけは何となく気に入っているのがあるんですよ。自分の中ではいい感じだなぁ、って思っているんですが……。まぁ、かといって今まで作ってきたものと比べると、どうしても自信は持てませんけどね。

そう思いながら、準備を進めているうちに、ついにミナジェーン殿下が店に来てしまいました。

まぁ、私の想像通り、ミナジェーン殿下に見せたデザイン画は「全然ダメね」とハッキリ言われてしまいましたけど。

これには私も「やっぱりそうですよね……」としか言いようがありませんでしたよ。

私の出したデザイン画は全部で三枚。一枚目は黒のベストと黒のタイトスカート、そして中にパフスリーブの白い半袖《そで》のシャツを合わせた、メイド服の大人版のようなデザイン。二枚目は基本的には一枚目と変わりませんが、ベストに家紋の刺繍を施《ほどこ》して、金色のラインが入っています。三枚目はイメージを変えて、黒のシャツにボタンが銀色で、黒のロングスカート、腰にエプロンというシンプルなものになっています。

私的には二枚目のデザインがまだマシ……と考えていましたが。

「シャルロット、これを着てメイド達が動きやすいと思う？　特にロングスカートなんて走り回っていたら邪魔にしかならないわ」

「はい……そうですよね」

そうなんです。私もわかっていたんですが、メイドといったら前世で見たミニ丈のメイド服か、普段見ているメイド服しかイメージが湧いてこなくて……なんて、こんなの言い訳ですよね。

「あと、このスカート。一応パーティーだけどお酒の提供もあるのよ？　体のラインがしっかり出るようなスカートを穿《は》かせたら、誘惑していると思われても仕方ありませんわ」

今、ミナジェーン殿下が見ているのは一枚目のデザイン画ですが、言われたことに納得しか出来ません。

「それから、これを着た時のことを考えましたの？　同じ服を着たメイドが六十人近くいるのよ？　こんな金のラインや大きく描かれた家紋なんて、いやらしく見えてしまいますわ」

そう言ってさしたのは二枚目のデザイン画です。確かに……大人数がこの服を着て並んでいた時にどう見えるか、ということを考えていませんでした。そう考えるとこのデザインも却下ですね。

「すみません……時間を取ってもらったのにこんな出来のものを見せてしまって」

あまりにも酷い結果に頭を下げると、ミナジェーン殿下が口調を和《やわ》らげてこんなことを聞いてきました。

「シャルロットはメイド服を意識しすぎなんじゃないかしら？」

「そうですね。やっぱりメイド、とわかる方がいいのかと思いまして」

それに、支給係となるのはメイドですし、急に思いっきりデザインを変えてしまうと戸惑ってしまうのでは？　と勝手に思ったというのもあります。だから今回出したデザイン画も、白、黒、の二色がメインになってしまって、余計にデザインを膨らませることが出来なかった、というのが本音ですね。

期待してくれたのに本当に申し訳なくて、私はずっと下を向いたままです。なんだか目を合わせにくいですし、やっぱりここまで悪い出来だと他の人に頼んでしまいますよね……

そう思っているとミナジェーン殿下は、ハッキリと断言しました。

「だったら、一回その考えを捨てなさい」

言っている意味が理解出来なくて、キョトンとして顔を上げてしまいました。

「元々メイド服を作ってほしいではなく、品があって動きやすい服を作ってほしいと言ったはずよ」

そう言ってきたミナジェーン殿下は、自信たっぷりな顔で微笑んでいます。

確かに、メイドが着るとは言いましたが、メイド服を作れとは一度も言われていません。

「色だって別に黒とかこだわらなくていいわ！」

「で、でも、メイド達は目立つ色を着てはいけないのでは？」

ミアやアンナは、来客よりも目立ってはいけないから黒を着ているんだと言っていましたが……

「確かに真っ赤、とかショッキングピンクはやめなさい、ってなるけど、暗めの色だったら別に構わないわよ。そんなことを考えていましたの？」

何を悩んでいるんだ、とでも言っているかのような笑みに、私は今までの悩みはなんだったのか、わからなくなってきましたよ。

え、ということは、黒じゃなくても良かったんですか？

「じゃあ、依頼の言い方を変えますわ！　品のある、動きやすくて皆が着たいと思えるような服を作りなさい！」

そう言うと、ミナジェーン殿下は満足げに頷《うなず》きました。

なるほど……最初からそう考えたら良かったんですね。メイド服にこだわりすぎていました。今までのメイド服、という考えを全て捨てて、全く新しい服……

「どうかしら？　いい考えが浮かびそう？」

「はいっ！　ありがとうございます！」

「じゃあ、明日また来るわね」

ミナジェーン殿下はそう言い残して、その場を後にしました。

なんだか難しく考えすぎたみたいですね。品のある、動きやすくて皆が着て違和感のないデザイン……依頼としては普通に難しいですが、最初と比べたら簡単すぎます。

そう思った私は、ミナジェーン殿下が店を出たのを確認すると、早速デザイン画を描き直し始めました。

色からデザインまで、全く別のものを考える……

品のある色……定番はダルトーンという、くすんだ色なんですが、簡単に表現すると原色にグレーを混ぜた色なんです。ただ、使い方が難しいんですよね。

ドレスにも結構使われていたりしますし……令嬢と色が被ってしまう可能性もあります。

そう考えるとディープトーンを使った方がいいでしょうか？　ディープトーンは原色に少しだけ黒を混ぜた色なので暗めですし、目立ちにくいと思います。

あとはやっぱり、ロング丈とタイトスカートは全面的にやめましょう。動きにくいですし、品がある、というより重たく感じてしまいます。

あー……なんでそんな初歩的なこともスルーしていたんでしょう。昨日の自分を怒鳴りつけたいですよ。

他にも思いついたことをひたすら箇条書きにしていると、いつの間にか時間が経っていました。この時間だと店も閉めてしまっています。今日はお店に出る、と話していたのにずっとこもっていましたが、大丈夫だったでしょうか？　やっぱりお店の方は気になるので、一度確認だけ……と一瞬頭を過《よぎ》りましたが、調子が良くなったんですから、今のうちにデザイン画を描いてしまった方が皆のためでもあります。

そう思っているとコンコン、と控えめなノックが聞こえてきました。

店が閉まったばかりなのに、誰が……と思って扉を開けると、アンナが心配そうな顔をして立っていました。

「シャル様？　ご飯はどうしたらいいですか？」

昨日まで屍《しかばね》みたいになっていましたし、皆には凄《すご》く心配かけましたからね。ここ二日は皆とご飯を食べていなかったので、今日は皆でご飯を食べることにしました。

大きく息を吸いながら、二日ぶりに私が席に着くとエルマが声をかけてきます。

「あ、終わったんですか？」

いやー、そうだったら良かったんですけどね。

「まだ出来てはいないんだけど、一区切りついたからね」

「昨日までが嘘のようにすっきりした顔をしていますね」

ミアがそう言って微笑みました。昨日の私は皆から見てもそんなに酷かったんでしょうか？　ミアの後ろでアンナ達も頷《うなず》いていますし……ま、まぁ……私だってそんな日もありますよね。

そして次の日、完成させたデザイン画をミナジェーン殿下に見てもらうと許可が出ました。

「いいじゃない！　このデザインのまま作ってちょうだい」

「本当ですか⁉」

「えぇ。よく一日でここまで完成させたわ」

そう言ってくれましたし、本当に良かったですよ。

「最初にあのデザインを見た時はどうなることかと思ったわよ」

そう言って苦笑されましたが、本当にその通りです。このままスランプが続いていたら大変なことになっていましたからね。この依頼自体がなくなる可能性だってありましたし。

「そんなに酷かったの？　これを見る限りではとてもいいデザインなんだけど……」

割って入る穏やかな声は、ミナジェーン殿下のものではなく、ミナジェーン殿下の隣に座る男性のもので、驚いた顔をして首を傾《かし》げています。

「そりゃあ、お兄様は見ていませんもの！　でも、あのデザインは私とシャルロットだけの秘密ですわ」

「確かに、あんなものを見られたら今後の依頼がなくなってしまいます」

ミナジェーン殿下の言葉に、私も苦笑しながらそう言うと、男性も苦笑しながら、肩をすくめていました。

えっと、何故こんな状況になったかというと、遡ること三十分ほど前の話です。

「シャルロット！　来たわよ！」

相変わらず勢い良く扉を開けてミナジェーン殿下が登場しました。

「お待ちしていました！」

私の方は、もう出迎える準備が出来ていたので、すぐに扉の方に向かったんですが、そんな私の様子を見たミナジェーン殿下が我が意を得たりとでも言いたげな顔になります。

「その顔……いいデザインが浮かびましたわね？」

「えぇ！　ミナジェーン殿下のおかげです！」

そんな感じで二人楽しく話をしていると、急にミナジェーン殿下の後ろの方からひょっこりと見知らぬ男性が顔を出したんです。

「そっか、それは僕も楽しみだな！」

いやー、流石《さすが》に驚きましたよ。一応、同年代の貴族の人とは男女問わず話をしたことがあるのに、一度も見たことがない人がいるんですもの。見るからに高そうな服を着ていた、というのもあって、すぐにミナジェーン殿下の知り合いであることはわかりましたが、とりあえず尋ねてみました。

「えっと……ミナジェーン殿下、そちらの方は……？」

「私のお兄様ですわ！」

ミナジェーン殿下は男性の腕に抱きつきながら、何故か自慢げに紹介してくれたんですよね。

ちなみに、名前はルイス・ザーシュというらしいです。

「初めまして～。ミナジェーンから話は聞いているよ」

ルイス殿下は笑いながら呑気《のんき》に手を振っていますが、ミナジェーン殿下の兄、ということは、隣国の王子でいいんですよね？

そんな人がこんなところに来ていいんですか？

私の疑問が顔に出ていたのか、「お兄様といっても、第三王子だから自由に動いても何も言われないわよ」と、これまたミナジェーン殿下が自慢げに教えてくれました。

……とまぁ、こんな感じで、さっき初めましてを済ませたばかりなんですが、とても気さくな方で話しやすいなぁ……と思っています。何となく雰囲気も柔らかい感じがしますし、ミナジェーン殿下の兄、ということもあって、信頼出来る人だと思っていますよ。

「うん。家紋をこう使うのも面白いね。これは他の家でも実践していいくらいだ」

ルイス殿下がそう言って指をさしたのは、私も悩んだ家紋の部分ですね。そこは私も気に入っているところです。

あぁ、それと気になることが一つありました。

「あ、その件なんですが、依頼の枚数ではなく、着る人の正確な人数ってわかりますか？　多めに作りすぎて悪用されるのも嫌ですし」

「確かにその通りね。お兄様、何人って言ってました？」

「もう、それくらい覚えておいてよね。八十二人だよ」

「あら？　増えました？」

「うん。何かあった時のために増やしたみたいだよ。あ、枚数は依頼通りで百五十枚お願い出来るかな？」

サラッと二人は話をしていますが、二十人くらい増えていますよね？

まぁ、枚数は変わらないので特に困ることもありませんが……

「わかりました！　なるべく早めに試作品を作りますが、いつまでとか期限はありますか？」

「そうね……申し訳ないんだけど、時間もないし二日後に出来るかしら？」

「わかりました！」

うん。二日なら余裕で間に合いそうな気がします。

今回は私のデザイン画で迷惑をかけたので、ちょっと頑張らないといけないですね。

二人が帰った後、片付けをしているとアンナが部屋に入ってきました。

「どうでしたか？」

「大丈夫だったわ。お店を任せっきりでごめんね？」

もう丸三日も店のことをやっていませんものね。お金のことはミアに任せていますし、依頼のことはアンナが率先して仕切ってくれているので本当に助かっています。出来た従業員達には頭が上がりませんよ。

なんて思っていると、アンナは何か言いたそうにしていますね。

出来れば聞いてあげたいところではありますが……今は試作品を急いで作らないとい

けない、と思った私は、アンナには申し訳ありませんが作業場に向かおうとしました。

しかし、アンナの横を通ろうとした時、真剣な顔をして引き留めてきたんです。

「ちょっと待って下さい」

「どうしたの？」

何故引き留められたのかわからず首を傾《かし》げている私に、アンナは意を決したようにこう言いました。

「シャル様は一旦休んで下さい」

「でも試作品を二日後に完成させないと……！」

明日の午前中には型紙を終わらせておきたいですし、確かに徹夜で休んでいませんが、アドレナリンみたいなのが出ているのか全く眠くないんですよ。正直、絶好調です。

でも、アンナは首を横に振りました。

「型紙でしたらミアに任せましょう。ここ最近、まともに寝ていないんですから、今日だけでもゆっくりしていて下さい」

「でも最近店のことも出来ていないのに、私だけ休むなんて申し訳ないし……」

ここまで任せておいて、自分一人だけ休むなんて出来ませんよ。

それこそ型紙くらいは終わらせてからじゃないと……

「これは皆で話して決めたことです。休んでくれないなら無理やり閉じ込めるんですからね！」

ええ……閉じ込めるって……そんなに休んでほしいんですか？

だったら、私よりミアかアンナの方が優先な気がするんですが。

「えー、少しだけやるとか……」

「いいから早く寝て下さいって！」

あまりにも私の聞き分けが悪いせいで、アンナは無理やり私を部屋に押し込めようとし始めました。

「目が覚めたら仕事してもいいですから」

「じ、じゃあデザインの説明だけさせて！　それが終わったら寝るから！」

「確かに寝ているのを起こすのも申し訳ないですしね。わかりました」

小さくため息をつかれましたが、許可をもらえたので、全力で全員に謝罪をしながらデザインの説明をしに行こうと思いますよ。

後ろにアンナを連れて、ミアの元に向かうと、私を見たミアの眉がつり上がりました。

「シャル様？　まだ休んでいなかったんですか？」

「あ、その……ごめん？」

なんでそんなに休ませようとしているのかわかりませんが、思わず謝ってしまいましたよ。

ですがミアは動揺している私の手の中にあるデザイン画に気付いて、「いえ、どうしました？」と聞いてきたので、さっきのアンナとのやり取りを説明しました。

あぁ……自分が休むために人の仕事を増やすなんて、申し訳なくて縮こまってしまいますよ。

でもミアは気にした様子はなく、デザイン画を受け取ってくれました。

「そういうことでしたらお任せ下さい。完璧に完成させてみせます」

「ありがとう。それで、ここなんだけど……」

「なるほど……わかりました。本描き出来る手前くらいまで終わらせておきますね」

やっぱりデザインだけじゃ伝わりにくいところもありますからね。じゃあアンナの視線も痛いので部屋に戻りましょうか。

「さぁ、シャル様は休んで下さい！」

もう！　そんなにしつこく言わなくてもわかってますよ！

本当は部屋で少しだけ仕事をしようと思っていたんですが、大人しく寝ておいた方がいいみたいですね。

ふぅ……よく寝ました。

大体四時間くらいでしょうか？　なんだかんだいい時間になってしまいましたね。こんなに寝たんだから戻っても何も言われないでしょう。

そう思って作業スペースに顔を出すと、ミアが最初に駆け寄ってきましたね。

「おはようございます」

「おはよう。大丈夫そうかしら？」

「はい。もう縮小の方は完成しましたよ」

えっ!?　早くないですか？

一応、面倒な部分もあったはずですし、あと二時間くらいは……と考えていたんですが。

そう思いながらミアから受け取った縮小を見てみると、少し気になったところが一つ。

「やってもらって申し訳ないんだけど、ここはもう少し広げた方がいいわね」

私が指をさしたのはスカートの部分ですが、デザインではもう少し広がっているんですよね。

「一応、基本の形の二倍にしたんですが……」

「うーん……これは二倍より少し広めにした方がいいと思うわ」

あ、基本の形というのは体にフィットしたものなので、タイトスカートとかですね。

そこから何センチ伸ばすかで形が変わります。

ミアは私の出した指示をメモすると、更に聞いてきます。

「わかりました。他は気になったところはありました？」

「いや、大丈夫よ。あとは少しずつ調整しましょう」

うん。あとは軽く調節すればどうにかなりそうですね。

そう思っていると、店の入口の方からエルマの声が聞こえてきました。

「店の戸締り終わりましたよー」

そういえばもう閉店の時間ですね。エルマも私に気付いて駆け寄ってきてくれました。

皆で私のことを心配してくれたんですね。心配性だな、と思うのが半分、ありがたさが半分みたいな心境です。

「あ！　シャル様！　ゆっくり休めましたか？」

エルマにも今回のデザインのことについて説明します。

その途中で「こっちもご飯が出来ましたよー」というカルロの声が聞こえてきたので、とりあえず皆で食堂の方に移動しました。

私も話したいことがあったしちょうどいいです。

「皆のおかげでゆっくり休めたわ。ありがとう」

「シャル様は働きすぎなんですよ！　これで俺達に任せて大丈夫ってわかりましたよね！」

皆が椅子に座ったのを見計《みはか》らってお礼を言うと、なんだかテオに自信がついたような気がしますが、この三日くらいで何があったんでしょう？

でもとてもいいことなので、そのままにしておきましょう。皆もそんなテオを見て笑っていますし。

「それで、店のことなんだけど、二日後に試作を見せてから大量生産が始まるのは皆知っているわよね」

私がそう言うと、皆が頷《うなず》いてくれたので更に続けます。

「そこで私からの提案なんだけど、二週間お店を閉めてミナジェーン殿下の依頼に集中したいと思っているんだけど、皆はどう思う？」

本当は数日間、とかも考えましたが、枚数が多すぎますし、同じ布をひたすら見続けることによって嫌気もさしてきます。なので、ゆっくりやる、と考えて期間を延ばしましたが、多分金銭的には問題ないと思うんですよね。

そう思ってミアを見ると頷《うなず》いてくれました。

「幸い、お金に困っているわけではありませんし、大丈夫だと思いますよ」

ならあとは皆が了承してくれるか、なんですが……と思って皆を見ると、カルロがすかさず声をあげます。

「っていうか、それは店長がこうします、って言ってくれた方が、こっちもついていきやすいよね」

うっ……痛いところをついてきますね。でも、皆で決めた方がいいと思ったんですもの……

「じゃあ、それで決まり！　小さい付属品は明日から作るからそれまでに布を選んでおくわ」

私がそう言うと、皆が満足げに頷《うなず》きました。

よし、そうと決まれば二日後に向けて気合を入れなきゃですね。

まず、布はどうするか。高い布を使うと大量生産したら費用がかかりますし、だからといって安そうに見える生地を使うのも回避したいですよね。あとはなるべく作り手側も着る側も扱いやすい布がいいですね。沢山作ることになりますし、急いで作るのに扱いにくいのは嫌ですよ。サラッと着られる、軽めで伸縮性に優れた生地。

うーん……そうなるとツイル生地がいいでしょうか？　ツイルはしわになりにくいで

すし、アイロンなんて手間のかかることはやらずに済みます……考えれば考えるほどツイルが最適ですね。

金額は……確かツイル生地は高すぎず安すぎずなので、ちょうどいいと思います。

ということで、早速店の在庫を見に行きましょうか。そう思った私は、急いで残った食事を片付けて布置き場へと向かいました。

「はぁー……自分の店のものだけど落ち着くわぁ……」

布置き場は、部屋いっぱいに新品の布の香りが広がっていて、私的にはとてもお気に入りの場所なんです。前世では、皆に変わっているねってよく言われましたが、入ってみると良さがわかりますよ。あぁ、そうじゃなくて布を探さないとです。

「えーっと……ツイル……ツイルはー」

探してすぐに見つかったのはいいですが……これはまずいですね……

在庫は二ロール分のみ。

大体一ロールが十二メートル以上だから……約十五メートルだとして、それでも十着分しか作れない、という計算になってしまいます。つまり、今あるのが新品のロール二本分だから、最低でもあと十八本、余裕をもつなら二十本は買っておく必要がある、ということですね。この注文に関しては、普段から布の発注をお願いしているカルロに任せるとして……とりあえず、今ある分だけでも作業場に運んでおきましょう。

それからボタンの部分も探しに行かないと。これは私が時間のある時に手芸屋さんを探し回りましょう。はぁ……なんだか間に合うのか心配になってきましたよ。


悪い予想というのは当たってしまうものです。

「シャル様……っ！　これのやり方が……っ！」

「シャル様、布はどこに置いておけばいいですか？」

「シャル様！　この依頼の方が！」

自分の作業が全く進みません。

一応明日には店を閉めてミナジェーン殿下の依頼に集中することになっていますが、いつも以上に忙しい気がしますね。エルマは苦戦していますし、昨日カルロにお願いした布の発注はまさかの今日、全て届きましたし、そんな時に限って少しクセのあるお客様が来店していますし。

でもそんなこと言ってはいられませんからね。自分の頬を軽く叩いて気合を入れます。

「後で教えるからエルマはとりあえず、今のところは布を運ぶのを手伝ってくれる？」

私の言葉に元気に返事をすると、エルマは小走りで入口の方に向かいました。あ、行く前に場所を聞いてほしかったですが……行ってしまったものは仕方ないですね。

そう思いながら、次はテオに指示を出します。

「布はとりあえず入る分を作業場に、残りは布置き場にお願い」

「了解しました！」

いい返事をして戻っていきました。

うん、もう少ししたらカルロも来るでしょうし、こっちは大丈夫ですね。

「依頼の人とは私が話をしてくるわ。ミアはまたお店の方をお願いね」

そう言った後に試作品作りを頼んでるアンナの方を見ると、少し苦戦していますね。今回のデザインはいつもと少し違うので仕方ないですが、アンナも苦戦するほどとは……相当大変そうです。アンナのことなので、私が忙しそうにしているから自分でどうにかしようと思っているんでしょうけど、そんなに気を遣わなくてもいいのに。

「アンナ、大丈夫？」

そう言って作業しているところを確認すると、思った通り初めてやる作業に苦戦しているみたいです。アンナは少し驚いた顔をしましたが、返事は素っ気ないものです。

「あ、大丈夫です」

あまり構ってほしくないんだ、と判断した私は、「そこは向きを変えた方が上手く出来るわよ」とだけ言ってその場を後にしました。

それから四時間後、想像以上のハプニングが多かったですが、お客様との依頼の話も終わり、店も無事に閉店出来た私達は、全員で椅子にぐったりと座っていました。いやー……なんでこんなに忙しかったのか不思議で仕方ないですね。一応、依頼を受ける件数は減らしているんですが、おかしいですよね。

まぁ、そんな中でも、アンナのおかげで試作品の方は終わりが見えてきました。これで、明日から店を閉める、と考えると多少の余裕が出来ますよね。


こうして迎えた次の日。ついに今日からはミナジェーン殿下の依頼に集中することになります。

なので、今は試作品を完成させて……と思いながら、ミシンの準備をしていると、アンナが縫《ぬ》い終わったばかりの布を持ってきてくれました。

「シャル様、縫《ぬ》い終わりました！」

「お疲れ様」

そう言って確認しましたが、苦戦していたのが嘘のように綺麗に仕上がっていますね。

これならやり直す必要もなさそうです。

「一応、試作品はこれで完成ね」

何と、いつもギリギリに完成させている依頼ですが、今回は物凄《ものすご》く余裕をもって出来上がりました。

テオとカルロが作業に参加出来るようになったのも大きいですが、一番はアンナの作業の速さ、です。本当に驚きの速さでミシンが動いているので、皆にも見てもらいたいですよ。

なんて呑気《のんき》に思っていると、悪魔の声のような呟きが聞こえてきました。

「これをあと百四十九着ですか……」

多分言った本人は、何となくだったんでしょう。ですが、一気に現実に引き戻されました。

「これは試作だから直すところがあったら百五十着よ……」

ついそう呟くと、アンナが苦笑しているのが目に入ってきました。

まぁ、試作がとりあえず完成、ということで、ひと段落だと思いましょう。そう思いながら、裁断やらアイロンがけをしているうちに、ミナジェーン殿下との約束の時間になってしまいましたね。

「それで、出来上がりましたの？」

予定通り、ミナジェーン殿下とルイス殿下が時間ぴったりにやってきて、椅子に座るなりそう聞いてきました。

「はい。それで、実際に着て見せた方がわかりやすいかなって思いまして、アンナを待機させているんですが……」

「そうね。その方が嬉しいわ」

ミナジェーン殿下も頷《うなず》いたので、早速アンナに着替えてもらいました。

早めに着替えられるように色々考えているので、二分くらいでアンナが戻ってきたことに驚きながら、二人とも満足そうに頷《うなず》いてくれました。

「うん、デザイン画よりこっちの方がいいじゃない」

「そうだね、絵で見た時より高そうに見えるし」

デザインもこのままで問題なさそうですね。

心の中で一人ガッツポーズをしていると、ルイス殿下から質問がありました。

「この布、高かったんじゃない？」

「あ、そんなことないですよ」

反射的にそう答えてしまいましたが、王宮のメイドが着るものなので、高い布の方が良かったでしょうか？　正直、そこまで考えていませんでしたが、発注も終わっているのに布を替えろ、と言われたらどうしましょう……

「あら、そうですの？　他の人は王宮のメイドが着るものだから、って高いものばかり勧めてくるものだから、布を見て警戒してしまったわ」

あれ？　思っていた反応と違いますね。てっきり安い布で作るなんてバカにしているわ、みたいなことかと思いましたが……。いや、ミナジェーン殿下がそんなことを言わないのはわかっているんですけど、でもねぇ……？

「なんで百着以上必要だと説明しているのに、下手したら安いドレスが買えるくらいのものを勧めるのか、って国のデザイナーにミナジェーンが怒っちゃったんだよね」

ルイス殿下が付け足すように教えてくれましたが、それを聞いて納得しました。

布の特徴を考えての選択でしたが、変に高いものを、みたいな気を遣わなくて正解だったんですね。

「シャルロットが大変な思いをするのはわかっていたんだけど、国のデザイナーは信用出来なくて……」

「別に構いませんよ。皆も楽しみながら作っていますしね」

それに、言い方を変えれば、私のことを信用してくれている、ということですもの。

いや、もしかしたら自分で勝手にそう思っているだけかもしれませんが、声をかけてくれただけでも嬉しいです。

「じゃあ、残りも同じものを作りますけど、大丈夫ですか？」

「もちろんよ！　大変だと思うけど、お願いするわ！」

そう言って満面の笑みで返事をしてくれました。

ミナジェーン殿下からの許可ももらえたことですし、まだ着替え終わっていないアンナに着替えるついでに皆への伝言を頼みました。多分、今頃皆もソワソワして待っていると思いますしね。私はミナジェーン殿下に捕まりそうな気がしますし……

なんて思っていると、案の定「時間は大丈夫ですの？」と聞かれましたね。

「はい、大丈夫ですよ」

それだけ答えて椅子に座り直すと、なんだか嬉しそうな顔をしてくれました。最近は依頼の話ばかりだ、ということもあって話したいことがあるんでしょう。

そう思っていると、ミナジェーン殿下ではなくルイス殿下が口を開きました。

「そうだ、シャルロットは元々貴族だったんだよね？」

急にどうしたんでしょう？

首を傾《かし》げながら、そうですよ？　と返事をすると思わぬ提案をされました。

「じゃあさ、今回のパーティーに参加しない？」

「えっと……？　なんでそんな話に……？」

そのパーティーは高貴な方々が集まる、みたいな話を聞いているのに、私なんかが参加していいものじゃないですよね？　というか、貴族だった時ですら行けないようなパーティーなのに、絶対に場違いですよ。

「実は、僕のパートナー役がいないんだよね」

そう思っていると、ルイス殿下は少し顔を赤らめながら訳を話してくれました。

「えっ!?　そうなんですか？」

なんだか意外ですね。

ルイス殿下は顔もカッコいいですし、優しいので人気が高いと思っていましたが……

「お兄様は完璧すぎて誰も婚約者になりたがらないのよ！」

何故かミナジェーン殿下が自慢げに説明してくれたのを聞いて納得しました。完璧なのかはわかりませんけど、雰囲気的になんでも出来そうな気がしますし、近付きにくいかもしれませんね。

……ん？

「あ、あの、それなら余計私なんかが相手だとダメな気がするんですが」

だって、完璧な人だから皆寄り付かないんですよね？　私みたいな平民がパートナーだなんて皆から怒られてしまいますし、絶対に無理です！

そう言って、必死に手を横にブンブン振りますが、聞いてくれません。

「いや、今回メイド達の服を作ってくれた、って紹介すればそんなに角《かど》は立たないし、店の知名度も上げることが出来るよ」

「今回は私がシャルロットにドレスを用意するわね！」

なんか勝手に話が進んでしまったんですが、私が参加するのは決定事項なんですね。出来ることなら断りたいところですが、店のためと思うしかないみたいです。

覚悟を決めて、二人が帰った後に小さくため息をつきました。とりあえず、今は依頼を終わらせることに集中しましょう。

パーティーまでは約一か月。出来ることなら一日に一人ずつ交代とかで休ませてあげたいんですが、少し様子を見ながらやらないと間に合わなくなってしまいますからね……。申し訳ないですが、皆には体力的に頑張ってもらうことになると思います。

あと、今まではなかったですが、今回は一日のノルマを決めることにしました。最低でも、ここまでは終わらせようね、というノルマなので、余裕だったら超えてもいいし、超えなかったら明日頑張らないとね、くらいの緩いノルマですけどね。一応、私の考えでは、裁断に二日かかるとして、一日に十着以上作って、残った時間は仕上げ、という感じです。一か月あるとはいえ、一週間くらいは余裕をもって渡しておきたいですしね。ミナジェーン殿下には、一週間前に完成させる、と手紙で報告しておきましょう。

あ、それよりも先に、皆に担当してもらうところを伝えておいた方がいいですね。

「ミアとアンナ、カルロは裁断を手伝ってちょうだい。エルマとテオは引き続き付属品を」

「シャル様、表地と裏地とどっちを担当しましょう？」

聞いてきたのはアンナです。裏地は面倒なんですよねぇ……。表地みたいに生地が厚くないですし、印が変なところについたりして、慣れていても細心の注意を払わなければいけないんです。裁断に慣れているミアと私が担当した方がいいでしょう。

「裏地は扱いが難しいし、私とミアでやりましょうか。アンナとカルロは表地をお願い。Sサイズと Lサイズは三十五枚ずつ、Mサイズは八十枚で裁断してちょうだい」

「わかりました」

三人は返事をしてそれぞれ布を取りに行きましたね。私も自分の仕事を……と思いましたが、その前に先に作業を始めていたエルマに声をかけました。

「エルマ、同じ作業ばかりでごめんね？」

もう三日も同じような作業をしていますからね。わざとではないんですけど、一番の適任者に任せるとそうなってしまうんですが……申し訳ないです。

「いえ！　私、刺繍の方が好きなので」

そう言ってニッコリ笑ってくれました。いい子すぎて余計に申し訳なくなりますよ……。

ただ、それを言うとエルマも困ってしまうので、「今回はエルマにもミシンを頼むことになるからよろしくね」と言ってその場を後にしました。

エルマにミシンをやってもらうためにも、一刻も早く裁断を終わらせましょう。そう心に決めた瞬間でしたよ。

バタバタしながら作業を進め、早一週間が経過しました。

「シャル様！　このボタンってこれで終わりですか？」

エルマがボタンを縫《ぬ》い付けながら聞いてきたので、私も在庫の確認をしながら答えます。

「いや、ちょっと待ってね？　あっちの棚の方にあるから持ってくるわ！」

そう答えたものの、取りに行く時間すら惜しいと言いますか……。

他の皆も同様のようです。

「アンナ、これがわからないから教えてくれる?」

「あぁ、ここは慣れたら簡単よ」

「あれ? この箱って?」

「それは完成したやつ」

ミアとアンナは教え合いながら作業をしていて、テオとカルロにも、作業の手伝いと完成した服の箱詰めをお願いしたりで忙しく動いてくれています。

今回はひたすら同じものを作っているのもあって、皆で情報の共有がしやすいですし、わからないところも互いに教えられるので普段よりも仕事はやりやすいです。

問題は量だけ、なんですよね。ひとまずは進捗確認をしましょう。

「今、どれくらい進んでいるか教えてもらってもいい?」

「小物はあと十で終わりですね」

「こっちはSサイズがもう少しです」

「あ、私の方も大体同じくらいです」

「私は終わって、先にLサイズを作り始めています」

なるほど……ということは、仕上げをまだしていないとしても、結構終わっていますね。このままいくと、一週間くらい前倒しでにミナジェーン殿下に渡せるかもしれない、と思った時でした。

「シャルロット！　様子を見に来たわ！」

ちょうどいいタイミングで、いつも通り扉を凄《すご》い勢いで開けてミナジェーン殿下が現れました。興味津々といった様子で、私達が作業をしているのを眺めているミナジェーン殿下に、とりあえず現状の報告と、出来上がったSサイズの服を持ち帰るかどうかを尋ねます。

「置いておくと邪魔かもしれないけど、全部出来上がってから持っていくわ」

「いいえ、気にしなくていいですよ。置く場所はありますし」

確かに別々に運ぶより一回で運んでしまった方が楽ですよね。箱に入れておけば邪魔になることもないですし、こっちは別に構いません。

「悪いわね。持って帰りたいのは山々なんだけど、デザインはメイドの皆に内緒にしておきたいの」

なんだか申し訳なさそうにしていますが、デザインを内緒にしたいという気持ちはよくわかります。やっぱり当日に見せて、喜んでもらいたいですよね。

「あ、それからシャルロットの採寸表はあるかしら？」

「採寸表ですか……確かあったような気がします」

採寸表の束を漁りましたが、なかなか見つかりませんね。ここに来てから自分の採寸をした記憶がありませんが、絶対どこかにはあるはず……

「えー……っと、あ、ありました！　これです」

そう言いながらやっと見つけた採寸表を渡すと、何故か急に眉を顰《ひそ》めて最後に採寸したのはいつか、聞かれました。

「多分、二年くらい前でしょうか？　アンナが持ってきてくれたものなので、あまり記憶は定かではありませんが……」

サイズはあまり変わっていないので大丈夫だと思ったんですが、どうしたんでしょう？

思わず首を傾《かし》げてミナジェーン殿下の言葉を待ちます。

「じゃあ今着ているその服はどうやって作ったのよ？」

「これはフリーサイズなので、基本のサイズに合わせて作りましたよ？」

その答えが衝撃的だったみたいで物凄《ものすご》く驚いていますね。皆で着られるように、と考えて作ったんですが……何か悪いことでもしたでしょうか？

あ、でも貴族の人にとっては、自分の服を皆で共有するなんてあり得ないことなので、ミナジェーン殿下からしてみると何を言っているんだ、という感じかもしれませんね。

「なんてこと……今すぐにちゃんとサイズを測りなさいな！」

「シャル様、失礼しますね」

ミナジェーン殿下がそう言うと、まるで打ち合わせでもしていたかのように、メジャーを持ったアンナが現れて素早く私の採寸を行いました。

そして、サラサラと紙に測ったばかりのサイズを書くと、それを見たミナジェーン殿下は、その紙を私の目の前に突き出しました。

「ほら！　バストとか変わっているじゃない！」

正直、自分的には変わっていないと思っていたので驚きました。しかもバスト、という女性には嬉しい部分が……

「もう！　とにかく、これで作るわね。服を作っているんだから、自分のサイズくらいは把握しておきなさい！」

そう言って殿下は颯爽《さっそう》と店を後にしました。

そんなミナジェーン殿下の突撃があった六日後。

依頼の進捗状況は、というと……

「皆、お疲れ様」

店の中を見渡しながら、皆にそう言うと、それが合図だったかのように、五人が一斉に感想を話し始めました。

「や、やりましたよ！　終わりましたぁ！」

「はぁ……流石《さすが》にきつかったなぁ」

「同感。でも終わったんだなぁっていう寂しさもあるよね」

「といっても、後半は虚無みたいな状況でしたけど」

「でもやっぱり楽しかったよね」

そうです。ついに百五十着作り終わりました！　昨日の段階で、ミナジェーン殿下には報告してあるので、あとは最後の確認と、枚数のチェックのみ、という状況です。

はぁ……やっと、ですね。結局、最初から最後まで、誰も休むことなく終わったので、予定より早く出来ましたよ。というのも、無理やり休みを作らなかった、とかではなく、明日は休んでね、と前の日に声をかけても、「一人だとやることもないので服を作りたいです」と、皆同じ回答だったんですよね。

疲れた顔をしながらミシンや裁縫道具の片付けをしている皆に改めて声をかけます。

「じゃあ、私が最後に確認をしておくから、片付けが済んだらゆっくり休んで？」

そう言って作業場を後にしましたが、皆かなり疲れているみたいですね。明日はミナジェーン殿下が服を取りに来るだけですし、店も一週間くらい休みにしましょうか。そう思いながら完成した服が入っている箱を片っ端から確認しようと自分の目の前に置きました。一箱に三十着分の服が入っているので計五箱あるんですが、やっぱり量が凄《すご》いですね。

「あ、私も手伝いますよ」

皆と一緒に片付けをしていたアンナがひょっこりと手伝いに来てくれました。正直、一箱でも気が滅入るような作業なのでありがたい、と思った私は、すぐにお礼を言って、黙々と二人で確認していきましたが、凄《すご》いですよ。機械で作ったのかな？　と思うくらい綺麗に、しかも同じ形でしっかり出来ていますし、糸処理が残っているのは今のところ一つもありません。確認なんて必要なかったかな？　なんて思うくらいですが……大事なことなのでしっかりとやりましょう。

それぞれの箱が二つ目に入った頃でしょうか？　ふとアンナが私にお礼を言ってきました。

「シャル様……ありがとうございます」

「ど、どうしたの？　急に」

急に改まってお礼を言われたものですから、驚きですよ。私の方こそ皆にお礼を言わなきゃいけないのに。

そう思っていると、アンナはゆっくりと話し始めました。

「シャル様の専属メイドとして働くのは凄《すご》く楽しかったですし、メイドの仕事が嫌いだったわけじゃないんですよ。だけど、なんか親に言われてメイドをやっているみたいなところもありまして、正直、目標みたいなのがなかったんですよね」

アンナと二人でいた時間は長いですが、こうやってちゃんと話すのは初めてですし、親に言われて、なんて初めて知りましたよ。

「今だから言いますけど、シャル様が店を開くって最初に言った時、何のお店にするかも決めてない行き当たりばったりさに、これはすぐに諦めるだろうなって思っていたんです」

うっ……そう言われると少し悲しいですね。まさか私がそんな風に見られていたなんて……

「でも店は軌道に乗って、作れば作るほど服を作るのが楽しくなって、今はシャル様についてきて良かったなって本当に心の底から思っているんですよ」

そう言い終えたアンナの顔はなんだかとても優しくて、本当に心から思ってくれているんだな、って伝わってきます。

私だって家から追い出された時は不安でしかなかったですし、支えてくれる人がいてくれたおかげで今があると思っています。ついてきてくれたのがアンナで良かった、と何度思っていることか。

「私だって、アンナが一緒に来てくれて良かったと思っているわ」

ふぅ……と一呼吸した後に、改めて言葉を続けます。

「これからもよろしくね？」

「はい！　一生ついていきます！」

私の精一杯の笑顔でそう伝えると、アンナは今まで見たことがないくらいの満面な笑みで、そう返してくれました。

そして次の日、約束通りミナジェーン殿下が店に来て、執事らしき人が枚数を数え終わると、ミナジェーン殿下がニッコリと微笑んでくれました。

「うん。ちゃんと枚数も揃っているわね」

それを見た私は、一気に肩の力が抜けてその場に崩れ落ちてしまいましたよ。

「はぁ……終わりましたぁ」

「お疲れ様。これは今回のお代よ」

ミナジェーン殿下はそう言うと、何やら大金の入った袋を手渡してきました。

「こ、こんなに!?　多すぎますよ！」

というか、お代はミアに計算してもらっているので、私もいくらかかっているのかは把握していませんが、流石《さすが》にこれは多すぎるということはわかります。

大体十万ハルでしょうか？　日本円で一千万円ですよ。材料費だけなら七千五百ハルなのに多すぎます。たとえもらったとしても三万ハルで十分すぎる金額なんですが……

「いいえ。足りないくらいだわ。だって、このために店も閉めているんですのよ？」

「でも……っ！」

「いいから。私からのお礼の気持ちを無下にするんですの？」

そう言ったミナジェーン殿下があまりにも寂しそうな顔をするものですから、これは折れるしかありません。

「わかりました。じゃあ、ありがたくもらっておきますね」

私が言うと、ミナジェーン殿下は満足そうに微笑みました。

はぁ……こんな大金を払ってもらうことになるとは思いませんでした……。ミナジェーン殿下のドレスすら二千ハルなのに……

「それから、シャルロットのドレスのことだけど」

「すみません。わざわざ用意してもらって……」

「私が好きでやっているんだからいいんですのよ」

殿下は微笑んでくれますが、自分で作れるのに、わざわざ用意してもらっているんですから、お礼を言いたくもなりますよね。どんなドレスなんでしょう？　私の顔は可愛い系ではないので暗い色を選びがちなんですが、人に選んでもらうのは初めてなので楽しみです。

そう考えていると、殿下からとんでもない提案をされました。

「ドレスをここまで運ぶんじゃなくて、前の日に我が家に泊まりに来たらどうかしら？」

「我が家、ということは、王宮ですよね？」

「ええ。その通りですわ」

王宮に泊まる、ということですよね？　私のような平民が行っていいところではありませんし、王宮で働いている人にも申し訳ありません。

「でも、平民の私が王宮に泊まるなんて……」

「別に気にしませんわ。それに、シャルロットは元貴族だし、礼儀作法も完璧ですし、何より皆もどんな人が服を作っているのか見たがっていますわ」

どうにか断ろうとしましたが、サラっとそう言われてしまうと言葉に詰まりますよ。

そんな私の様子を見てしびれを切らしたミナジェーン殿下に、ビシッ！　と指をさされながら宣言されてしまいました。

「あぁ！　もう！　これは命令ですわ！　シャルロット、泊まりに来なさい！　決定ですわよ！」

あぁ……もうこれは逃げられないやつですね。そう思った私は観念して、わかりました、とだけ答えて小さくため息をつきました。

「あ、それから、二人くらいは一緒に来てもいいわ。出発までに決めてちょうだい」

ミナジェーン殿下はそう言って店を後にしました。

最近は雑談をせずにすぐに帰っていくのを見ると、忙しいんでしょうか？　パーティーも近付いてきたので、仕方がないかもしれませんが……ゆっくりと休んでほしいですよね。


それから三日くらいが経ちました。

私達はというと、明日ミナジェーン殿下が迎えに来ることになっているので、留守の間、店に並べる既製品の服を作っていました。というのも、今までは、店の中に服を置くことはせず、依頼を受けてその人に合ったものを作ることだけに徹していたんですが、時間も出来ましたし、やってみるのもいいかなーと思ったんです。

するると、急にバン！　と店の扉が開いたと思ったら、ミナジェーン殿下が満面の笑みで店に入ってきたではありませんか。

「シャルロット！　迎えに来たわよ！」

しかも、後ろにはにっこりと微笑みながら手を振っているルイス殿下の姿もありますね。

「久しぶり。作ってもらった服はしっかりと届けたからね」

「ミナジェーン殿下!?　それにルイス殿下まで!?」

「さぁ！　行きますわよ！　もう準備は終わっているのよね？」

ミナジェーン殿下は、驚いて固まっている私の腕を引っ張りながら連れていこうとします。

「え？　あ、あの！　明日迎えに来るって言っていませんでした？」

「お父様に言ったら、パーティーに向かう人の馬車で混む前に戻っておいでって言われましたの！」

「僕は二人のことを迎えに行ってこい、って父上に言われてね」

「そ、そうでしたか……」

てっきりミナジェーン殿下が早く行きたくなったから、とかそういう理由だと思いましたよ。

「あの、準備がまだ出来ていなくて、少しだけ待ってもらっても……」

「シャル様、こんなこともあろうかと、昨日のうちに準備しておきました」

一緒に行くことになっているアンナとミアは、いつの間に取りに行ったのかわかりませんが、しっかりと荷造りされている鞄を三つ抱えています。

「えぇ!? よく準備出来たわね！」

私が驚いていると、二人はニコニコしながら馬車の方に荷物を運びに行ってしまいました。

そんな二人の後ろを、ミナジェーン殿下に引きずられるようについていきましたが、私の拒否権はどこにいったのか……もう少し私に優しくしてくれてもいいと思いますけどね？

馬車に乗り込むと、早速ルイス殿下から説明を受けました。

「さて、パーティーのことだけど先に説明しておくね」

今回のパーティーは元々聞いていた通り、他国の王族、それから公爵家以外は招待されないものらしく、私は特別参加、という形になっています。主催者である、ミナジェーン殿下のお父様からの説明があるので、それまでは普通にパーティーを楽しんでほしい、という簡単な内容でした。

「なるほど……では、私はとりあえず、合図があるまでどこかの令嬢のふりをしていた方がいいですか？」

「まぁ、それが無難かもしれないね」

自分で言っておいて、と思われるかもしれませんが、令嬢らしく振る舞うことが出来るのか不安になってきましたよ。結構な時間、貴族生活から離れていますからね。

「合図なんてなくても、お兄様のパートナーってだけでも結構な注目を浴びることになると思うから、行動や言葉には気を付けておいた方がいいわ」

ミナジェーン殿下は私のために言ってくれたんでしょうけど、久しぶりにヒールを履くし、盛大に転んだらどうしましょう……

「ミナジェーン殿下は、カイン殿下と出席するんですよね？」

ちなみにカイン殿下、とは、ミナジェーン殿下の婚約者です。

「ええ、そのつもりよ。でも安心して。シャルロットが一人になることは絶対にないから」

「そうなんですか？　わかりました……」

どういうことでしょう？

殿下達は来客への挨拶などでずっと私に構っているのは無理だとわかります。ルイス殿下だって、パートナーだけど、ずっと一緒というわけではありませんし。……まぁ、考えても仕方ありませんし、当日になればわかりますよね。

「僕からのアドバイスは、ニッコリ笑って隣に立っていてくれればそれで十分」

「そんなことでいいんですか？」

正直それだけでいいなら嬉しいですね。

実は私ってパーティーで壁の花になるのは得意なんですよ。だって、素行の悪い妹と元婚約者のせいで絡まれるのも面倒ですからね。あ……いや、でも今の言い方はルイス殿下の隣で、なので、必然的に注目されてしまうやつでしょうか？　でも、こんな地味な私なんか、ルイス殿下の存在感でかき消されるかもっ！

「婚約者、とかなら一緒に挨拶をしないといけなくなるけど、今回は違うでしょ？」

ルイス殿下はニッコリ笑っています。え、えっと……私がルイス殿下の婚約者になることはないですし、間違われることもないと思うんですが……

「シャルロット嬢は姿勢もいいし、ダンスも出来るでしょ？　それなら、ニッコリ笑っていれば誰も文句は言ってこないよ」

褒められているのに何故でしょう？　嬉しいような、違うような。とりあえずダンスは必須なのがよくわかりましたよ。

そんな感じで、色々と話をしているうちに、いつの間にか隣国に入国していました。思ったより早かったですね。ミナジェーン殿下やルイス殿下が暇にならないように話題を提供してくれるので、時間が短く感じられました。

「シャルロット、見て」

いきなりミナジェーン殿下にそんなことを言われましたが、どうしたんでしょう？と思いながら、言われた通り窓から外を眺めると、飛び込んできた光景に思わず声をあげてしまいました。

「わぁ……っ！　えっ！　凄《すご》く綺麗！　初めて見ましたよ！」

簡単に説明してしまえば、地面いっぱいに広がるお花畑なんですけど、ただのお花畑じゃないんです。雲の隙間から太陽の光が差し込んでいて、花達がキラキラと輝いています。しかも、花達が風で揺れているので、キラキラと光が動いているような、幻想的な雰囲気です。

ミアとアンナにも見えるように場所を変わると、二人とも子供のように目をキラキラ輝かせてその光景を見ていますね。多分、私も初めて見た時はこんな感じだったでしょう。

この景色を見たおかげで、デザイン画が頭の中に浮かんできているのは私だけでしょうか？　布で造花を作って、スカートいっぱいに花をつけて……あ、でもこのキラキラした感じは出したいのでラメの入った布も使いましょう、それから……あー、紙がないのが物凄《ものすご》く残念なくらい頭の中にはデザインが湧いてきていますよ。

そう思いながら、いまだに外の景色にくぎ付けになっている二人を見ていると、ミナジェーン殿下が自慢げに話し始めました。

「凄《すご》いでしょう！　ここは我が国でも一二《いちに》を争う絶景スポットなのよ！」

ここが一二《いちに》を争う、ということは、ここに匹敵するくらいの絶景が他にもあるっていうことですか？　凄《すご》いですね……比べたらダメかもしれませんが、私達の住む国にこんなに綺麗な景色なんてありませんよ。

「天気に左右されちゃうっていうのが勿体《もったい》ないいくらい綺麗だよね」

なるほど……じゃあ私達が通る時に、偶然にもその条件が揃った、ということですか。

ルイス殿下もニコニコしながら外の景色を眺めています。

早く来るように言ってくれた隣国の陛下に感謝ですよ。

するとアンナが、「なんかデザインの参考になりそうですよね」と呟いたのが聞こえてきました。意外にも最初に反応したのはミナジェーン殿下です。

「やっぱりそう思うわよね！　私もそう思いましたの！　連れてきて良かったですわ！

あ……いや、私じゃなくてお父様に言われましたのよ！」

　なんだか慌てて付け足していますが……きっと、早く行こうと言い出したのも、私達にこの景色を見せるため、ですよね。なんかそう考えると、ありがたさと、嬉しさとで、とにかく頬が緩んでしまいます。

「ミナジェーン殿下、ありがとうございます。正直、今ここに紙がないのが残念なくらい頭の中にデザインが湧いていますよ」

「そ、それなら良かったわ！」

　顔を少し赤くしながらミナジェーン殿下はそっぽを向いてしまいました。ルイス殿下がその様子を見てクスクスと笑っているので、つられて私も笑ってしまいます。

「あ、シャル様、紙なら持ってきています」

「本当!?」

　ミアがさっきから鞄の中を漁っているなぁと思っていたら、紙を探していたんですね。物凄《ものすご》く準備がいいですね。流石《さすが》です。私が紙を受け取ると、さっきまで照れてそっぽを向いていたミナジェーン殿下が目を輝かせました。

「シャルロット！　デザイン画を描いているところを、見てみたいわ！」

　あら？　よく見たら、目が輝いているのはミナジェーン殿下だけじゃなくて、ルイス殿下もですね。アンナもミアもチラッとこっちを盗み見していますし……。確かにデザイン画を描く時は毎回部屋にこもっているので、完成したものしか見たことありませんでしたね。

「わかりました。その代わり、馬車の中なので線がぶれるのは許してもらいたいです」

その言葉に、皆が顔をぱぁっと明るくして、目が紙にくぎ付け状態になってしまいました。

描いてみていい出来だったら今度ミナジェーン殿下のために作ろうかな、なんて思いながら描き始めて、そのうち誰もかれもがリクエストをしてきて、王宮に到着するまでひたすら描かされ続けること四時間。

「あら、思った以上に早く到着したわね」

ミナジェーン殿下が窓の外を眺めながらそう言いました。

やっと……やっと到着ですか。一枚描けば終わると思っていたデザイン画は、気付いたら五枚目に突入していました。皆から意見を聞いて、だったのはいいですが、意外と難しい注文をしてくるもので大変でしたよ。気付かれないように小さくため息をついていると、描き終わったデザイン画を眺めていたルイス殿下が口を開きました。

「本当だね。デザイン画を描いているのは初めて見たけど、思った以上に考えられていて驚いたよ」

「そ、それは良かったです」

それだけしか返すことが出来ませんでした。まぁ、他になんて返せばいいかわからなかった、というのもありますけど。

そんな私にミアとアンナは「すみません。私達まで調子に乗ってしまいました」と謝ってきたので、「せっかくだし、今度少しアレンジして私服用を作ろうか」と返すと、顔をぱぁっと明るくさせています。気に入ったデザインでもあったんでしょうか？

「シャルロット、あれが我が家よ！」

ミナジェーン殿下にそう言われて窓の外を見ると、我が家の何倍もある、お城、という表現がぴったりの建物が目の前に広がっているのが見えました。

「噂では聞いていましたが、本当に大きいですね……」

「そうかしら？　普通だと思うけど」

「そんなものですか？　自分の国の王宮にも数えるくらいしか行ったことがないのでわかりませんが」

もちろん、仲のいい人から誘われたら行きましたが、リリアーナも連れていかないといけなくなって面倒だから、パーティーは避けていたんですよね。ドレスも買ってもらえなくて、同じドレスばかりを着てもいられませんし。

懐かしいなぁ、と呑気《のんき》に思っていると、ミナジェーン殿下は「そうでしたの!?」と物《もの》凄《すご》く驚いた顔をしています。そんなにビックリすることなんですかね？

「はい。というか、パーティー自体が強制参加じゃない限りは行かなかったので」

「それは驚きですわ……その……今回のパーティーに誘っちゃって大丈夫ですの？」

もしかして、ミナジェーン殿下は私がパーティー嫌いだと思っているんでしょうか？

「あ、参加しなかったのは持っているドレスが少なかったので参加する必要があるもの以外遠慮していただけですよ。ミナジェーン殿下に誘ってもらったのは驚きましたが、嬉しかったです」

そう返すと、なら良かったわ、とホッとした表情をしています。

私は別にパーティーが嫌いなんじゃなくて、参加する準備が出来ないから行かないだけですもの。どちらかというとパーティーは好きですよ。皆が着ているドレスを見れば今の流行もわかりますし、美味しい料理も食べられますしね。

そんなことを話しているうちに、いつの間にか王宮の門を抜けて入口に到着していました。近くで見ると余計大きく感じますね。こんなところで働いているメイドさん達は、掃除とか大変なんだろうなぁ……

「さて、じゃあ僕は父上達に挨拶してくるね。皆はゆっくり入ってきなよ」

「ええ、そうしますわ」

あれ？　てっきり皆で一緒に行くと思ってたんですが、違うんですね？　どこか寄るところでもあるんでしょうか？

「ほら、女の子だからお花を摘みに、とか言いにくいじゃない。今のうちに行っておくものよ」

そんな扱いをされたことがないので知りませんでしたが、確かにその通りですね。……というか、今から私も王宮に入るってことですよね？

え、なんか急に緊張してきました！

馬車から降りて、とりあえずミナジェーン殿下と一緒にお手洗いに行くと、今度は客室に案内する、とミナジェーン殿下に言われてしまいました。てっきり最初に陛下の元に挨拶をしに行くと思っていたので「え？　あの、陛下に挨拶とかは……」と聞いてしまいましたよ。だって、お世話になるんですから、最初に挨拶しに行くのが普通ですもの。

「あぁ、お父様なら仕事中だと思うから、後から行こうと思って」

なるほど……だったらお邪魔しない方がいいですね。

そう思って、ミナジェーン殿下の後ろをついていこうと歩みを進めると、軽く息を切らしたルイス殿下が正面から走ってくるのが見えました。

「あ、二人とも。良かったぁ、見つかって」

そんなに急いでどうしたんでしょう？

ミナジェーン殿下も驚いたようで、キョトンとした顔をして首を傾《かし》げています。

「母上が、ぜひシャルロット嬢と話をしたい、と言っているから、迎えに行こうと思っていたんだ」

「そうですのね、わかりましたわ」

わかりましたわ、ってことは……

「シャルロット！　お母様のところに行きますわよ！」

やっぱりそうなりますよね。しかもお母様、ということは王妃様に会うんですよね？

こんなボロボロの姿でいいんですか？

戸惑っている私の腕を掴んで、ミナジェーン殿下は早速王妃様のところに向かおうとします。

「あの、着替えとかは……」

「そのままでも十分可愛いですわ！　行きますわよ！」

えぇ……可愛いかどうか、ではなくて、流石《さすが》にもう少しちゃんとした格好の方がいいと思うんですが。今の私の格好は仕事用の制服です……と、必死に訴えたのも虚しく、ミナジェーン殿下に引きずられるように王妃様の元に連れていかれてしまいました。

「お母様！　シャルロットを連れてきましたわ！」

「まぁ！　随分と早かったわね」

ミナジェーン殿下はノックもせずに物凄《ものすご》い勢いで扉を開けましたが、慣れているのか王妃様は驚くことなく、なんならニコニコしてこっちを見ています。出来ることならもう少し心の準備をさせてほしかったんですが……。そう思っていると、王妃様に緊張が伝わってしまったようです。

「あらあら、そんなに緊張しなくても大丈夫よ」

そう言って、優しく微笑んでくれました。つい反射的に「す、すみません……」と返してしまうのは悪い癖ですね。

「いつもミナジェーンと仲良くしてくれてありがとう。話はルイスとミナジェーンから沢山聞いているわ」

「そうなんですか？」

話、ですか……？　そんな話題になるようなことをした記憶はないんですが。

「ええ、妹のせいで大変な目に遭ったらしいわね。私達も助けてあげられたら良かったんだけど……」

あぁ！　そっちの話ですか！　何となく納得しながら手を横にブンブンと振ります。

「いえ！　ミナジェーン殿下にはドレスなどの依頼で十分助けてもらっているので……

そんなことよりも、うちの妹が迷惑をおかけしたみたいで申し訳ございません」

そう返しました。マリアンヌから聞いた話ですが、ヤンヌ様と婚約した後も何人かのご子息に付きまとっているみたいで、そのうちの一人がミナジェーン殿下の婚約者だったんですよ。

助けてもらう、の前にリリアーナの件が申し訳なさすぎて謝らずにはいられませんよ。それなのにミナジェーン殿下は私に依頼をしてくれるし、もう感謝以外何もありません。

「あぁ、それはいいのよ」

やっぱり王族になる人は器も大きいのか、リリアーナの件は貴方のせいではない、と言われているような、そんな気がして本当に安心しました。

「お母様！　このデザイン、シャルロットがここに来るまでに考えてくれたのよ！」

ミナジェーン殿下は満面の笑みでそう言うと、私がさっき描いたデザイン画を王妃様に見せていますね。正直、線がガタガタでデザインはかろうじてわかるものの汚く見えてしまう、と思っていましたが、どうやら王妃様もドレスや服を作ることに興味があるらしく、色々と独学で勉強していたらしいんですよね。ミナジェーン殿下が服作りに興味があるのも納得しましたよ。

なので、デザイン画を見ながらどのように作っていくのかを説明したんですが、私も凄《すご》く楽しかったですし、馬車の中で描いたデザイン画の一つを物凄《ものすご》く気に入ってくれて、今回のお礼に一着プレゼントすることを約束してお開きになりました。

しかもそのデザイン、ミナジェーン殿下の意見を聞きながら描いたんですよね。やっぱり親子だから好きになるものも似るのか、となんだか微笑ましく思ったのと同時に、お母様に会いたくもなりました。今度匿名でドレスを贈れたらいいんですが、バレたら面倒ですよねぇ……

そんなことを考えながら、改めて今回泊まる部屋に案内されて、用意された客室に到着しました。

ミナジェーン殿下は、陛下のところに行く、とのことで、メイドに案内してもらいましたが、王宮のメイドさんは美人さんばかりで驚きましたよ。そんな美人のメイドさんに促されて客室の中に入ると、すでにアンナとミアが荷物の整理をしてくれていました。

「シャル様、とりあえず一旦着替えた方がいいかと……」

そう言いながらミアが鞄からワンピースを取り出してくれました。実はこれも私がデザインしたんですよね。しかも女子組でお揃いのを作っちゃいましたよ。皆メイド服ぐらいしか持ってきていなかったので、五着くらいを制服と一緒に作ったんですよね。

今回持ってきたのは紺の膝丈のAラインワンピースなんですが、外出用なので白い襟にパフスリーブのシンプルなデザインにしたんですよね。安っぽく見えないように生地にもこだわりましたよ。

といっても、私服を着る機会があまりなかったので、今回初めて袖《そで》を通すんですけどね。

ミアにお礼を言ってから着替えていると、アンナが「シャル様、とりあえず髪も結んでおきましょうか」と言ってくれたので、お願いすることにしました。

「はぁ……こうやって髪をセットするのも久しぶりですねぇ」

アンナはそう言ってなんだか嬉しそうにしています。

確かに最近の私は髪の毛をセットするどころか、簡単に一つ結びで束ねているだけなので、五分もあれば準備が終わってしまいます。貴族の時はその六倍くらいの時間がかかっていた、と考えると、物凄《ものすご》く女子力が落ちていますね。

「やっぱり髪の毛とかセットした方がいいのかなぁ」

「いえ、今となっては毎日やるのは勘弁してほしいですね」

「あら、それなら良かった」

まぁ、毎日は面倒ですよね。じゃあたまには、ということで、二人の好きなように髪のセットを任せていると、物凄《ものすご》い勢いで扉が開きました。

「シャルロット！」

もちろん入ってきたのはミナジェーン殿下です。私の姿を見ると、「なんか久しぶりにちゃんとセットされているのを見たわね」と呟いたのが聞こえてきました。いや、確かに久しぶりにセットしましたが、ちょっと傷つきますよ。

「あぁ、その話をしに来たんじゃなくて……お父様が呼んでいるわ！　行くわよ！」

そう言って、王妃様に会いに行った時と同様、私の腕を掴んで連行しようとしました。

「えっ！　わざわざミナジェーン殿下が呼びに来てくれたんですか!?」

驚く私のせいで、立ち止まってしまいましたけどね。だって、こういうのはメイドさんとかが呼びに来るのが普通だと思っていましたもの。

「当たり前じゃない！　だってシャルロットは私のお客様だもの！」

当然のように言ったミナジェーン殿下が、また私を引っ張ります。

自分が招いてもメイドに任せっきりの人が多い中、ミナジェーン殿下のような人は貴重だと思います。

そんなことを思っている間にもミナジェーン殿下に引っ張られているので、必死で足を動かしました。とりあえずちゃんとした格好に着替えたし、大丈夫ですよね？

陛下の元に向かう途中で、ミナジェーン殿下にはこんなことを言われました。

「お父様にはまだ完成した服を見せていませんの！　内緒ですわよ！」

なるほど、陛下までもが当日のお楽しみ、ということですね。それなら私も詳細をなるべく話さないように注意しないといけません。

そんなことを思っているうちに、今まで見た扉の中でも段違いに豪華な扉の前に到着しました。

「大きいですね……」

つい見入っている私を横目に、またミナジェーン殿下はノックすることなく豪快に扉を開けました。

「お父様！　シャルロットを連れてきましたわ！」

「ミナジェーン殿下！　ノックくらいはしないと……」

流石《さすが》に陛下相手にも同じことをやっているとは思わなかった私は驚きですよ。ですが、中で待っていた陛下達は、慣れているのか何も気にすることなく平然な顔をしていて、唯一焦っている私を見てルイス殿下はクスクスと笑いながらこう言ってきました。

「いつものことだから気にしなくて大丈夫だよ」

それは先に言って下さいよ……。焦って損した気分になるじゃないですか。なんて思いながら部屋を見渡すと、謁見の間、みたいな堅苦しい感じではなく、四人掛けのソファーが一つと、一人掛けのソファーが何個か置かれている、休憩室のような雰囲気です。

とりあえずどこに座ろうか、とキョロキョロしている私に、ミナジェーン殿下が隣に座るよう促してきたので、これはもうありがたく隣に座らせてもらいますよ。すると今まで黙っていた陛下も話しかけてきました。

「いやぁ～、遠かったでしょ、よく来たねぇ」

今まで感じていた印象とは一変して、なんだか話しやすそうなほんわかした雰囲気です。

あまりの変わりように驚いて、ついミナジェーン殿下の方を見ると、「あ、お父様は皆の前では寡黙な雰囲気を出しているけど、普段はこんな感じよ」と教えてくれました。

なんだか不思議な人、ということですね。

「初めてお目にかかります。シャルロットと申します」

「あぁー、堅苦しいのはなしでいいよ。ミナジェーンの友人だし、私も気楽に話がしたい」

なんか意外ですね。もっと堅苦しい感じで話が進むと思っていたんですが……

呆気にとられたまま、陛下が何を言うのか待っていると、陛下はニヤリ、と笑います。

「それで？　早速聞くけど、ミナジェーンに依頼されたんだよね。どんな感じに仕上がったの？」

さも当然の流れ、と言わんばかりに私に尋ねてきましたね。

まさか、こんな感じで聞かれるとは思っていなかったので、少し戸惑いながらも答えます。

「すみません。依頼主が秘密、と言っていますので、私からお答えすることは出来ません」

その瞬間、急に空気が凍りついたのがわかりました。

なんか変な回答をしてしまったんでしょうか？　でもミナジェーン殿下に秘密、って言われているんですから、それはちゃんと守らないと信用問題に関わりますし。

「それが私からの頼みでも？」

陛下はそう言ってにこやかに笑っていますが、その笑みからは凄《すご》い圧力を感じます。

これが国のトップにいる人の圧力、というやつですか。正直、何故こんな展開になっているのかわかりませんが、前世で社長やら依頼主からの圧力を常に受けていた私からしたら、これくらい耐えられるんですよ。

「そうですね。流石《さすが》にお断りさせてもらいます」

ハッキリと営業スマイルで断ると、陛下の目が鋭くなりましたね。これは……完全にやらかしてしまった、というやつでしょうか？　少しビクビクしながら、表面だけは平静を装い、次に陛下が何を言うのかを待つと。

「ふはははっ！」

今までの鋭かった圧力とは一変して、急に陛下が笑い出しました。

えっと……？　これは、一体何が起こっているんでしょう？

全く理解が追い付かず、思わず首を傾《かし》げて固まっている私に、陛下は続けます。

「試すようなことをしてすまなかった。ミナジェーンの友人がどのような人か少しだけ気になったんだ」

……どういうことでしょう？　私は陛下の望み通りの返事が出来ていたんでしょうか？

いや、でも当然のことを言っただけなので、褒められるようなことは何も……

そう思っていると、陛下の圧力に顔色を悪くさせていたミナジェーン殿下がソファーから立ち上がったかと思ったら、ルイス殿下まで加勢します。

「もうっ！　お父様もいじわるですわ！　私があの圧力をかけるやつが嫌いなのを知っていてやりましたわね！」

「何も聞かされていない僕からしたら、シャルロット嬢を余程気に入らなかったのかとヒヤヒヤしたよ……」

確かに二人とも顔が強張っていましたものね。

でも会ったばかりで私が気に食わないなんて言ってきたら……顔ですか？　顔以外理由がありませんよね。まぁ、違ったからいいんですけど、本当に良かったですよ。

さっきまでの空気とは一変して、和やかな雰囲気の中、陛下はニコニコしながら私を見ています。

「すまなかったな。いやぁ、でも驚いたな。あれをやると皆隠し事なんて出来ないんだけど」

いやぁ……確かに普通の人なら、震えながら全てを話しますよね。こう言っていいのかわかりませんが、私だから耐えられたようなものです。

そう思っていると、何故かミナジェーン殿下が自慢げに胸を張りました。

「そりゃあ私の友達ですもの！　当たり前ですわ！」

その発言にルイス殿下がクスクスと笑いながら、「さっきまで父上の圧力にビビっていた人とは思えない発言だね」と混ぜ返したので、私まで笑ってしまいましたよ。ミナジェーン殿下は顔を赤くしながら「そっ、それはルイスお兄様だって同じですわ！」と言い返していますが、確かに言われてみるとどっちもどっちですね。

そんなやり取りを聞いていると、陛下が小さな声で尋ねてきました。

「詳細は聞かないから、自分なりに出来栄えはどうだったか教えてくれないか？」

やっぱり名前の知られていない店に頼んでいる、ということもあって気になっているんでしょう。

「きっと満足してもらえると思いますよ。私も従業員も丁寧に作り上げましたし、自信はあります」

陛下の目を見てハッキリと答えてやりましたよ。本当のことですし、私自身、あれに文句を言ってこられたら本気で怒るほどにはいい出来だと思っています。

すると陛下に私のそんな思いが伝わったんでしょうか？「そうか」とだけ短く呟きましたが、表情はどこか満足そうで、なんだか私まで嬉しくなりました。

その後は、陛下と他愛《たわい》もない話をして解散しましたが、皆私の話に興味津々で、なんで店を開くことに？　とか色々聞かれました。最終的には、うちの国にも系列店を出さないか、なんて話も出ましたが、丁重にお断りさせてもらいました。私の目的は店を大きくすることではないですし、皆で楽しくお客様の希望に沿って服を作りたいんですもの。

それに、今の私からデザインの仕事まで取ったら何も残らなくなりますし……

陛下達との話が終わって、客室に戻る途中、ミナジェーン殿下にこんなことを言われました。

「シャルロット！　明日ドレスが出来上がるから試着してみるわよ！」

明日、ですか。自分のためにドレスを作ってもらうのは久しぶりです。どんなデザインになったのか楽しみですね。想像しながらその日は眠りにつきました。

次の日の朝、目が覚めてすぐに着替えや髪のセットをアンナとミアにやってもらっていると、今日も勢い良く扉を開けて、ミナジェーン殿下が部屋に入ってきました。

「シャルロット！　ドレスが届いたわ！」

今は朝の九時くらいですよ。流石《さすが》に早すぎませんか？

私がそう思っている間にも、ミナジェーン殿下の後ろにいたメイドさん達が、大きな箱やら小さくて高そうな箱を抱えて部屋に運び入れていますが……

いやいや、大きい箱はわかるんですよ。だって、そういうのにドレスを入れて持ってきますからね。でもドレスの他に小さい箱が五つもあります。あ、もしかして、ミナジェーン殿下の分も持ってきたんでしょうか？　両方のドレスをお披露目、という感じで。いやでも、それならもっと大きい箱が必要なはず……

「これは全てシャルロットのものよ」

私の心を読んでいたかのようにそう言われました。いやいや、でも流石《さすが》に……ねぇ？

「あ、あの？　ミナジェーン殿下？　流石《さすが》にこれは多くないですかね？」

「何を言っているの！　そっちがドレスで、これが靴、手袋にネックレス、ピアスとブレスレットで普通じゃないの！」

「そ、そうなんですか……」

もちろん、ミナジェーン殿下の気遣いは嬉しいですよ？　ただ、依頼の報酬を多めにもらったので、これ以上何かいただくのは申し訳ないと言いますか、驚いたと言いますか。

「ほら、早速着てみて！　えーっと……」

ミナジェーン殿下がアンナとミアを呼ぼうとしていますが、名前が出てこないみたいです。そういえば、今まで名前を教える機会がありませんでしたね。

私が紹介した方がいいかなぁ、と思って近付くより先に、二人が深々と頭を下げました。

「名乗るのが遅くなり申し訳ございません、ミアと申します」

「アンナです」

二人の機転はありがたいのですが、メイド達が殿下に直接声をかけるのは、私達の国ではマナー違反です。それを言ってしまえば今は平民である私も同じなのですが、やっぱり私が気を遣って間に入っておいた方が……そう思いながら三人を見ていましたが、ミナジェーン殿下は特に気にすることもなく指示を出しています。

「今まで聞かなかった私が悪いから気にしないで。ミアとアンナね。お願い出来るかしら？」

「もちろんです」

「任せて下さい」

何故か二人ともいい笑顔で返事をすると、ミナジェーン殿下達がまだ部屋にいるにもかかわらず着替えが始まってしまいました。

アンナとミアに着せ替え人形のごとく色々やられること三十分。あ、三十分って物凄《ものすご》く短い方ですよ？　本来なら何時間もかけてマッサージやらパックやら、髪のセットをして……と準備をするのが当たり前なので三十分は凄《すご》く短いです。ただ、普段の準備が五分足らずというのが当たり前になりかけていた私にとっては物凄《ものすご》く長く感じましたけどね……

「シャル様、終わりましたよ」

ミアがやり切ったような顔をして、私に声をかけてきました。

隣にいるアンナの方も満足したのか、いい笑顔です。

「とってもお似合いです！　いやー、ドレスに合わせた髪型なんて本当に久しぶりで、楽しかったですよ」

　この二人が上機嫌ということは、結構いい出来だと思っていいんですよね？　だって、この二人なら出来栄えに納得がいかなかったら顔に出ますし……

　そんなことを思いながら、二人に促されるように、三十分もの間ずっと待っていてくれたミナジェーン殿下の前に立つと、私の姿に一瞬驚いた顔をしましたが、すぐに満面の笑みを浮かべてくれました。

「いいじゃない！　やっぱり私がデザインしただけあってピッタリね！」

　へぇ……このドレス、ミナジェーン殿下がデザインして……ん？

「えぇ!?　このドレス、ミナジェーン殿下がデザインしてくれたんですか？」

　理解するのに少し時間がかかってしまいましたが、私がデザインした、って言いましたよね？　あれ？　私の聞き間違えとかじゃありませんよね？

「そうよ！　もちろんバランスを考えたりとか、作り手側のこともあるから相談しながらだけど」

　そう言って胸を張っています。

「見た瞬間、凄《すご》く素敵だなとは思いましたが、まさかミナジェーン殿下がデザインしてくれたなんて思いませんでしたよ！」

興奮気味に言いましたが、本当に素敵なデザインなんですよ。

淡い黄色のAラインのドレスなんですが、上半身は総レースのオフショルダーで、露出があるのに上品な雰囲気が出ています。裾《すそ》にかけてオレンジ色の小花が沢山散りばめられていて、ドレスと同じ色でツタのような刺繍がされているのも綺麗ですし、小花にはところどころダイアモンドがついているので、踊っている時に綺麗に光ってくれそうです。

靴もドレスに合わせてデザインされているので、淡い黄色にオレンジ色の花がついていて、物凄《ものすご》く可愛いです。これを見ると私もドレスと靴、セットで作ろうかな、なんて考えてしまいます。といっても、そうなると余計に人手が足りなくなるんですけどね。

手袋はドレスと同じ色のシンプルなもので、ピアスとブレスレッドは花がモチーフになっている可愛らしいデザインですね。特にブレスレッドは、主張が激しくないので普段使いも出来そうで、見た瞬間気に入りましたよ。

こんな素敵なドレス、私なんかには勿体《もったい》ない、と思うほどの出来です。

そう思っていると、アンナと話していたミナジェーン殿下が爆弾発言をしてきました。

「言い忘れていましたわ。ドレスはお兄様と私の目の色を意識して作りましたの」

え、えーっと……そういうことは、確か婚約者同士の人達がやることですよね。

あぁ、でもミナジェーン殿下の目の色だ、と思っておきましょう。ほら、友人の証……みたいなものです。

そんなことを思いながら、ミアに手伝ってもらってドレスを早急に脱ぎました。ミナジェーン殿下は、まだ着ていても大丈夫だ、と言ってくれたんですけど、ほら、気を抜いたら汚す可能性だってありますしね。

私が着替え終わった後も、ミナジェーン殿下達はまだ何かを話していますね。色々とミナジェーン殿下なりに考えがあるようですが、アンナがメモ帳まで用意しているので指示が多いんでしょう。もしかして、前日のパックとか半身浴とか長い準備もあるんでしょうか？　実は、そういうケアみたいなことが苦手なんですよね……

「あら、早かったわね」

私が着替え終わったのに気付いたミナジェーン殿下が声をかけてきました。とりあえず苦笑しておきます。

「さて、じゃあ行くわよ」

そう言って、ミナジェーン殿下は私の腕を引っ張りました。今日もどこかに行くんでしょうか？

でも、昨日のうちに陛下達とは話しましたし……もしかして、ミナジェーン殿下のお兄様達とか？

よく考えると、ここに到着してから一回も会っていませんね。

「さぁ、着いたわ！」

明るく言ったミナジェーン殿下の声に辺りを見渡すと、そこにはメイドさん達がバタバタと明日の準備をしている姿がありました。

そうです。私が連れてこられたのは、明日の会場になるのであろう、広いパーティー会場でした。もしかして、会場を見せたかった、とかでしょうか？　そうだとしたら嬉しいとは思いますが、メイドさん達が本当に忙しそうにしているので申し訳ない気もしてきます。

「え？　ミナジェーン殿下、邪魔になるんじゃ……」

一応言ってみましたが、ミナジェーン殿下は、大丈夫よ、と微笑んでいますね。えっと……ミナジェーン殿下は大丈夫かもしれませんが、他の人は……。そう思って客室に戻ろうとした時でした。

急にミナジェーン殿下がメイドさん達に号令をかけたんです。

「全員、集合しなさい！」

これにはもう、頭の上にはてなマークが出てしまいますよ。

メイドさん達は、ミナジェーン殿下の一声で集合していますが、何故こんな忙しそうにしているタイミングで？

「紹介するわ！　私の友人で、今回貴方達の服を作ってくれたシャルロットよ！」

えぇ？　作業の邪魔です、とか思われてないでしょうか？

そう思いながら恐る恐る「えっと……初めまして？」と挨拶をします。

すると、メイドさん達は私に向かって一斉に頭を下げたではありませんか。

「ありがとうございます！」

え？　えぇ!?　何が起こっているんですか!?　八十人くらいのメイドさん達から一斉に頭を下げられるなんて、当たり前ですが経験したこともありません。「あ、あの、頭を上げて下さい」と言うのが精一杯でしたよ。だって、本当にどう反応したらいいのかわからなかった、と言いますか……

「ミナジェーン殿下、これは一体……？」

「メイド達には一足先に明日着る予定の服を見せたのよ」

「あ、そうなんですね」

ミナジェーン殿下のことなので、当日に渡しそうだな、なんて思っていたので意外で

すね。あ……つまり、これは実際に服を見た上でのお礼ということですか。

「もう凄《すご》かったわよ。皆大絶賛！　ぜひとも直接お礼が言いたいって要望が沢山出たものだから、シャルロットを連れてきたのよ」

なるほど……それは嬉しいですね。皆気に入ってくれたなら私も皆も喜びますよ。

でも、今日は普通のメイド服なんですね。

「せっかくだから、皆が着ている姿も見たかったなぁ……なんて」

つい心の中で思っていたことを口にすると、それを聞いたメイドさん達が、顔をぱぁっと明るくして、ミナジェーン殿下に着てきていいか尋ねています。あら、この様子だと見ただけでまだ着ていないんですね。出来ることなら着てみた上での感想を聞きたいんですが……

「はぁ……好きにしなさい。その代わり、汚したら覚悟しておきなさいよ！」

私のそんな思いと、メイドの希望に負けたのか、ミナジェーン殿下は、渋々、という様子ですが、苦笑しながら頷《うなず》いてくれましたね。殿下の言葉にメイドさん達は、皆嬉しそうに更衣室に向かいましたよ。

あ、普通のメイド服とは着方からして違うので、最初はわからないかな？　と思って、アンナとミアにメイドさん達と一緒に更衣室に行ってもらいました。大体五分もあれば着替えられると思っていますが……

会場の扉を眺めていると、続々と着替え終わったメイドさん達が戻ってきました。なんだか皆がいい笑顔で戻ってくるので、私まで嬉しくなってきますし、大人数が揃っていても、うざったくないデザインになっていて安心しましたよ。

ちなみに、そのデザインなんですが、トップスは黒に近いグレーのＹシャツで、袖《そで》が肘の少し下くらいのパフスリーブになっているシンプルなものにしました。

その上に青と紺の中間みたいな色のベストを着ています。ベストの裾《すそ》にはボタンと同じ色の刺繍をしてあるんですが、これにはアンナも結構苦戦していましたね。

スカートはベストと同じ色がベースになっているチェック柄にしてみました。タータンチェックなんですけど、気に入った色合いを見つけるのに苦労して、大変でしたよ……。最終的には手芸屋さんに頼んで何とかなりましたが、今度お礼をしに行かないとですね。

それからエプロンは必ずつけるものなので、Ｙシャツと同じ色にして、腰に巻くタイプにしました。この世界では長いエプロンが主流ですが、どうしてもベストを着てもらいたい、という私のこだわりで短くしましたが、いい感じですね。

それから、まだメイドさん達はつけていないピンバッチですが、これが一番苦労しましたよ。ピンバッチの一般的な、というか、簡単な作り方は、土台になる写真などにドームシールというものを貼ってー……というのが一番簡単で、大量生産もしやすいのですが、この世界にプリンターというものは存在しないんですね。なので、一旦家紋を刺繍して、革を使って留めていく、みたいな……口で言ってもわかりにくいんですが、とにかく手間がかかりました。これをやってくれたエルマにはいくら感謝しても足りないくらいです。

どうやらピンバッチは、これからミナジェーン殿下が手渡すようです。

「今からバッチを渡しますわ。これは一人につき一つしかないから絶対になくさないように」

手に渡った人から順に、ニコニコしながらYシャツの左襟にピンバッチをつけているのを見ると、こっちまで嬉しくなってきます。大変なこともありましたが、本当に頑張って良かったですよ。

無事にピンバッチを渡し終えたミナジェーン殿下が、「はぁ……疲れたわ」なんて呟きながら私達の方に戻ってきましたね。口ではそう言っていますが、顔がにやけているので隠しきれてないですよ。とはいえ「お疲れ様でした」とだけ返しておきます。

すると、ミナジェーン殿下は再び私の腕を引きました。

「シャルロット、お茶にしましょう。明日注意しておいた方がいい人を教えておくわ」

こうして会場を後にすることになったのですが、扉までの間、メイドさん達とすれ違うたびにお礼を言われて、なんだかくすぐったい気分になりましたよ。でも、それほど喜んでくれた、ということですよね。

そして、ついに迎えてしまいました。パーティー当日です。

昨日、ミナジェーン殿下に注意する人のことは聞きましたが、その中の何人かはルイス殿下に振られた令嬢だから……というものだったので、一気に憂鬱《ゆううつ》な気分ですよ。何故私をエスコートしてくれるのか、いまだに不思議で仕方ありません。

「はぁ……」

「シャル様、そんなにため息をつかないで下さいよ」

大きなため息を繰り返す私に、アンナが苦笑しています。確かに目の前でこんなため息はつかれたくないですよね。

でも、これから起こるであろう最悪な展開を考えるとそれどころではありません。そうじゃなくても慣れないエステや長風呂に疲れ果てている状況ですよ。

「シャル様、着替えますよ」

そう言って、ミアが昨日試着したドレスを持ってきてくれました。

「これを見るのは二回目だけど、やっぱり綺麗なドレスよね」

「そうですよね」

バタバタと作業していた二人もドレスを眺めています。いいなぁ……私もいつかはダイアモンドを使ったドレスとか作ってみたいなぁ。

「うちでもやってみます？　ダイアモンドを使ったドレス」

「そんなことをしたら、ドレスの支払いの前に店が潰れるわよ」

ミアがアンナを一蹴しています。私も作れるものならぜひ作ってみたいんですが、うちの店では不可能ですね。

この量のダイアモンドを発注したらいくらかかるんでしょう？　多分、生活費を切り詰めて、とかじゃないと、作るどころか材料を揃えることも出来ませんよ。

「でも、もっとお店に余裕が出来たらやってみたいよね」

「あ、シャル様！　そんな話している暇ないですよ！　早く着替えないと！」

アンナがふと我に返ったのか、急に慌ただしく作業を再開しましたね。私も忘れて呑《のん》気《き》に話をしていましたが、今はまだ準備の途中でした。

「二人とも、お願いね」

私がそう言うと、アンナとミアは再びバタバタと忙しそうに準備をし始めました。そして、準備すること一時間三十分……くらいでしょうか？

「シャル様、終わりました」

アンナにそう言われて、全身鏡で自分の姿を確認します。

「なるほど。髪はアップなのね」

貴族だった時もハーフアップ以外、セットしてもらったことがなかったので、なんだか新鮮な気分です。

「本当はハーフアップにしようと思ったんですが、ミナジェーン殿下がシャル様はアップの方がいいとのことで」

「そうだったの？」

じゃあ、あの打ち合わせみたいな二人の会話は私の髪形についてだったんですね。

髪は綺麗に編みこまれていて、メイクはドレスに合わせたオレンジがベースになっているので、自分の姿がいつもより明るく見えますね。それに、昨日久しぶりにパックをしたおかげか、肌には透明感があるように見えます。

これで、私の顔まで超絶美人に変わってくれたら大満足なんですけど、無理な話ですよねぇ。

なんてことを思っていると、扉をノックする音が聞こえてきました。このタイミングだと、ミナジェーン殿下でしょうか？

そう思いながら、ミアに扉を開けるようにお願いします。

はぁ……とりあえず、パーティーは何の問題もなく進んでほしいですね。令嬢の恨みは怖い、ってよく言いますし。

そう思いながら、ノックした人を確認するために振り返ると、一瞬固まってしまいました。

「もう準備は終わったかな？」

「ルイス殿下!?」

まさかのルイス殿下が準備万端の状態で立っていたんです。てっきりミナジェーン殿下だと思っていたので驚きましたよ。

「急にごめんね」

私が戸惑っている、と気付いたんでしょう。クスクスと笑いながらも謝罪をしてくれました。

「ドレス、とても似合っているよ。初めてドレス姿を見るから、新鮮な気分だね」

そう言って、ルイス殿下は微笑んできましたが、ルイス殿下の目を見ていると、昨日ミナジェーン殿下に言われたことが頭をよぎってしまって恥ずかしくなりますね。

あぁー、もうっ！　なんでドレスをルイス殿下の瞳の色にしたんですかっ！

なるべく目を合わせないようにと視線を逸《そ》らすと、アンナとミアがニヤニヤとしながら私のことを見ていました。絶対面白がっていますが……仕方ありません。

だって、この素敵なドレスには何の罪もありませんもの。

そう思いながら、何とか平静を取り戻した私は物凄《ものすご》く久しぶりにカーテシーをとります。

「今日はよろしくお願いします」

すると、ルイス殿下がパッと目を逸《そ》らしてしまいました。

ど、どうしたんでしょう？　もしかして……久しぶりすぎて見られないほど酷いものだったんでしょうか？　どうしましょう!?　今から直すといっても時間がありませんし……。でもカーテシーなんて挨拶みたいなものなので、やらないわけにもいきませんよね。

「す、すまない。思った以上に綺麗で、なんて言ったらいいかわからなくなってしまった」

綺麗……綺麗、ですか。

「そうですよね！　とても綺麗なドレスですよね？　しかも、刺繍も細かくて繊細だし、私なんかではこんなドレス作れませんよ！」

思わず両手をギュッと握って力説してしまいました。

ルイス殿下の気持ちは物凄《ものすご》くわかりますよ。ほら、綺麗なドレスを見るだけで、ボーっとしてしまいますよね。

しかも、自分では表現出来ないような刺繍なんかは尚更でー……なんて思いながら頷《うなず》いていると、今まで生暖かい目で見ていたアンナとミアが、何故か噴き出して笑い始めました。

え？　だって、ルイス殿下が言っているのはそういうことで合っていますよね？

「いや、ドレスも確かに綺麗なんだけど、シャルロット嬢も綺麗だよ」

ルイス殿下は苦笑しながらそう言ってくれましたが、私はドレス負けというか、私が地味なおかげでドレスの綺麗さが際立っている自信はありますよ。

「お世辞でも嬉しいです。ありがとうございます」

そう答えると、ルイス殿下は肩をすくめてしまいました。

一般的な返事だと思うんですが、変なことでも言ってしまったでしょうか？

「まさかシャル様がここまでのものだとは……」

「ミアは気付いてなかったのね。私は結構前から知っていましたよ」

アンナとミアが話をしているのが聞こえてきましたが、私何かやらかしました？　それならそうとはっきり教えてほしいんですが……

なんだか微妙な空気になってしまった部屋に、今日もノックなどせずミナジェーン殿下が現れます。

「シャルロット！　準備は出来た？」

入ってきて早々、この不思議な雰囲気に気付いたんでしょうね。ミナジェーン殿下はキョトンとした顔をして皆を見ています。ですが、アンナが今起こったことを軽く説明すると、今度は大笑いし始めました。

「何それ！　とっても面白いわね！　お兄様、シャルロットはこういう子なのよ」

「あぁ、そうみたいだね」

えっと……え？　なんで皆で私のことを見ているんですか？

何が起こっているのか理解が出来ない私は、前世で読んだ漫画で例えるなら、頭の上に大量のはてなマークが出ている状況です。

しばらくして、元々開いていた扉から、「皆さん、そろそろ入場の時間になりますよ」というメイドさんの声が聞こえてきましたので、皆で移動を開始しましたが、ミナジェーン殿下の婚約者様がまだ来ていないみたいですが、いいんでしょうか？

他の人を心配する余裕はないんですけどね。注目されるのは慣れていないので、ミスをしないか心配で仕方ないですよ。

一応、ルイス殿下からは「僕がちゃんとエスコートするから、堂々としていれば大丈夫だよ」と言われていますが……あー……緊張します。

なんてことを思っているうちに、ついに会場に入るよう指示されてしまいました。もう考えることは転ばないように気を付ける、ということだけですね。

「さて、シャルロット嬢、手を貸してくれる？」

そう言われたのでルイス殿下に手を差し出すと、ニッコリと微笑んで会場へとエスコートしてくれました。

「ルイス殿下にパートナーがいますわ」

「誰ですの？　あの令嬢は……」

ヒソヒソ話と視線が痛いですが……こうなることは想定済みです。今は背筋を伸ばしているしかありません。

何とか入場は無事に終わりましたね。はぁ……赤い絨毯《じゅうたん》で転ばなくて良かったです。

ただ、私は王族でもないのにルイス殿下のパートナーなので、ミナジェーン殿下達と同じ壇上に立たないといけないんですよね。しかも、他の国の貴族様達を差し置いて、一番上です。

なんてことを思いながら、何とか壇上から会場を眺めていると、信じられない姿を見つけた私は、思わず「えっ!?」と声を出してしまいました。何と私の視線の先には、マリアンヌとマリアンヌの兄のアルト様がいるではありませんか。確か、このパーティーって王族と公爵以上の人しか参加出来ないはずですが、何故侯爵家の二人がいるんでしょう?

そう思っていると、私の驚きの声が聞こえたのか、ルイス殿下が耳打ちしてくれました。

「シャルロットがもし一人になるようなことがあったら、誰かいた方が安心出来るでしょう?」

そういえば、ミナジェーン殿下が、一人になることは絶対にない、と言っていましたが、それはこのことだったんですね。

咄嗟《とっさ》にミナジェーン殿下を見ると、私がマリアンヌ達に気付いたのを察したのか、王女らしからぬ親指を立てて私の方を見ていました。ミナジェーン殿下……ありがたいですが、こんなに注目されている時にやることではないですよ……

なんてことを思っているうちに、国王陛下と王妃殿下も会場に入りました。確か、陛下の最初の挨拶が終わったらあとはフリーみたいな話でした。これは親睦を深めるためのパーティーだと聞いているので、そうなりますよね。

そう思っていると、陛下が私をチラッと見た後に挨拶をし始めました。

「今日は集まってもらって感謝する」

これは……校長先生の話、みたいな感じなので省きますが、とりあえずこれからも仲良くしようね、みたいなことを難しく言っています。そして最後に私が作った服の話をして終わり、という感じでしたね。皆話を聞いて興味津々という感じでした。

あ、この中で機械に強い国からのご来賓の方々とかいないんですかね？　もしいるなら布用のプリンターとかお願いしたいなぁなんて思うんですが……そんなに都合のいい出来事は起こりませんよね。

そんなことを考えているうちに、陛下の挨拶も終わって、堅苦しかった雰囲気とは一変し、和やかな空気の中でパーティーが始まりました。つまりはフリータイムが始まった、ということで、早速ですが、私はマリアンヌのところに行きたいです。キョロキョロと辺りを見回していると、それを察してくれたのか、ルイス殿下がとあるところに視線を送りました。

「約束している場所があるから探さなくても大丈夫だよ」

今は人ごみで見えないですが、あそこにいる、ということでしょう。

そう思った私は、とりあえず飲み物をもらうためにルイス殿下から離れて、メイドさんから飲み物を受け取りに行くと。

「シャル様、それはシャンパンなのでやめておいた方がいいかと」

なんだか聞き覚えのある声が聞こえてきたので、パッとそのメイドさんを見ます。

「ミア？　なんでミアがここにいるの？」

何故かミアが他のメイドさんと同じ格好をして、会場の中に紛れ込んでいるではありませんか。

これは、勝手に入ってきたってことですよね⁉　流石《さすが》に怒られますよ⁉　と慌てていると、また聞き慣れた声がします。

「ミナジェーン殿下にシャル様が心配なら紛れ込んでもいいわよ、と許可をもらったんですよ」

「アンナまで……なんで私に教えてくれなかったのよ」

ミアだけだと思っていましたが、まさかアンナまでいたとは……。私は何も聞いていませんが、いつの間に許可をもらったんですか。

想定外の二人の登場に驚いていると、ミナジェーン殿下がニヤニヤしているのが見えました。

「どうかしら？　驚いたでしょう？」

あ、これ、わざと私に言わないようにしてたやつですね。

「当日にサプライズがありすぎですよ」

思わず苦笑しながら言ってしまいましたよ。

だって、アンナ達がいるとわかったらもう少し肩の力を抜いて参加出来ました。一人だと思っていたから気を張っていた、というのに……

「まぁまぁ……アンナとミアはシャルロットがいないと暇になっちゃうじゃない？　だから許可したのよ」

そう言ったミナジェーン殿下は、どこか面白そうに笑っていますね。絶対に私の反応を見て面白がっていますよ。

「確かにその通りですけど……では、マリアンヌとアルト様は？」

「それは私達がどうしてもシャルロットから離れなきゃいけない時のために呼んだのよ」

「準備万端ですね……」

私からはそんな言葉しか出なかったですよ。だって、あまりにも想定外なことばかりが起きているんですもの。ただ、私のことを考えての行動なので、感謝はしないといけませんけどね。

なんて思っていると、なかなか来ない私に痺れを切らしたのか、マリアンヌとアルト様がわざわざ探して来てくれました。

「もう、いつまで待たせるつもりですの？」

「ごめんなさい。来てくれてありがとう、マリアンヌ」

その間に、ルイス殿下は他の貴族達に囲まれていますし……

やっぱりルイス殿下って人気なんですね。令嬢のほとんどが目をキラキラ……いや、ギラギラと輝かせて話しかけていますよ。あれが肉食女子ってやつなんでしょうね。

なんて思いながら、ミナジェーン殿下達と壁の方に寄って、普段のパーティーの時と同じように会話を楽しむことにしました。

「シャルに作ってもらったドレスをリメイクしてもらったじゃない？　それを着てきましたの」

「あ、私もですわよ！」

殿下とマリアンヌの二人はそう言って、改めてドレスを見せてくれました。

一度は着たものを確認しましたが、やっぱり会場の中と試着室では輝きが全く違いますからね。

機会がない、と思って諦めていたことですが、こうやって見られて嬉しいですよ。

「二人とも、お似合いですよ。私のドレスはミナジェーン殿下がデザインしてくれたんですよね」

「なっ……それは内緒にしておいてほしかったわ！」

私がニコニコしながらそう言うと、ミナジェーン殿下は顔を赤くしていますが、私だって少し自慢したくなったんですもの。これくらいならいいですよね？

私達がこんな感じで話をしている間、男性達の方も雑談しながら隣にいます。いつの間にやらミナジェーン殿下の婚約者であるカイン殿下もいらっしゃっていましたが、この方とは今まで話をしたことがありませんでしたね。リリアーナの件で迷惑もかけましたし、謝罪をしたいとは思っていましたが……さっきから何度もチラチラと様子を窺《うかが》っても、なかなかタイミングが……

そう思っていると、私の視線に気付いたのか、急にパッとカイン殿下と目が合いました。

「そういえば、シャルロット嬢とはちゃんと話をしたことがなかったね。初めまして……で大丈夫かな？」

これはチャンスだ！　と思った私は、すかさず頭を下げました。

「すみません、挨拶が遅れて。シャルロットです。妹が迷惑をかけたと聞いています。申し訳ございません」

カイン殿下は何のことかわからない、といった様子で首を傾《かし》げていますね。

てっきり、ミナジェーン殿下がお話ししていると思ったんですが……。まぁ、でもカイン殿下との会話で、私の話になんてなるわけがないので当然ですよね。

ミナジェーン殿下が改めて私の紹介をしてくれます。

「シャルロットはあのリリアーナの元姉ですわ」

元姉、という言葉に笑いそうになってしまいましたよ。確かにそうかもしれませんが、一応血のつながりはあるので元ではないような……

「確かに元姉ですわね」

「そうだね」

マリアンヌとアルト様までクスクスと笑いながら頷《うなず》いています。

「あ、じゃあ彼女が『姉が父を怒らせて』とか言っていたのは……」

「シャルロットのことですわよ」

ミナジェーン殿下が即答したことで、本当だとわかったんでしょう。驚いた顔をして私のことを見ていますよ。

いや、それよりもリリアーナは、カイン殿下のような人に聞こえるほど頻繁に私の話をしているんでしょうか？　ありもしないことを言っているんだとしたら、凄《すご》く恥ずかしいような……

「そうだったのか……さっきまで三人で話しているのを聞いていたけど、彼女の話とは全然印象が違ったけどね」

カイン殿下が私を見てそう言ってくれたので、少し安心しました。

まぁ、そもそもリリアーナがでたらめを言っているだけですけどね。

「そりゃあ、シャルロットはあの妹に陥《おとし》れられただけですもの」

ミナジェーン殿下もわかっているので、軽い調子で口に出します。しかし、そのことで空気が一気に変わりました。何と言いますか……ピリついた空気、と言えばいいんでしょうか？　完全にパーティーを楽しんでいる空気ではありませんわね。

流石《さすが》にこの悪い空気をどうにかしよう、と思ったのですが、カイン殿下が口を開くのが先でした。

「申し訳ないけど、後で詳しく聞いてもいいかな？　内容によっては父上にも言わないといけないから……」

詳しく、ですか。別にそんなに面白い話でもないし、逆に不快な思いをするかもしれませんが……でも、それを言ったら余計に聞きたいとなるんでしょう。

「はい、わかりました」

「ありがとう」

カイン殿下は少しホッとした表情です。まぁ、そういうのは話したくないって人がほとんどですし、思い出してしまうから嫌、という人の方が多いですもの。私は家から追い出されたことによって、幸せに忙しく暮らしているので全く問題がありませんが、普通だったら嫌ですよ。

「それより、妹君の件は、シャルロット嬢は何一つ悪くないから気にしなくてもいい。あれが妹だと大変だろう?」

「そうですね……皆から話を聞いて冷や汗が止まりませんよ」

そう答えて苦笑すると、それを聞いた全員が苦笑して、その話は終わりました。

その後、再び皆で他愛《たわい》のない話を少しした後に、誰が言うでもなく、挨拶回りを始める空気になります。

「さて、じゃあ私達は挨拶に行ってくるわね。シャルロットをお願いするわ」

そう言って、ミナジェーン殿下とカイン殿下は立ち去っていきましたが、主催者側なので忙しいんでしょう。それなのに私のことにまで気を遣ってくれて感謝しかありませんね。

「なんでそんなにリリアーナの話を聞きたがるんだろう?」

ポツリと私がそう呟くと、マリアンヌが教えてくれました。

「あー……最近リリアーナが王太子のことを狙い始めたからじゃないかしら？」

カイン殿下の次は王太子殿下、ですか。まぁ……リリアーナの常識のなさからすると、あり得なくはないですが……それにしても王太子殿下……？

「それは無謀にも程があるよね？」

リリアーナは自分に自信があるから、そんなことをするんだろうけど、絶対無理でしょうね。

だって、王太子殿下が婚約者と仲睦まじいのは、私でも知っているほど有名なことですし、そうじゃなくても王族を伯爵令嬢が狙うのはダメです。

そう思っていると、マリアンヌが苦笑しながらハッキリと言いました。

「そうねぇ……なんせ、王太子が婚約者とラブラブだというのは有名な話ですもの」

そうなんです。貴族だったら皆知っているのでは？　と思うほど有名な話ですよ。

というか、そもそも人のものを欲しがること自体がおかしい、と気付いてほしいですよね。

なんて思っていると、やっと人込みから抜け出すことが出来たルイス殿下がこちらへやってきました。やっとパートナーらしく隣に、と思ったのも束の間で「さて、じゃあ行こうか？」と言って私の手を取りましたね。

「あ、あの？　どこに行くんですか？」

「どこって……皆に挨拶するんだよ？」

何故かキョトンとした顔をして私を見ているんですが、挨拶？　それって私も行かないといけないいんですか？　それこそ婚約者でもない私と一緒だなんて勘違いされるやつですよ？

「あ、あの……マリアンヌ達と待っているっていうのは……」

「そしたらパートナーはどこに行った？　ってなるでしょ？」

あー……これは諦めるしかなさそうですね。

追い打ちをかけるように、マリアンヌが「行ってきなさいな」といい笑顔で言ってきますし。

パートナーの役目として仕方ありません。

「わかりました」

そんなに一人で挨拶回りに行きたくないんでしょうか？　まぁ、わからなくもないですが、そこまで嬉しそうな顔をするのは想定外でしたよ。

そう思いながら、マリアンヌに見送られ、ルイス殿下と挨拶回りが始まってしまいました。

パーティーの前に「ニコニコしていれば大丈夫」と言われていたので、その通りひたすら作り笑顔でルイス殿下の隣に立っているんですが、流石《さすが》に疲れますね。

たまに「あの服、いいデザインですわ」とか「店はどこにありますの？」などなど、声をかけられることがありますが、基本的にはルイス殿下が話をしてくれているので私は物凄《ものすご》く暇です。

ただ、令嬢達は、しっかりと私のことを睨《にら》みつけてくるので、少しずつですが嫌になってきましたね。こんな人達を相手にひたすら笑顔だなんて、喧嘩を売っていると思われても仕方がないですし、冷や汗が止まりませんよ。

そう思いながら作り笑顔で固まっている頬を触っていると、それに気付いたルイス殿下が「大丈夫？」と尋ねてきました。内心は、「大丈夫じゃないです。勘弁して下さい」でしたが、にこやかに答えるしかありません。

「ええ、大丈夫です」

「あと二組で終わりだから、もう少しだけごめんね」

なんだか申し訳なさそうに謝られてしまいました。

そんなに変な笑顔だったんでしょうか？　私の中では結構いい感じだと思っていたんですが……

そう思っている間にも次の人ですね。同い年くらいの令嬢と、太った意地の悪そうなおじさんなのはいいですが、ルイス殿下の隣に私がいるのが見えた瞬間、鼻で笑ってきましたよ。出来ることなら今すぐにでも逃げ出したいです。

そう思っていると、ルイス殿下が太ったおじさんに声をかけました。挨拶回りの後半なので、この中では下の身分の人達ですね。……まぁ、平民の私からしたら皆上の身分なんですけど。

ルイス殿下に声をかけられたおじさんは、汗でじっとりとした手をルイス殿下に差し出しながらにこやかに挨拶をしています。

「おぉ！　ルイス殿下、大きくなられましたね」

「えぇ、おかげ様で」

ルイス殿下、出された手に気付かないふりをしていますね。さりげなく握手は回避出来たでしょうが、実際にそれをやられた側からしたらすっごく恥ずかしいですよ？

そう思っていると、おじさんはニタリと悪い笑みを浮かべています。

「それより、ファーストダンスをうちの娘と踊ってくれませんか？　パートナーは平民なのでしょう？」

そう言って、私をバカにしたような顔で見てきましたが、これぱっかりは仕方ありませんよね。だって、私が平民なのは正しいですし、普通の人ならそう思いますもの。でも、なんか言い方と顔がなぁ……。なんて思いながらも、笑顔を崩さずにおじさんに視線を向けました。

「いえ、それはお断りしますね」

「ですが……」

にこやかに断るルイス殿下に、おじさんはまだ何か言おうとしています。まぁ、簡単に諦めるような人じゃないのは顔でわかります……なんて思っていると、令嬢まで加勢してきました。

「私と踊って下さらないんですか？」

切なそうに目を伏せてそう言う令嬢は、いかにも男性が好みそうな雰囲気を出しています。私からしたら、おじさんと殿下が話している間に睨《にら》まれたせいで、怖いな、としか思えませんが、この可憐さならルイス殿下も了承するのでは？　とルイス殿下を見ましたが、静かに首を横に振りました。

「今日は彼女が僕のパートナーなので、彼女以外とは踊りませんよ」

ルイス殿下はそう言って、微笑んでいます……が、普段の笑みとは違いますね。気のせいでしょうか？

「で、でも、平民がダンスなんて踊れるわけが……」

断られるとは思ってもいなかった令嬢は、私のことを思いきり睨《にら》みつけながらそう言ってきましたが、こんなの私がルイス殿下でも断りたくなる圧を感じますね。

「なるほど……つまり貴方達は、ミナジェーンの友人であるシャルロット嬢をバカにしている、ということですね？」

そう言って更ににっこりと微笑みましたが、完全に怒っています。こんなルイス殿下は初めて見ましたよ。

「え……み、ミナジェーン殿下の……」

「い、いえ！　そのようなわけでは……」

流石《さすが》の二人もまずいと思ったのか慌てていますが、残念ながらもうすでに遅いんです。

「どうしましたの？」

私の正面の方からミナジェーン殿下が歩いてきているのが見えていましたからね。最悪のタイミングですよ。私がそう思っている間にも、ルイス殿下が今起こったことを簡単に説明していますし、当の本人達は顔が真っ青を超えて土気色にまで変わっています。

はぁ……今更怯えるくらいなら、最初から私に対して何も言わなければ良かったのに。

他の人はこうなることを察して、挨拶回りに行っても睨《にら》むだけで我慢していたんだと思いますよ？

なんて思っているうちに、ミナジェーン殿下達への説明は終わったみたいです。

「まぁ！　そうでしたのね！」

にこやかに笑いながらミナジェーン殿下は令嬢と男性のことを見ています。あれ？　思ったよりも怒っていない？

ということは、騒ぎが大きくなる前に終わる……と思ったのも束の間、ミナジェーン殿下はニッコリと笑ったまま会場の出口を指さしました。

「だったらお父様に伝えておくので、今すぐにでも会場を出てもらって構いませんわ。貴方方の国にも伝えておきますわよ」

それを聞いた二人は、ひっ、と小さな悲鳴をあげています。

いやいや、それよりも私が会場から出ていけば解決する話なんですが。私が原因で問題が起こりましたし、ほら、平民がいるからこんなことに。

「い、いえ！　そのようなことは……」

太った男性は、脂汗をかきながら必死に首を横に振っています。

はぁ……周りの人達も何か揉めていることに気付き始めましたね。チラチラとこっちを見ている人が増えてきた、と思っていると。

ます。


「何があったの？」

ハラハラしながら様子を見ている私にカイン殿下がわざと周りの人に聞こえる声の大きさで聞いてきました。

そうなったら私も同じくらいの声の大きさで話さないといけなくなるじゃないですか。

本当に勘弁して下さいよ。そう思いながら、とりあえず今起こったことを簡単に説明します。

「あー……ミナジェーンの友人をバカにしたんだから怒るに決まっているよね」

カイン殿下は、わざとらしく大きくため息をつきましたね。こればっかりは周りの人達も同意見のようで、男性と令嬢に憐れみの目を向けています。

なんか時間が経つにつれて大事《おおごと》になってきましたよ。私からしたらこれ以上注目を浴びたくないですし、そろそろやめてほしいですが、いつまで続くんでしょう？

「ねぇ、わかっていると思うけど、ここはそれぞれの国同士、仲良くしようねっていうパーティーだよね？」

「は、はい……」

「それなのに、何故そんな風に喧嘩を売るようなことをするの？　それとも余程このパーティーが気に食わないのかな？」

「いえ！　滅相もございません！」

この人達は私をバカにして、というより、何かしらの理由をつけてルイス殿下とファーストダンスを踊りたかっただけですよね。まぁ、言い方は確かに悪かったなぁ、と思いますが、素直に、一緒にダンスを踊って下さい、とでも頼めば、ルイス殿下なら断らないでしょうし、わざわざ私を貶《けな》して頼むことではないですよね。

なんて思いながら二人を眺めていると、ミナジェーン殿下が突然言い放ちました。

「じゃあ今すぐにシャルロットに謝りなさい！　平民だろうが、なんだろうが、お兄様のパートナー、そして私が呼んだお客様をバカにしたんだから当然ですわ！」

あ、マリアンヌとアルト様も騒ぎに気付いて心配そうに私を見ていますね。大丈夫だよー、と手を振りたいけど、この状況では絶対出来ませんよね。

それに奥の方では、色んな国の陛下が話しているところで一人だけ焦っている人がいます。あの人がこの二人が住む国の陛下でしょう。顔を真っ青にしてこっちに向かってきていますもの。

一方、ミナジェーン殿下のお父様とお母様は、ニコニコしてこの光景を眺めていますが、なんだか楽しんでいるようにも見えますね。

なんて呑気《のんき》に観察をしていますが、謝りなさい、の声が思ったよりも大きかった、というのもあって色んな人が注目してしまっていますね。これは国に帰ったら噂が広まってしまうやつですよ。

「謝れないの？　自分が悪いことをしたと思っていないからよね？」

ミナジェーン殿下が追い打ちをかけ始めました。

しかも、ルイス殿下まで「仕方ないよ。そういう人だと思うしかないね」なんて言って、私の隣に歩み寄ってきましたよ。

まさかこんなことになるなんて思ってなかったでしょうし、少し可哀想にも思えてきましたよ。

「申し訳ございません！　我が国の公爵が何かしたんでしょうか？」

あ、さっき急いでこっちに向かってきていた陛下らしき人が到着しましたね。

「この二人はお兄様のパートナーであり、私の友人をバカにしてきたのよ。貴方の国の公爵はどうなっているわけ？」

「申し訳ございません！　父上にはこのことを説明させていただきます」

あ、陛下じゃなかったんですね。よく考えると、ここに他国の陛下が全員揃ったら大変なことになりますものね。

なんて他人事のように一人で納得していると殿下も公爵に対して怒り始めます。

「公爵、今回のパーティーに来なくていいと俺は最初から言ったはずだ。そして、問題を起こすなら即刻降格とすることもな」

まるで最初から何か問題を起こすことはわかっていた、みたいな言いぶりですね。だったら来てもらわない方が良かったのでは？

「そんな！　殿下！　ご慈悲を……！」

公爵は必死に殿下の足にしがみついています。正直、見ていられなくなるほどみっともない姿を晒《さら》してしまっています。

「黙れ！　今すぐこの会場から出ていけ」

そう言って、他国の殿下はミナジェーン殿下と同じように会場の出口を指さしました。自分の国のトップに見放されたのなら、彼らもここまでですね。

「そ、そんな！　自分はそういうつもりで言ったわけでは」

何か必死に言い分を考えているようですが、自業自得、というやつです。

令嬢はこんな状況でも私のことを睨《にら》みつけていますが、それに気付いたルイス殿下が視界を遮《さえぎ》ってくれたので、何とか見なくても済みますね。この令嬢は逆に立場が悪くなる、ということがわからないんでしょうか？

思わず首を傾《かし》げて考えていると、会場に待機していた兵士達が見かねたのか、男性と令嬢の二人を抱えて颯爽《さっそう》と会場から追い出してくれました。それは、職人技と言ってもいいくらい鮮やかで凄《すご》い速さでしたよ。今度クレーマーの対策としてカルロ達にも覚えてもらおうかしら？

「本当に申し訳ございませんでした。こちらでしっかりと対処いたします」

そう言って、殿下はミナジェーン殿下に謝罪しています。

「昔から貴方も大変ね」

「いえ、慣れていますので……」

昔から、ということは、やっぱり国内で何かしらの問題があったんでしょうね。どこの国も大変そうです。

「シャルロット様も本当に申し訳ございませんでした」

ただ様子を見ていただけなのに、殿下はまさかの私に対してもしっかりと謝ってくれました。これはチャンス、と言わんばかりに口を開きます。

「気にしないで下さい。少なからず、他にも同じことを思っている人は沢山いますので」

それだけ言うと、それを聞いた令嬢達が少し怯えた顔をして私を見ていました。つい、いい笑顔で殿下に言ってしまいましたが、これくらい言ってもいいですよね？　二人が退場した後は、何事もなかったかのように元に戻りましたが、ルイス殿下は私に申し訳なさそうに謝ってきました。

「ごめんね。こんなことになるなんて」

「いえ！　さっきも言った通り、仕方のないことですよ」

ニッコリと微笑むと、ミナジェーン殿下に苦笑されてしまいました。

「シャルロットはもう少し怒る、とかしてもいいんですのよ？」

怒る、ですか。

確かに最近、というか、私の記憶がある限りでは一度も怒ったことがないですね。何となくですが、そういうことに関しては気力が湧いてこないというか。激怒するほどのことも起こらないんですよね。

そう思っていると、会場中に穏やかな音楽が流れ始めました。なんだか見計《みはか》らっていたかのようなタイミングでした。

「あ、カイン様、ダンスの時間みたいですわ」

「そうだね」

そう言って、ミナジェーン殿下とカイン殿下はダンスを踊り始めようとします。

一応、最初に踊るのは主催者側なので、ミナジェーン殿下達が踊らないとダンスが始まらない、というやつです。まぁ、それを言ったらルイス殿下もなんですが……私は目立つのが嫌なので、遠慮したい、と言ってあるので今回は踊らない、ということで……

「シャルロット、せっかくだし、一曲くらいはお兄様の相手をしてちょうだいな」

「えぇ⁉」

だって、踊らなくてもいいよ、ということだったので引き受けたんですが……

「あはは！　いい提案だね。皆踊れないと思っているみたいだし、いいと思うよ」

カイン殿下もにこやかに笑いながらそう言ってきますし……。でも、確かに踊れないと思われるのはちょっと気分が悪いような気がしますよね。

そう思っていると、ルイス殿下が少し恥ずかしそうに手を差し出してきました。

「じゃ、じゃあシャルロット嬢、一曲いいかな？」

もうこうなったら逃げられませんよね。

「は、はい。もちろんです」

そう言って、ルイス殿下の手に、自分の手を重ねると、それを見守っていたミナジェーン殿下達は会場の真ん中の方に消えていってしまいました。私もルイス殿下にエスコートされるがままついていきます。

「あの、物凄《ものすご》く久しぶりなので足を踏む可能性が……」

一応踊ることは出来ますが、久しぶりなのでそう言っておいた方がいいですよね。完壁に出来ると思われて踊るのもプレッシャーが凄《すご》いですし。

「あぁ、それくらい大丈夫だよ。安心して僕に任せて」

ルイス殿下はそう言うと、優しく微笑んで、そのままダンスが始まってしまいました。

私はルイス殿下にリードされるがまま踊っているんですが、物凄《ものすご》く踊りやすいんですけど。

え？　慣れていますよね？　絶対色んな人と踊ってきていますよね？

なんて思いながら、ふと頭に浮かんだことを口に出します。

「……さっきは怒ってくれてありがとうございました」

しっかりとお礼を言えていなかったので、今言ったんですが、ルイス殿下はキョトンとした顔をして私を見ています。しっかりと優しくリードしながらそんな顔をするものだからなんだか面白くて笑いそうになりました。

「その……私が悪く言われていることについて」

「ああ、それくらい当たり前だよ。大体僕とミナジェーンが強制的に誘ったんだしね」

そう言ってくれた後、ルイス殿下は何故か難しい顔になりました。

「どうしたんですか？」

「いや……もしシャルロット嬢が僕の婚約者だったら、面倒事に巻き込まれずに済んだのかなって」

なるほど……婚約者だったら、ですか。

「そんなの、平民と王族なので無理な話ですよ」

そう言って私が微笑むと、ルイス殿下は不思議そうな顔をしています。

「そうかな?」

「そうですよ!」

まったく……私と婚約なんて、あり得ない話です。それこそ他の令嬢達から睨《にら》まれてしまいますよ。

そう思っていると、ルイス殿下はなんだか真剣そうな顔をしてこう言いました。

「でも僕が王族から抜けて……とかしたら……」

「それって、どういう……」

尋ねようとすると、音楽が止まりました。当然、ダンスも終わりです。

「久しぶりに踊ったから緊張したよ」

そう言ったルイス殿下からはさっきの真剣さは消えていて、それ以上聞ける雰囲気ではありませんでした。

「そうだったんですか?」

とりあえず、ルイス殿下の話に乗っていると、私達のところにマリアンヌがやってきましたね。

「お疲れ様。随分と視線を集めていたわね」

「あはは……やっぱりそうだよね」

マリアンヌの言う通り視線をビンビン感じましたよ。それも、突き刺すような、針みたいに鋭い視線ばかりね。

すると、マリアンヌの隣にいたアルト様が私の手を取ろうとしてきました。

「シャルロット！　良かったら俺とも踊って……」

「シャルロットは踊ったばかりだから休ませて下さいな」

「わ、わかったよ」

アルト様には悪いですが、ホッとしましたね。私も久しぶりに踊って疲れているので、マリアンヌの気遣いは助かります。

そう思いながら、苦笑してマリアンヌ達と話をしよう、と端に行きました。

「あ、父上が呼んでいるから行ってくるね」

ルイス殿下はそう言って私達から離れていきましたが、陛下からのお呼び出し、ということは、王族の方々だけで何かお話でもあるんでしょうか？

そういえば、さっきダンスの時に王族から抜けたらって……いや、でもそんな深い意味なんてないですよね？

「シャルロット？　顔が赤いですわよ？」

「何かあったのか!?」

マリアンヌとアルト様が不思議そうな顔をして私を見ていました。

「い、いいえ！　なんでもありません！」

そう言いながら自分の顔に手を当てると、確かに熱くなっていますね。……私の考えすぎですよね。とにかく、さっきの話は忘れないと……

その後のパーティーは、特に問題なく終わることが出来ましたが、ルイス殿下が私の隣に戻ってくることはありませんでした。

チラッと見かけると、なんだか忙しそうに各国の王太子や陛下の中に交ざって話をしていたので、私も声をかける、なんてことは出来ず……。たまに声をかけてくれる夫人や令嬢達と依頼の話はしましたが、マリアンヌやアルト様と話をしていたら、パーティーが終わる時間になっていた、という感じですね。

会場にいたお客様がいなくなったのを確認すると、急に大きなため息が聞こえてきました。

驚いてそちらの方向を見ると、ミナジェーン殿下が思いっきりため息をついたみたいで、カイン殿下が苦笑していますね。ミナジェーン殿下もだいぶ忙しそうにお話ししていたので、相当疲れたんでしょう。私だったら絶対にやりたくないですね……

なんて思いながら、ミナジェーン殿下を眺めていると、ふと私の横に誰かが来ました。

反射的に隣の人を確認すると、そこにはルイス殿下が立っています。

「あまり近くにいられなくてごめんね？」

なんだか今日はルイス殿下に謝られてばかりですね。

「あ、いえ！　気にしないで下さい！　ミナジェーン殿下がマリアンヌを呼んでくれたおかげで私も一人ぼっちにはなりませんでしたし」

「いや、でも結構色んな人に声をかけられていたからさ」

あ、こっちの方も気にしてくれていたんですね。

「あれは依頼のことや刺繍のコツについて聞かれていたんですよ。マリアンヌも一緒にいましたしね」

「ええ、喧嘩を売ってくるような人はいませんでしたわ」

マリアンヌも頷《うなず》いています。

「そっか、それは良かった……」

ルイス殿下はホッとした表情をして言ってくれましたが、そんなに私って目立っていたんですかね？　あんなに大人数の中から私を見つけるのも結構大変なような……

「多分、ダンスの前のことが効いたんだろうね」

「そうですわね」

アルト様とマリアンヌはただそう思ったから言ったんでしょうけど、ダンス、という言葉を聞いて、ルイス殿下との会話を思い出してしまいました。

我ながらあの言葉だけでこんなに顔を赤くさせるなんて、物凄《ものすご》くちょろい女だな、というのはわかっているんですが、男性に耐性のない私からしたら深く考えすぎてしまうんですよ。

「しゃ、シャルロット？　どうしたのよ？」

ミナジェーン殿下に驚かれてしまいました。

「い、いえ！　なんでもありません！」

とは言ったものの、顔の熱がなかなか引いてくれませんね。あー……とにかく、ルイス殿下だってそんな深い意味で言ったわけじゃないんですから。

そう思いながら、ひたすら顔を手でパタパタ扇いでいると今度はカイン殿下が声をかけてきます。

「それで、シャルロット嬢、あの話は覚えているかな？」

　思わず肩をビクッと震わせてしまいました。まさか、ルイス殿下との会話を聞かれていた？　と一瞬思ったんですが、そんなはずはありません。

「あ！　はい、リリアーナのことで話を聞かせてほしい、という件ですよね？」

「俺も今日は王宮に泊まることになっているからゆっくりでいいよ」

　ゆっくり、ということは着替えて、少し休んで、その後でいいということなので、助かりますね。

　頭の中で、客室に戻ってからのことを考えていると、「あ、ついでにマリアンヌもアルト様も泊まっていったら？」とミナジェーン殿下がマリアンヌに声をかけているのが聞こえてきました。

「いいんですの？」

「流石《さすが》に、急に人数が増えたら迷惑では？」

「いいんですのよ。それに、マリアンヌはシャルロットのことを一番よく知っているし、言いにくいことも教えてくれるでしょう？」

　確かに、ミナジェーン殿下の言う通り、マリアンヌは私が幼い時からのことを知っていますし、適任かもしれません。なんなら、私以上に全てを知っているといってもいいくらいですよね。

ミナジェーン殿下の言葉にマリアンヌも納得したみたいで、二人で少し話し合った後に結論が出ました。

「じゃあ、お世話になりますわ」

「俺も、お世話になります」

マリアンヌとのお泊まりは本当に幼い頃以来なので、嬉しいですね。ミナジェーン殿下がいない時は私もやることがないですし、アンナやミアと話すと、どうしても仕事の話になってしまう、ということもあって、たまには違う話もしたくなりますもの。

部屋は私とは別に用意する、というミナジェーン殿下の言葉を聞きながら、私は先に客室に向かいました。

「シャル様、おかえりなさい」

「お疲れ様でした」

私が客室に入ると、アンナとミアが出迎えてくれましたが、どうやら先に戻っていたんですね。パーティーの後半はどこにいたのかわからなかったので、客室にいて安心しましたよ。

「二人は何をしていたの？」

純粋に気になったので尋ねてみました。正直、捜そうとは思ったんですが、同じ服の人が多すぎて二人を捜すことが出来なかったんですよね。

「私達はメイドに紛れ込んでシャル様のことを監視していましたよ？」

そう言って、アンナが首を傾《かし》げています。

「言い方……っ！　監視って言い方は少しおかしいでしょ！　……あれ？　じゃあ私が喧嘩を売られたのも見ていたってこと？」

そういうことですよね？　だって、私を監視……いや、見守ってくれていたんですもの。

「いやー、あれは流石《さすが》に動こうと思ったんですけどね」

「ルイス殿下に目で止められましたね」

残念、とでも言いたそうな顔をして二人は頷《うなず》いています。

「そうだったの!?」

それは気付きませんでした。というか、あの中から二人を見つけていたルイス殿下も凄《すご》いですね。

「でも、近くにミナジェーン殿下も来ていましたし、メイドが出てもややこしくなるだけなので、正解でしたね」

ミアの言葉は確かにその通りです。あの状況ではメイドが出ても、なんだお前？　ってなるだけですよね。

「私はミアにやっちゃおうか？　って聞いたんですけど、止められました」

「アンナって、そんなことをする子だったっけ……？」

たまに羽目を外していることはありましたが、まさかそんなことを言うとは思っていませんでしたよ。というか、あのパーティーでは私が想像していたこと以上のことが起こりすぎて、頭が追い付きません。

「あ、あと、あれも見ていましたよ。シャル様が顔を真っ赤にさせているところ」

ミアがそう言うと、アンナがニヤニヤとしながら私を見てきました。

何と……まさかのあれも見られていたんですね。でも、話の内容を言ってこないところを見ると、会話を聞かれてはいないみたいですし……と思いながら二人を見ると、何故か二人ともニヤニヤとしながら私を見ているので、恥ずかしくなってきました。

「そ、それは色々と事情があるというか……」

と必死に弁解を試みましたが、二人のニヤニヤは止まりません。

「もうっ！　とにかく着替えをお願いします！」

「わかりました」

とは言ってくれたものの、まだ何となく面白がっているのが伝わってきました。まったく……一応主人なんだから、あまりからかうものではありませんよ。

そんな会話をしながらも、着替えが終わりました。

「さてと……じゃあ行ってくるね」

そう言ってカイン殿下達と話をするために、部屋を出ましたが、またリリアーナ達が何かやらかしている、と思うと、憂鬱《ゆううつ》な気分になりますね。そろそろいい加減にしておかないと、家の方も危ないと思うんですが、わかっているんでしょうか？

そもそも、お父様だってリリアーナを甘やかしている場合じゃないですよね。

メイドさんに連れられて、応接室に到着すると、すでに皆揃って話をしているではありませんか。流石《さすが》に早すぎませんか？

私に気付いたミナジェーン殿下が隣に座るように手招きをしています。

「すみません。待たせちゃいました？」

「皆今来たところよ」

そう言われても、やっぱり申し訳ないですよ。ここにいる人達がそんなに細かいことを気にするような人じゃないのはわかっているんですけどね？

「さて、今の状況を説明するね」

ミナジェーン殿下の隣に私が座ったのを確認すると、早速カイン殿下がそう前置きをして、話し始めました。

まず前提として、ミナジェーン殿下、カイン殿下の兄君にあたる王太子殿下、カイン殿下、それからマリアンヌは、私達の国の学園に通っていて、そこにはもちろんリリアーナもいます。私も最近まで通っていたんですが平民になったと同時に退学しています。

まず、リリアーナがこの国の王太子のことを狙っている、ということ。それは王太子自身も気付いているし、第一に自分の婚約者が大切だからうつつを抜かすようなことはない、と断言しているみたいです。

もう初めから頭が痛くなる話ですよね。一応姉から奪い取った婚約者がいるというのに、大人しくしていられないんでしょうか？

ついため息をついていると、マリアンヌがフォローを入れてくれました。

「でも安心して。リリアーナの噂は全学年に広まっていて、あの子に誑《たぶら》かされている人は周りからバカにされるくらいにはなっているわ」

「それもそれで、少し可哀想ですね」

私がそう言って苦笑すると、ミナジェーン殿下までもが微笑んでいます。

「そうかしら？　自業自得よ」

多分、リリアーナは今、全学年の令嬢達を敵に回している状態なんでしょうね。こんなにいい笑顔で言われると、余程嫌われているのが想像出来ますよ。

そう思っていると、今度はカイン殿下がため息をついています。

「まぁ、正直妹の件はシャルロット嬢の証言を暴露する、しないは関係なしに勝手に自滅してくれると思っているけど、問題は父親の方なんだ」

確かにその通りですが、お父様も何かやらかしていますの？

「何かあったんですか？」

カイン殿下がゆっくりと説明してくれました。

カリステラ伯爵……あ、今更ですが私の元家名ですよ。まぁ、とりあえず、その我家がまともに税金も納められないくらいの貧困生活を送っているんだとか。でも、畑からとれる作物も、領地内で稼いでいるお金も全く変わっていないので、原因は明らかに伯爵側にある、とのこと。それもそのはずですよ。自分はまともに仕事をしたことがないのに、ミア達をクビにしたんですもの。

そのことを、私ではなくマリアンヌが説明をしました。自分は好き勝手にお金を使い、従者達に仕事をさせている、と。

「その証拠はあるのか？」

「あ、伯爵家の元メイドを呼びますか？　今日、来ていますよ」

私がそう尋ねると、ぜひ、とのことで、メイドさんにお願いして客室にいる二人を呼んでもらうことになりました。

正直な話、私も伯爵家のことなんてわからないんですよね。いくらお金が入ってきていて、いくら税金を納めている、とか。多分、そういうことはミアが一番詳しいんじゃないでしょうか？

ということを、アンナとミアが来るまでの間にカイン殿下に説明すると、どんどん顔が険しくなっていきましたね。

それもそのはずです。だって、普通に考えたらあり得ない話ですもの。

なんて思っていると、十分ほどでアンナとミアが応接室にやってきましたね。二人とも、何故呼ばれたのかわかっていないようで、キョトンとした顔をしていますが、とりあえず、戸惑いながらではありましたが、椅子に座ってくれたので、カイン殿下が簡単に説明をします。

「つまり、当主は自分が行うべき仕事を本当に私達に押し付けていたのか、ということを聞きたいのですね」

流石《さすが》ですね。ミアはすぐに聞きたいことを判断してカイン殿下にそう言いました。実はこのことに関して、私も噂程度でしか聞いたことがないので、本人達にちゃんと聞くのは初めてなんですよね。

内心ドキドキしながらミアの言葉を待っていると、ミアは少し何かを考えた後に口を開きます。

「まず、家のお金関係は全て私が管理していました」

そう言った瞬間、何となくですが部屋に緊張が走ったのがわかりました。

正直な話、我が家では当たり前のことなので、何が問題なのか、と少し軽い気持ちで考えていたんですよね。ですが、皆のこの反応を見てマズいことなんだと理解しましたよ。

これだけでも、厳しい罰を与えられるのでは？

「伯爵家は、何故今になって生活が困るほどのことになっていると思う？」

「そうですね……これは私の想像、といいますか、憶測での話なんですが、多分、奥様の家からの支援がなくなったからではないか、と思います」

お母様の家からの支援がなくなった？　これは、本当に初めて聞きましたし、そもそも、お母様の実家と関わりがあるということにも驚きました。

「え？　お母様の家から支援なんてしてもらっていたの？」

思わずミアに尋ねると、小さく頷《うなず》いてくれました。

私も、お母様が元気だった時は伯父様と会ったことがありますが、まさか支援してもらっていたとは……でも、一体何故？

つい、カイン殿下の方をチラッと見ると、物凄《ものすご》く険しい顔をして何かを考えています。

この話はマリアンヌも初めて聞いたみたいで、驚いた顔をしていますしね。

「ミア、いつから支援してもらっていたの？」

「そうですね……シャル様が生まれて二年くらい経った頃でしょうか？」

「そんなに前から……」

生まれて二年くらいということは、私が一歳を過ぎたか二歳になってすぐの時……あまり記憶はないけど、そんなにも前から支援してもらっていたってことは、結構な金額になりますよね。

そう思っていると、今まで黙って話を聞いていたアルト様が問いかけてきました。

「俺からも聞きたいんだが、伯爵家の財政は支援してもらわなければならないほど傾《かたむ》いているのか？」

あ、確かにそれも気になりますね。それに、何故そんな家が伯爵家になることが出来たのかも気になります。

「はい。あの家は浪費が多すぎます。特にリリアーナ様が物心ついた頃には、財政はもう立て直すのが厳しいほど傾《かたむ》いていきました」

え……そんなに傾《かたむ》いていたの？　じゃあ、それなのにリリアーナはあんなに我儘《わがまま》を言って、お父様もそれを許していたってこと？　そう考えると、我が家があまりにも異常すぎて、呆然としてしまいます。

「では、足りなかった分を支援から補っていた、ということか？」

「そうです。ですが、旦那様は財政が厳しいということは把握しておらず、裕福だ、と勘違いしております」

確かに知らなかったら、リリアーナの我儘《わがまま》も、可愛い奴だな、くらいにしか思わないでしょうけど……家のことを把握出来ていない当主なんて必要なんでしょうかね？　なんだか自分の知らないことがありすぎて、頭がパンクしそうです。

一旦、大きく深呼吸をして今の内容を整理していると、考え事が終わったのかカイン殿下が再度尋ねました。

「何故、夫人は伯爵に支援のことを教えなかった？」

お父様のことを知っている人なら、教えないのが正しいと判断するのは当然のことだったでしょう。

私もお母様と同じ立場なら教えていないと思いますし、ミアもおそらく同じ考えです。

「奥様は旦那様の性格をよく把握しています。支援してくれる、なんて言ったら、今以上にお金を使い、そして足りなくなったら、もっと支援するように、などと言うことでしょう」

「それを避けるために一部の人しか知らない、ということか」

「その通りです」

まぁ、そうですよね。きっと、リリアーナにもバカみたいに大量にドレスを買い与えていたでしょうし。

「はぁ……だったら今回のことも頷《うなず》けるな」

カイン殿下が大きくため息をついています。私もつられてため息をつきそうです。

「あら？　ということは、シャルのあれも母親の家の方からもらったんじゃないかしら？」

マリアンヌが呟きました。皆は何のことかわかっていないので、私が家を出る時にお母様から大金をもらっていて、そのお金で店を開いたことを説明します。

「確かに、そう考えるのが普通だと思う。でも、それに関しては個人的なものだから別に問題はないよ」

カイン殿下がそう言ってくれたのでホッとしましたよ。一応私は何も悪いことはしていない、と思ってはいましたが、王族からのお墨付きをもらえると安心出来ますよね。

「とりあえず、財政のことはわかった。あと、伯爵がいかに仕事をしていないのか、ということもね」

そう言って、カイン殿下はニヤリと笑いました。

私の方は、とりあえず、我が家がまずい状況なんだなっていうことは頭に入れておきましょう。

じゃあ今日はこれで解散ですかね、なんてのんびり考えていましたが、そう思っていたのは私だけでした。

「さて、じゃあ次の話なんだけど、シャルロット嬢があの家でどのような扱いを受けていたのか、ちょうど元メイドもいるし、仕事の内容とかも教えてもらおうかな」

カイン殿下は、さっきの笑顔とは比べ物にならないくらいいい笑顔でそう言いました。

ということは……

「まだ、解散とかは……」

「うん、しないよ?」

ですよねぇ。まさかの物凄《ものすご》くいい笑顔で言われましたよ。

助けを求めようと思ってマリアンヌとミナジェーン殿下を見ても、二人はニコニコしたまま動きませんし。ルイス殿下とアルト様なんて興味津々という様子で、体が少し前に出ていますよ。

「な、なんでそんなに聞きたいんですか？」

「んー……お兄様に寄ってくる奴がどんな人なのか気になったから、かな？」

カイン殿下は可愛らしく首を傾《かし》げています。ルイス殿下もカイン殿下の隣で「大体は聞いているけど、僕も気になるなぁ」なんて言っていますよ。

はぁ……こうなったら逃げられませんし、仕方ありませんよね。別にリリアーナみたいに故意に言いふらしているわけではありませんし。

「そんなに面白い話でもありませんよ？」

そう前置きをしてから話し始めました。だって、本当に面白い話ではありませんしね。

私が話をした内容は、お父様は昔からリリアーナばかり可愛がっていること、自分はドレスもまともに買ってもらえなかったので、数着のドレスを自分でアレンジして着ていたこと、お母様は自分のことを可愛がってくれていたこと、リリアーナが私の婚約者を奪って、お父様には私に虐《いじ》められている、なんて嘘をついたせいで私が家から追い出されたこと、そんなところです。まぁ、割と最近起こったことを大まかに説明した、って感じですかね。

ところどころ、マリアンヌやアンナが補足してくれたので、凄《すご》く話しやすかったです。

基本的には、初めて私の話を聞くカイン殿下に向かって話しかけている状態でしたが、ミナジェーン殿下もアルト様もルイス殿下も、初めて聞くこともあったようで驚きながら話を聞いていました。

話が進むにつれて、皆の顔が険しくなっていきましたが、今の私は楽しく暮らしていますし、何も気にしていないんですけどね。

「そんなに大変な目に遭っていたんだな」

話し終わると、カイン殿下が呟きました。

まぁ、確かに一般的な貴族と比べたら大変かと思いますが、私は慣れていたのもあって、またか、という風にしか思えなかったんですよね。これも一種の洗脳みたいなものでしょうけど。

私の話の後はミアとアンナの話です。大体は聞いていましたが、メイドの話はマリアンヌですら初めて聞くことがありますからね。

全部聞き終わった時には、全員が「そんなところで働いていましたの⁉」と物凄《ものすご》く驚いていました。

そして、皆が口々に「辞めて正解だよ」と言っていたのが印象的でしたね。

二人が話した内容は、私もすでに聞いていましたが、掃除、洗濯、食事、庭の手入れ、主人のお世話、雑用の全てが出来ないといけない、睡眠は三時間ほど、リリアーナの我儘《わがまま》にも耐えないといけない、この三つでも苦痛でしかないのに、低賃金、といった内容でした。

完全なブラック企業ですよね。何回聞いてもおかしい仕事内容です。

これらの全てを話し終わった時には、深夜の一時という物凄《ものすご》く遅い時間になっていました。今日は流石《さすが》に色々なことがありすぎて眠いですね。パーティーだけでも結構な疲労でしたが、貴族って凄《すご》いです。

流石《さすが》にカイン殿下も「遅くまでごめんね」と謝ってくれました。

ただ、とりあえずは私の仕事も終わったってことですよね。お父様関係はカイン殿下達に任せるしかありません。

さて、長かった旅行？　もこれで終わりです。約三日しかいなかったはずなのに、物《もの》凄《すご》く濃い時間でした。

帰りはマリアンヌの馬車に乗せてもらって帰るんですが、ここでまた問題が……

「嫌よ！　私もシャルロットとマリアンヌと一緒がいいのよ！」

予定では私とマリアンヌ、アルト様、ミアとアンナに分かれて馬車に乗るはずだったんですが、ミナジェーン殿下にそれを伝えていなかったみたいでこんな状況になっているんです。

ミナジェーン殿下は、私の腕にしっかりとしがみつきながら、何故かカイン殿下を睨《にら》みつけています。

「ミナジェーン……皆困っているから。俺と一緒じゃダメ？」

「だって、カイン様とはいつも一緒に乗っていますもの！」

そう言って、ミナジェーン殿下は私の横から離れる気配はありません。

まぁ、嬉しいんですけどね。でも、王宮にお世話になっている間、ほぼ一緒にいたんですから、馬車くらいは、と思うのは少し冷たいでしょうか？

「うーん……でもなぁ……」

カイン殿下は苦笑しています。まぁ、組み合わせとしては最適なものにしましたからね。

まさかミナジェーン殿下がこんなことになるなんて予想していませんでしたよ。

「マリアンヌのお兄様がカイン様と一緒に乗ればいいわ！」

ミナジェーン殿下はそう言ってアルト様を指さしています。

「えぇ!?　それは……」

「男同士なんだからいいじゃない！」

確かに、男同士ではありますが……社交辞令程度の会話しかしたことがない、と言っていたのに大丈夫でしょうか？　流石《さすが》にあの封鎖された空間で特に共通点もない二人が、となると可哀想すぎます。

「あ、あの……だったら私がミアとアンナを連れてカイン殿下と……」

「それは意味がないわ！」

私の提案はミナジェーン殿下の声に遮《さえぎ》られてしまいました。

えぇー……でも、そうなると誰かが気を遣うことになるんですよ？　なんか申し訳ないじゃないですか。

一部始終を見ていたルイス殿下もミナジェーン殿下を説得しようと試みます。

「ミナジェーン……皆困っているよ？　早くカインの方に乗りなよ」

「お兄様まで！　酷いですわ！」

「そうは言ってもなぁ……」

まぁ、そうなりますよね。大丈夫です、これは想像がつきましたもの。

うーん……もういっそのことアルト様には我慢してもらうしかないんですかね。

そんな空気が流れ始めた頃、今まで黙っていたミアが唐突に手を上げてこう言いました。

「でしたら、私とアンナがカイン殿下と一緒の馬車に乗りましょうか」

カイン殿下に、いいですか？　と尋ねると、ホッとした表情をしながら快諾してくれました。

「こっちは構わないよ。昨日の話の他にも聞きたいことがあったし」

ということは、急遽私、マリアンヌ、ミナジェーン殿下、アルト様、の四人で乗る、ということですね。なんだか面白い組み合わせだなぁ……なんて呑気《のんき》に思っていると、アンナが私の近くにやってきます。

「シャル様、私達がいなくても大丈夫ですか？」

「大丈夫だよ。二人とも、ありがとうね」

そう言って微笑むと、二人は先に馬車の中に乗り込みました。ふぅ……とりあえず、問題は解決ですね。

「さてと……じゃあ私達も乗りましょうか」

「私はシャルロットの隣よ」

再び私の腕にしがみついてきたミナジェーン殿下に、「わかっていますよ」と苦笑するしかありませんでした。

パーティーから一か月後。

あのパーティーのおかげかどうかはわかりませんが、お話をした他国の貴族達からドレスの依頼が増えて、前よりも一層忙しい日々を送っていました。

今日もエルマとミアと一緒に、ドレスの話をしながら作業をしています。すると、「失礼するわ」という声が聞こえてきました。

作業場まで入ってくる人となると、従業員以外ではもう限られた人だけですよ。パッと声のした方を見ると、そこにはマリアンヌが立っていました。手には何か箱を持っていて、機嫌が良さそうですが一体どうしたんでしょう？

思わず首を傾《かし》げながら箱の中身を聞こうとしたら、そんな私よりも先に、エルマがガタンっ！　と大きな音を立てて椅子から立ち上がりました。

「あぁー！　その箱、マリアンヌ様の領地の中でも一番人気と言ってもいいくらい有名なケーキ屋さんの箱じゃないですか！」

思わず叫ぶほど、このケーキ屋さんが凄《すご》いお店だ、ということなんでしょうけど、少しお行儀は悪いですよね。

しかし、マリアンヌは特に気にする様子もなく、逆に「あら、よくわかったわね」と嬉しそうに微笑んでいます。

「シャル様がパーティーに行っている間に、領地内の色んなところに行きましたからね。しっかりと把握していますよ」

エルマはテンションが物凄《ものすご》く高くなって自慢げに胸を張っています。

え、つまり、私達が貴族の人達と話をしている間、エルマ達は領地内を歩き回っていたってこと？

「いいなぁ。まだ領地内の店とか把握してないんだよねぇ」

つい呟いてしまいましたよ。

店に来てくれる人と、手芸屋さんに行く途中にある店の人達には良くしてもらっているんですが、いまだに行ったことがない場所とかあるんですよね。私も時間に余裕がある時に色々見て回りたいです。

そう思っていると、すかさずマリアンヌが提案してくれました。

「あら？　だったら、今度店を休みにして一緒に買い物にでも行く？」

確かに、マリアンヌなら領地内について一番詳しいですし、もし案内してもらえるなら嬉しいですね。それに今はマリアンヌとゆっくり過ごすことも難しくなってきましたし。

「いいの？　行きたい！」

反射的に答えたものの、少し不安になってミアを見ます。

「まぁ、最近は忙しかったですしね。今作っているドレスが完成して、他に大きな依頼がなかったらいいと思いますよ」

そう言って苦笑いしながら、持っていた布を軽く上にあげました。

なんだかんだ、売り上げとか店の管理を担っているのはミアだから、ついつい頼ってしまいます。こんなに頼もしい従業員ってなかなかいないと思っているくらいですが、任せっきりもダメですよね。

まぁ、こんなに頼りのない店長もいないですけど。

「って、この店の店長はシャル様なんですから、私の許可ではなくシャル様が決めて下さいよ」

あ、気付いてしまいましたか。なんか私用で、だったので自信がなくなってしまったんですよね。

「あはは……つい」

そうやって苦笑していると、マリアンヌが私に手に持っていた箱を差し出してくれました。

「まぁ、これは差し入れですわ。シャル以外の人の好みがわからなかったから勝手に選んじゃったけど……」

　私の好みはわかっている、って、流石《さすが》としか言いようがありませんよね。「ありがとう」と言って受け取ったのはいいですが……

「ありがとうございます！　私はなんでも食べられます！」

　エルマが誰よりも先に箱の中を見ようとしたので、これには流石《さすが》に「エルマ……貴方って人は……」と言いながらミアが止めてくれました。

　……というか、まさか差し入れをするためだけにマリアンヌが来たわけじゃないですよね。そんな無駄なことはしない人ですし。

　そう思った私は、皆で仲良く談笑が始まりそうなので、単刀直入に聞いてみました。

「ところで、何か用事があって来たんじゃないの？」

「あぁ、そうでしたわ。ちょっと応接室で話しましょう」

　まぁ、そうですよね。ただ差し入れだけを持ってくるなんてあり得ない話ですし。……いや、全くあり得ない話ではないんですけど、まだリリアーナの件が落ち着いていない中ではあり得ないって話です。

　なんて心の中で訂正しながら、マリアンヌの提案に頷《うなず》きました。ここで話してたら皆の作業する手も止まってしまいますしね。

マリアンヌと二人、応接室の椅子に座ります。

「それで？　また何かあったの？」

早速聞いてみました。なんだか機嫌もいいので、いい話なんでしょうけど、全く見当がつきませんからね。

するとマリアンヌは、うふふ、と笑った後にこう言ったんです。

「ついにあの二人、婚約破棄しましたわ」

「あの二人？　……え、リリアーナとヤンヌ様ですか!?　またなんでそんなことに？」

思った以上に衝撃的な内容だったので、つい固まってしまい、更には大声まで出してしまいました。だって、あれほど真実の愛だ！　俺達は愛し合っている！　みたいな感じだったじゃないですか。それなのに、一年もしないうちに婚約破棄だなんて、誰が聞いても驚きますよ。

「詳しい背景はわかりませんが、ヤンヌ様の方から振ったらしいですわよ」

マリアンヌが知っている確かな情報はこれだけらしいです。結局婚約破棄するなら、なんで私が追い出されたんだ、って話ですよねぇ……。あ、婚約者とか関係なしに、リリアーナが私のことを邪魔になったから、でしたね。

「リリアーナって猫かぶるのは最初だけだしねぇ。ヤンヌ様も限界がきたんでしょう」

「でも面白いのはその後ですわ」

マリアンヌはなんだか意地悪く笑ってますね。

その後、というのは婚約破棄した後ってこと？　一体何があったのか、凄《すご》く気になります。椅子から身を乗り出してマリアンヌの話を聞くと、本当に面白いっていうか、凄《すご》いことになっていました。

元々、我儘《わがまま》なリリアーナに対してヤンヌ様が必死にどうにかしようと動いていたそうですが、何故かヤンヌ様の好感度が上がっていたとか。

でも、婚約破棄されたリリアーナは、「ヤンヌ様はお姉様にも酷い言い方をしていた」と皆の前で暴露したらしいんですよね。そのおかげでヤンヌ様の好感度は一気に下がって、再び孤立してしまったそうです。まぁ、リリアーナが皆に言いたくなるほど、酷い婚約破棄のされ方だったんでしょう。

ただ、マリアンヌから今のリリアーナ達の状況を聞いても、可哀想だな、なんて思わなくなっている自分に気付きました。前までは、可哀想だなぁ……とか、大変だなぁ……なんて思っていたんですけどね。まぁ、それだけリリアーナ達に対して興味がなくなった、といいますか、しっかりと決別することが出来たということなんでしょうね。

……といっても、お母様がどんな生活をしているのかについては気になります。

「あの……お母様について、何か知っていることはない？」

マリアンヌのお母様と私のお母様は親友なので、何かしらの話があったのでは？　と思った私は早速質問しました。

「そういえば、最近手紙がきていた、と言っていた気がしますわ。内容は教えてもらいませんでしたが、結構やり取りをしているみたいですわよ」

マリアンヌのお母様とはやり取りがあるんですね。でも私のところにはない、ということは、もう忘れられているんでしょうかね……。そう考えると出ていったとはいえ寂しく思います。

「そっか……私のいるところとか、知らないのかな……」

「お母様がしっかりと教えたみたいですわよ？　もちろん、伯爵には伝えていませんが」

いや、私もお母様に手紙を送れば良かったんですよね。何となく、お母様の手元に届く前にお父様あたりに見つかって捨てられるのでは？　と思って避けていたんですが、このままだとお母様と一生話が出来ずに終わってしまいます。それだけは絶対嫌です。

そう思っていると、応接室のドアをコンコン、とノックする音が聞こえてきました。

「お茶とケーキをお持ちしました」

そう言うミアからトレイを受け取ってお礼を言うと、マリアンヌがミアに聞いてくれました。

「そうだ、ミアならシャルのお母様について、何か知っていることがあるんじゃない？」

確かに、ミア達はマリアと手紙のやり取りをしているはずですし、私よりも家のことについて知っているかもしれません。

「何のことでしょう？」

「いや、お母様の今の状況が気になって……」

「あー……私もたまにマリアさんと手紙のやり取りをしているだけなので、夫人のことについては……すみません」

そう言われてしまいました。……まぁ、そうですよね。

メイド達にはメイド達の話があるでしょうし、わざわざお母様の話題にはなりませんよね。

「今度、私から手紙を送ってみようかな」

「ええ、いいと思いますわよ？」

「そうですね。私も賛成です」

どうせお父様に捨てられる、と言われることを想像していましたが、マリアンヌとミアの二人は意外にも賛成してくれました。

いや、普通に考えてみると、手紙を出す、と言っているのに止める必要もないですよね。私も二人と同じ立場だったら賛成するでしょうし。私が難しく考えすぎたのかもしれませんね。

なんて思いながら、マリアンヌと他愛《たわい》のない話をして解散、ということになりました。

話の大半は、学園ではこんなことが話題だ、とか、貴族達の間では今こんなドレスが流行中だ、などの話でしたが、貴族社会の話は私の耳にまで入ってこないので凄《すご》くありがたいです。一応、ドレスを作るのにも流行を押さえておくのは大事ですしね。まぁ、そうは言っても、今までに流行したことがないようなものも作るので、一概にそうだとも言えませんが。

さて、マリアンヌも帰ったことですし、私も作業に戻りましょうか。

作業場に入ると、私に気付いたエルマがすぐに駆け寄ってきました。

「シャル様、ここまで進めたんですけど、大丈夫でした？」

上半身の部分に使うレースを見せてくれます。最近は刺繍ばかりだったので少し不安でしたが、ブランクも感じられないほど綺麗ですね。

「うん、バッチリ。ありがとう」

お礼を言うと、嬉しそうに微笑んでくれました。

このままいくと、私よりもエルマ達の方が細かい作業は上手くなりそうです。まぁ……私は一応店長なので、負けるわけにはいきませんけどね。

そう思いながら、マリアンヌが来たことで途中になっていたスカートのミシンがけに取り掛かりました。

とりあえず、お母様に手紙は出しますが内容は後から考えましょう。だって、どう書けばいいのか思いつきませんもの。

お母様に手紙を書く、と決めて二日が経過しました。ですが、便箋《びんせん》を目の前に全く筆が進んでいない、という現状です。

あ、いや、書きたくない、とかそういうわけではないんですよ？

ただ、いざ書こう、と決意したら書きたいことが多すぎて何を書けばいいのか、と悩みますし、今までの出来事を書いていたら便箋《びんせん》十枚で足りるかわからない大作が出来上がってしまいます。

一体どうしたらいいものか……。そう思いながら、今日も便箋《びんせん》を載せた机に向き合っています。

アンナやエルマ達には「そんなに深く考えなくてもいいんじゃないですかね？」と苦

笑されてしまいましたが、そんな簡単な話じゃないんですよね。

ほら、手紙って最初に何から書けばいいのか、皆も悩むじゃないですか。それと同じですよ。

なんて思いながらペンを片手に便箋《びんせん》と睨《にら》めっこをしていると、コンコンというノックの後にアンナが部屋に入ってきました。

「シャル様、手紙は進んでいますか？」

ひょっこりと便箋《びんせん》を覗き込んできましたが、一向に変わる気配のない真っ白な便箋《びんせん》を見て、「あらら……」と何とも言えない、複雑そうな顔をしています。

「全く進まないんだよね。書きたいことは沢山あるのに、一体何から書けばいいのか、って迷って。家を出てから色んなことがありすぎたからね」

「あー、手紙ってやり取りしてる最中はいいですけど、最初に何を書くか、って悩みますよね」

流石《さすが》アンナですね。ちょうど私が心の中で思っていたことをそのまま言ってくれましたよ。

「そうなんだよねぇ……」

「とりあえず、シャル様視点での現状を書くとかどうですか？　店を開いて、エルマ達も店で手伝ってくれている、みたいな。あとは書くことを箇条書きにしてみるとか」

そう言って、一枚の紙に「書くことリスト」と題を書いて、私の前に置きました。確かに、このやり方だと自分が今お母様に伝えたいことがしっかりとまとめられます。それに書きたいことを忘れることもないですし、重要なことを優先して書くことも出来ますね。もしかして、アンナって手紙を書き慣れているのでは……？

「ありがとう、やってみる」

「お力になれたなら良かったです」

そう言ってアンナはニッコリと微笑みました。

よし、早速やってみましょうか。

まず店を開きました、ということですよね。あとはマリアンヌやミナジェーン殿下の力を借りて頑張っている、ということ。それからエルマとミア、カルロとテオの四人もうちで働いている、ということ。まぁ、四人がここにいることはマリアから聞いて、知っているかもしれませんけどね。

と考えている時に、ふと一つの提案といいますか、私がやりたいこと、っていうんですかね？　皆にも相談して決めるようなことですが、思いついたことがありました。

なので、部屋からそっと出ていこうとしていたアンナに声をかけます。

「ところで、一つ聞きたいことがあるんだけど、いいかな？」

「どうしました？」

「実は相談っていうか、ずっと考えていたことがあるんだけど、アンナはどう思うのか、意見を聞かせてほしいの」

本当に大事な話なので、真剣にそうアンナに言うと、私の雰囲気が伝わったのか、「わかりました」と真面目な顔をして話を聞いてくれました。

私がずっと考えていたこととは、お母様をここに連れてきて一緒に住む、ということです。

もちろん、お母様の体調次第では無理かもしれませんし、寝たきりの状態で足も弱くなっていると思うので、皆の助けが必要になってくると思います。なので、皆が嫌がるんだったらお母様については別の方法を考えよう、と思いますが、出来れば頷《うなず》いてほしいなぁ……なんて希望を込めて、アンナが何て答えるかドキドキしながら反応を窺《うかが》いました。

「まぁ、いいんじゃないですか？」

思った以上に軽いテンションで返事がきたかと思ったら、続けて。

「真剣な顔をしていたので、何か良くない話かと身構えてしまいましたよ」

そう言われて笑われてしまいました。

「え？　そんなに簡単に……」

「確かにそんな大事な話、私だけでは決められませんが、私はいいと思います。というか、とても賛成しますよ」

そう言って微笑んでくれました。もちろん、反対しないだろう、とは思いましたが、今後のことを考えたら厳しいのかな、と思っていました。なので、アンナが賛成してくれたのは本当に嬉しいです。

「良かったぁ……あ！　もちろん、決めるのは皆にも聞いてからだよ？　一人でも嫌って言ったらダメだろうし、今後の生活にも関わってくる大事なことだしね」

流石《さすが》にこんなに重要な話を二人だけで決めるなんてあり得ない、ということをアンナにも伝えます。

「もし皆がいいって言ったら、手紙にも書くんですよね？」

そう聞かれましたが、そこまでは考えていませんでした。ただ、準備とか、やることもあるでしょうから早めに知らせようとは思っていましたが……まぁ、今回の手紙で書くことが出来たらいいのかもしれないですよね。

そのことをアンナに伝えると、急に私の腕を掴まれました。

「確かにそうですね……じゃあ、早速今から皆に聞きに行きましょうよ」

そう言うと、そのまま皆が作業しているところに引っ張られていくことになってしまいました。

え、というか、皆もしっかり考えて決めたいだろうし、落ち着いてからの方がいいような気が……そんなに簡単に話をしてもいいものなんでしょうか？

そう思いながらも、皆に話がある、とアンナが言ったので仕方ありません。一人一人にお母様も一緒に住むことになってもいいか、と尋ねると、それぞれ驚いた顔をしたものの。

「いいですよ？　なんなら大賛成です」

「私も！　奥様も来たらもっと明るくなりますし！」

「奥様が来る、となるとマリアさんも来るんですかね？　そうだとしたら私も助かります」

「俺も賛成です！　リリアーナ様とか旦那様が来るのは勘弁してほしいけど、奥様だったら大賛成！」

カルロ、エルマ、ミア、テオの順で皆賛成してくれました。というか、賛成を通り越して大賛成、大歓迎、の状態で拍子抜けしました。まぁ、反対されるより嬉しいんですけどね。

皆に質問した後は、すぐに部屋に戻って再び便箋《びんせん》と向き合いましたよ。

ただ、書く内容が前よりしっかりと決まっているので、あれほど悩んだのが嘘のように三十分で書き終わりました。

さて、次はその手紙をどうやって渡すのか、についてですが、皆が言うには、手紙を受け取るのはメイド達だけど、誰かが意図的にお父様に渡してしまう可能性もある、とのことで、カルロが直接届けてくれるらしいです。そうなると結構な時間がかかるだろう、と思っていましたが、カルロ曰《いわ》く、

「その場で返事を書いてもらうので、一日もあれば戻ってこれると思います」とのことです。確かここから伯爵家までって、休憩をしなかったとしても半日くらいはかかるはずですよね？　一体どうやって行くつもりなんでしょう？

なんて思いながら、途中だったスカート作りを進めていると、今度は「シャル様、マリアンヌ様がいらっしゃいました」というミアの声が聞こえてきました。

なかなか作業が進まない上に、ミシンをかけることが出来たのは一か所だけ、という何とも言えないタイミングです。これにはちょっとタイミング悪いな、と思ってしまいましたが、作業場に入ってきたマリアンヌの顔がなんだか強張っているので重要な話っ

ぽいですね。

ここ最近、まともに作業が出来ていないことを考えると皆に申し訳ないです。一旦手を止めてマリアンヌの方を見ると、「忙しい時に悪いわね」と私に言ってきましたが、申し訳ない、というよりかは、違った意味で顔をしかめています。

「いや、まだ取り掛かってすぐだったから大丈夫だけど、どうしたの？」

「お父様が今、伯爵家の領民達を受け入れているわ」

「え？　一体何があったの？」

えーっと……急にそんなことを言われても、何が起こっているのか理解が追い付いていませんよ？

とりあえず、非常事態なんだろうな、とはすぐに想定出来ますが、何故そんなことに？

「元々領地の税金が高かったことは知っているかしら？」

お金の話はわからないので、隣で聞いていたミアの方を見ると頷《うなず》いていました。

「そうですね。一般的な金額の一・五倍ほど高いです」

え、ここよりも一・五倍、ということは、税金だけで結構な額を支払っていることになりますよね？

それにもかかわらず、今まで領地に留まってくれていただけでもありがたいと思うんですが……

「それなのに再び税金を上げたことで領民達は生活が出来なくなった、という話を聞いて、あまりにも酷すぎるからお父様が受け入れを許可したみたいですわ」

マリアンヌはため息をついて頬に手を当てています。

えっと……とにかく、お父様がまたバカなことをして領民に迷惑をかけている、ということですよね？

「え？　私にそれを教えても大丈夫なの？」

いや、別にお父様に領民達はここの領地にいるよー、なんて教えることはありませんが、結構大事な内容ですよね？

それをこんな……私みたいな、ただの平民に教えてもいいものなのか、と。

「問題はここからですわ。さっき様子を見に行った時に、この領地内でリリアーナに似ている人を見た、という話を何件か耳にしましたの」

そう言ったマリアンヌは、心の底から迷惑そうな顔をしていましたが、私からしてみると迷惑を通り越して恐怖の相手ですよ。

だって……あのリリアーナですよ？　言ってしまえば、私を不幸にするために必死になっているような人が、私達の近くに来ているんです。恐怖以外、何も感じません。

隣で話を聞いていたミアも「一体何のために……」と複雑そうな表情をしています。ここにいる人は全員、リリアーナのせいで伯爵家を追い出されましたしね。正直リリアーナが近くにいるだけでも嫌な気分になります。

「似ている人というだけで、本人かどうかはハッキリとしていませんわ」

マリアンヌはそう言ったものの、彼女の性格上、確証のないことは言わないと思っているので、警戒しておいた方がいいかもしれません。

そう思った私は、ミアと近くにいたエルマに、「店を閉めるわけにはいかないけど、警戒はしておいた方がいいね」と言うと、二人とも不安そうな顔をしながらも私の言葉に頷《うなず》いてくれました。

ただ、もう一つ問題があって、もしリリアーナがシャルロットを捜している、と聞いて回ったら、ここに辿り着いてしまうんですよね。

だって、ここの領民からすれば、私がなんで平民になったのか、なんてことはわかるはずがありません。姉を捜しています、と言われたら協力してしまいますよね。

「リリアーナは皆の顔も知っているから、隠れることも出来ないからなぁ……」

「やっぱり店を閉めるのが一番だと思うのだけど？」

マリアンヌは苦笑しています。

確かにその通りなんですよね。リリアーナがこの領地をウロウロしている間、とりあえず店を閉める、というのが一番簡単でいい対処の仕方でしょう。でも、リリアーナがいつ領地から出ていってくれるのかもわかりませんし、私の名前は店をやっているおかげでこの領地内には結構知れ渡っています。

「でも近くの人に聞いて回っていたら結局はバレるんだよ？　それに、最近は遠くから来てくれる人も増えてきているのに、簡単に判断するのはちょっと」

「そうですね。私もシャル様の意見に賛成です」

ミアも私の意見に賛同してくれました。まぁ、私達の我儘《わがまま》かもしれませんが、せっかく来てくれたお客様の話も聞けずに帰ってもらうのは申し訳なくて出来ません。

なので、何かしらの案があればいいんですが……

「とりあえず、皆にも相談してみてもいいかな？　すぐにはここも見つからないと思うし」

「ええ、そうですわね。その方がいいと思いますわ」

そう言ってくれました。

とりあえず、リリアーナがいるであろう場所は、領地内の端の方だ、ということなので、そんなにすぐには見つからないと思っています。

それに、どうやって来たのかはわかりませんが、あの面倒くさがり屋のリリアーナですもの、馬車を使わないで長距離を移動出来ないと思います。ここまでは二日くらいかかると思っているんですよね。

「見つけ次第、すぐに領地から追い出すように指示は出しておきますわ。私も明日から出来るだけ顔を出しに来るけど、十分気を付けておきなさいな」

一通り話し終えたマリアンヌはそう言い残すと店を後にしました。

出来ることならリリアーナがこの店を見つけてしまう前に、マリアンヌの方で捕らえてもらうのが一番なんですが、そう簡単にはいきませんよね。それに、リリアーナのことなので、領地内の男性に手を出しながら、なんてバカみたいなことをしないとは言いきれません。そうなれば、どこかで寝泊まりしている可能性があるので捜しにくくなりますよね。

そう思いながら、複雑そうな顔をしているミアとエルマに声をかけます。

「どうしようか……」

「とりあえず、店を閉めても金銭的な面では問題ありませんが、いずれはバレてしまうんです。だったら閉める必要もないと思いますよ」

ミアにハッキリとそう言われてなんだかホッとしました。チラッと近くにいるエルマに視線を向けると、ミアの言葉に同意するように、大きく頷《うなず》いていますしね。二人がそう言うなら、とりあえず安心でしょう。

「そうだよね。とりあえず、皆に情報の共有はしっかりしておかないと」

「それはそうですね。あとカルロが戻ってきたら奥様の状況もわかります。夜に皆で話し合いましょう」

そう言って、それぞれの作業に戻ることにしました。

途中だったスカートの部分を縫《ぬ》っていたんですが、やっぱりリリアーナのことが気になりますね。それはミアとエルマも同じようで、なんだかいつもよりも作業がゆっくりのような気がします。ですが、今は私達だけではどうすることも出来ないので、とりあえず皆に話をしてどうするか決めましょう。

作業を進めていくうちに、何とかリリアーナのことは頭から薄れていきましたが、店が閉まると一気に現実に戻されたかのような気分になりますね。

とりあえず、さっき聞いていなかったアンナとテオにリリアーナの件を話しました。

「えぇ!?　なんでわざわざシャル様のことを追っかけてきたんですか!?」

アンナは驚いていますね。

言われてみると、あのリリアーナがわざわざ家を出るなんて相当つらい思いをしたんでしょう。そうじゃなきゃ、絶対に家から出ないような人ですし、こんなに遠いところまで移動するとは思えませんもの。

「でもどこにいるか、なんて教えてなかったですよね？」

テオは首を傾《かし》げています。

確かに、私がここにいる、と知っているのはマリアンヌ達と、あとはマリアくらいですかね？　なので、私もマリアンヌから話を聞いた時はビックリしましたよ。

「きっと、領民達が逃げているのに便乗したら偶然ここに来たんですよ。バカなので考えているわけがありませんって」

ミアが不機嫌そうな顔をしていますが、酷い言われようですね。思わず笑いそうになってしまったじゃないですか。

なんて思っていると、カルロが戻ってきました。

てっきりもっと遅い時間に帰ってくると思っていたので、随分と早い帰宅ですね。ですが、これで全員にリリアーナの話を伝えることが出来ます。それに、お母様からの返事も楽しみにしていたんですよね。

そう思いながら、おかえり、とカルロに声をかけました。

戻ってきたばかりで疲れているカルロには申し訳ないですが、すぐに話を聞きたかったので椅子に座ってもらいます。

「これが奥様がシャル様に宛てた手紙です」

そう言って懐から封筒を手渡してきたので、ありがとう、とお礼を言って受け取りましたが、思ったよりも分厚いですね。まだ中身を見ていないのに、封筒の厚さを見ただけで嬉しい気持ちになりながら、封筒に書いてある『愛しのシャルロットへ』という文字を見ます。

「それから皆には伝言を」

カルロはそう言うと、襟元を正して椅子に座り直していますね。きっと何か重要なことを言われたんでしょう。真剣な顔をして皆の顔を見ています。そんなカルロの様子に、皆もつられて真剣な顔をしていますよ。

何を言うのか待っていると、カルロは、ふぅ……と大きく深呼吸をした後に口を開きます。

「『シャルと一緒にいてくれてありがとう。世間知らずなところがあるから大変だったでしょうけど、本当に感謝しているわ』とのことでした」

そう言うと、達成感に満ちた顔をして皆の顔を眺め始めました。

……ん？　え？　何かもっと真面目な内容とかさ、そんな感じの流れだったよね？

もっと重要機密みたいな内容がドンっとくると思っていたのにその内容……？

カルロの話を聞いた皆は私と同じことを思ったみたいで、キョトンとした顔をして固まってしまっています。

いや、カルロが悪い、というわけではないですよ？　何となく勝手に重要な話なんだろうな、と思っていたこっちが悪いですし、責める気はないんですが、でも……ええ……？

なんてことを思っていると、エルマが、あはは っ！　と笑い声をあげました。それと同時に、緊張していた空気も一気に和やかになって、つられて皆で笑ってしまいましたよ。

「だってさ、カルロが凄《すご》く重要そうな雰囲気出していたじゃないですかっ！　なのに聞いたら内容が薄い！　あははっ」

笑っているエルマの横で、なんで笑われているんだ、と不服そうな顔をしているカルロが、「シャル様の手紙にはなんて書いてあったんですか？」と私に聞いてきました。

なので、私も笑いたい気持ちをグッと堪《こら》えて、封筒を開けます。すると、そこに書いてあったのは衝撃的な事実の数々でした。

これは……皆に話をしてもいいんでしょうか？　いや、でも言っておかないと、今後にも影響してくるような内容ですし……

そう思った私は、皆に手紙に書いてあった『ある事実』を話しました。

「まぁ、そうですよね」

「メイドとして働いていた時に、そうなんじゃないか、って話はありましたよ」

「私はマリアさんから聞いたことがあります」

「え!?　本当に知らなかったんですが!?」

「俺も初めて聞きました」

頷《うなず》いている女性三人と驚いている男性二人、という感じで反応が綺麗に分かれましたね。ちなみに私はカルロ達と同じで何も知りませんでしたよ。

いや……でも、この手紙の内容が本当だったら、何となく私が感じていた違和感も全て納得出来るんですよね。

お母様の手紙には、私が生まれる前からその後のことまでが書かれていました。それから、お母様が今やろうとしていることも。

内容は驚きのことばかりでしたが、それよりも私が一番気になっているのは、一緒に住まないか、という提案についてどう反応してくれたのか、なんですよね。そう思いながら皆と解散して、自分の部屋で改めて手紙を読み返しました。

久しぶりに見るお母様の字に、嬉しさと懐かしさとで頬が緩みそうになりますが、手紙には、今はやることがあるから落ち着いたら行くかもしれない、と何とも微妙な返事が書いてあります。

来るのか、来ないのか。多分来るんでしょうけど、いつになるのかはまだわからない、ということなんでしょうか？　ハッキリとはわかりませんが、皆と話し合った結果、いつお母様が来てもいいように準備だけはしておこうという話で落ち着きました。

それから、皆には話さなかったんですが、お母様の父親達……つまり私のおじい様達ですね。そのおじい様達が私に会いたいと言ってくれているみたいなんです。今はお母様の兄様が家を継いで、ご隠居されている、という話は聞いたことがありますが、私の記憶では、一度も会ったことがないんですよね。一体どのような人達なんでしょう？

お母様の両親ですから優しい人なんだろうとは思いますが、今まで会ったことがないので全く想像も出来ません。会うのが楽しみのような、緊張するような。

とにかく今の問題が片付いてから、という話なんですけどね。

他には、伯爵家はあと一週間ほどで爵位を剥奪される、ということも書いてありましたね。社交界に出ないお母様が何故そこまで話を知っているのか、と少し疑問ですが……爵位の剥奪ですか。少し予想はしていましたが、思ったよりも早かったですね。

どうせリリアーナに代替わりしたら伯爵家は終わると思っていたので、驚きはしませんが、そうなったらリリアーナはどこに行くんでしょう？　お父様と一緒に平民として生きていく？　でも、あのリリアーナが平民として生きていけるとは思いませんよね。

年齢的には修道院に入るという手もありますし、お母様がどう判断するか、といったところでしょうか？

そう考えると、リリアーナが私を捜している、というのも、その件が関係しているかもしれませんね。だって、そうじゃなきゃ、わざわざ自分で追い出した私を呼び戻すなんて、プライドの高いリリアーナがするわけがありませんし。お母様によると、ミア達のことも捜しているみたいですしね。

これに関しては、家の財政の管理が出来る人がいなくなってミア達の重要さがわかったから、でしょうけど。爵位が剥奪されるのがほぼ確定しているのに今更ですよね。

まぁ、私達はいつも通り店のことを考えましょう。


リリアーナがクリストファー侯爵家の領地にいる、という話を聞いてから三日が経過しました。

もうそろそろ来るかな？　なんて思ってもいますが、今のところは全くリリアーナの気配を感じませんね。

それどころか、ここ最近は何故かお客様の人数が増えて忙しく過ごしていますよ。

「シャル、ここはこれで糸を切っちゃってもいいんですの？」

そう声をかけてきたのは、何とマリアンヌです。

「うん。切ってもいいよ」

至って普通に答えましたが、今でも凄《すご》い違和感がありますよ。

リリアーナがいつ突撃してきてもいいように、とマリアンヌが店にいてくれたんですが、忙しそうにしている私達を見て手伝ってくれることになったんです。

手伝いに来て二日は経っていますが、いまだに違和感しかありませんよ。

「ごめんね？　店のことを手伝ってもらっちゃって」

「リリアーナがいつ来るのかわかりませんもの。様子を見られるし、それに皆が忙しそうにしているのをただ見ているだけなんて嫌ですわ」

ふんっ、と鼻を鳴らしながらも刺繍を続けているマリアンヌを見ると、結構慣れているんですよね。私が知らないところで練習していたんでしょうか？

アンナやエルマほど早くはないですが、凄《すご》く丁寧で細かいところもしっかりとデザイン通りに刺繍されています。

一応、貴族令嬢の嗜《たしな》みの中に刺繍も入っているので、大体の人は出来ることなんですが、マリアンヌはその中でも断トツで器用に刺繍しています。

ちなみに、今日の私はドレスの上半身の部分をミシンにかけているんですが、その横ではエルマとカルロの二人がスカート部分に装飾をしています。この装飾に時間がかかるので、私も終わったら合流しないといけませんね。

「それよりも、昨日には来ると思っていましたが、思った以上に遅いですわね」

急にマリアンヌがため息をつきながらそう言いました。

「私もそう思った。どこかでいい人を見つけて楽しんでいるのかな？」

確かに、いくら領地の端から来るとしても遅すぎるんですよね。数日かければ馬車を使わなくても来れる距離なのに、こんなに遅いとどこにいるの？　と思ってしまいます。

まぁ、出来ることなら家に帰っていてほしい、というのが本音ですけど、そうはいかないでしょうしね。

なんて思っていると、ドレスの装飾をしていたエルマがふと聞いてきました。

「そういえば、もしリリアーナ様が来た時もその口調なんですか？」

この口調、というのは、マリアンヌ達が使うようなお嬢様の口調ではなく、平民のような、敬語も何も使わない口調、ってことですよね？　別に問題はないと思いますが……

そう思ってキョトンとした顔でエルマを見ると。

「いえ、あのリリアーナ様だったら、シャル様が平民に染まった、みたいな感じで嘲笑ってくるのかなー、と思いまして」

作業している手は止めずにそう言いながら苦笑していますね。確かに、リリアーナはそうやって揚げ足を取るのが得意ですからね。今の私の姿を見たら、どう言ってくるかわかったものじゃないです。

「確かに、あの性悪女ならやりかねないですわね」

話を聞いていたマリアンヌも苦笑していますが、皆に性悪女だと思われているのは面白いですね。

まぁ、それはとりあえず置いておくとして、それにしても口調かぁ……

「だったら前みたいに口調を変えておく？　そのうちボロが出るかもしれないけど」

「確かに普段通りのシャル様が出てしまうかもしれませんが、最初からその口調でいくよりはマシだと思いますよ」

隣で黙々と作業していたはずのカルロにまでそう言われてしまいました。

「カルロまでそんなことを……」

軽くショックを受けてしまいましたよ。だって、しっかりと周りと見ているカルロにまで口調について言われるんですよ？　ということは、普段の私って結構マズいのでは……？

ええー……今まで気にしたこともなかったけど、ちょっと気を付けた方がいいんですかね？

「じゃあ、今からリリアーナが来るまでの間は口調を変えておくのはどうかしら？　そうすれば急に現れても対応しやすいと思うわ」

マリアンヌがそう言ってニッコリと微笑んでくれましたが確かにこのままリリアーナが来たら、普段の喋り方で話をしてしまうような気がします。

リリアーナにバカにされるのは嫌ですよね。

「皆が言うならそうしようか……じゃなくて、そうしますわ」

そう言うと、提案してきたマリアンヌとエルマ、カルロまでもがキョトンとした顔をして私を見てきました。

え？　な、なんでそんな反応なんですか？　普通に貴族だった時の喋り方をしただけですよ？

「うーん……久しぶりに使うと違和感が凄《すご》いですわ」

更に続けると、キョトンとしていた顔は面白いものを見るかのような目に変わって、私のことを見つめています。

ええ……皆が言ったから口調を変えたのに、そんなに微妙な反応をされるってことあります？

そう思ってマリアンヌを見ると、一瞬「ふ……っ」という笑い声が聞こえて、すぐに目を逸《そ》らされてしまいましたが一応フォローはしてもらいましたよ。

「元々は貴族だったんだから大丈夫ですわよ」

え？　やめる？　やっぱり普段の口調の方がいいんじゃない？

なんてことを思っていると、急に店の方が騒がしくなってきましたね。

服屋なのでそんなにうるさくなることはないと思うんですが……団体さんでも来たんでしょうか？

「何かあったんでしょうか？」

「団体さん、とかですかね？」

「でも、服屋でこんなにうるさくなることなんて滅多にありませんわ」

確かに、流石《さすが》にうるさすぎますね。楽しそうな感じではなく怒鳴り合っている、みたいな、そんな感じです。

アンナ達がお客様と揉めているとは思えませんが、お客様同士の喧嘩でしょうか？

「ちょっと様子を見てくる……見てきますわね」

なんだか嫌な予感がした私はそう言って席を立ちました。

そこでふと思ったんですが……もしかしたら、リリアーナが来た、っていう可能性もありますね。さっきまでお客様が、とか思っていましたが、リリアーナが来たなら怒鳴り合いをしていてもおかしくありませんし、よく考えてみるとその可能性の方が高いかもしれません。

心の準備をしておいた方がいいですね。

そう思いながら一歩、また一歩と店内に近付いていくと、怒鳴り声が聞こえてきました。

「だから！　何故そんなことをしないといけないんですか！」

「いいからさっさとお姉様を出しなさい！　これは命令よ！」

片方はアンナの声ですが、もう片方は……完全にリリアーナの声ですね。耳に残る甲高い声を間違えるわけがありません。リリアーナの声を聞くだけで何となく、胸のあたりがキュッと締め付けられるような感覚になりますが、今はそんなことを言っていられませんよね。

そう思ってもなかなか次の足を踏み出せず、その場から動くことが出来なくなっています。

「そんな勝手なこと出来ません！　それに、今の私達はリリアーナ様とは全く関係がないんですから命令を聞く必要もありません」

「な……っ！　生意気だわ！　メイドのくせに！」

「今は貴方のメイドではありません。お引き取り下さい」

「お姉様と話をしたら帰るわよ！」

　早く行かないと、という思いはあるんですが、体がついてきてくれません。どうしましょう……このまま帰るのを待つ？　でも、そんなことをしたら、周りのお客様にも迷惑がかかっていますし……

　そう思った私は、本当に嫌ですが、リリアーナと対峙する覚悟を決めて、足を前に出すと、さっきまで動かなかったのが嘘のようにしっかりと体が動きました。

　ただ、リリアーナの前に出たところで何を言ったらいいんでしょう？　店で騒がないで？　それとも、こんなところに来てどういうつもり？　うーん……リリアーナがどんな風に返してくるのかもわからないので考えるだけ無駄、といったところでしょうか？

　なんて思いながらリリアーナとアンナに近付くと、先に気付いたアンナが私に駆け寄ってきてくれました。

「シャル様！」

　なんで出てきたんだ、と言いたそうにしていますが仕方ありません。当然ですがリリアーナも私に気付きます。

「やっと来たのね！　話があるのよ！」

そう言って駆け寄ってきましたが……今までの綺麗に着飾ったリリアーナはどこに行ってしまったのか、と思うほどボロボロです。お風呂に入っていないのか異臭がして、髪の毛も油でギトギト、着ている洋服は何日洗濯していないのかわかりませんが、黒ずんでいますし、マントはところどころが破《やぶ》れてしまっています。

リリアーナのことだから、男性を誑《たぶら》かしてお風呂に入っていると思っていたんですが、マリアンヌが言っていた通り、誰も捕まえられなかったんでしょうね。

「今更何の用？」

思った以上に冷たい声が出て、少し驚いてしまいましたよ。

でもリリアーナは、私のそんな少しの差は気付いていないみたいです。

「喜びなさい！　お姉様が家に戻ってこられるようにお父様に言ってあげるわ！」

何故か胸を張って、自信満々に私に言ってきました。

店の中にいたお客様は、今何が起こっているのか、といった様子で、不安そうに私達の方を見ていますが、気になりますよね。しかも、今のリリアーナの言葉だけを聞いたら、私が何か悪いことをして家から追い出された、みたいに勘違いされるかもしれません。

それだけは絶対に嫌ですよね……

「言ってあげる、ですって？　人の婚約者を奪って、挙句《あげく》の果てに貴方に濡れ衣を着せられて追い出された私が、そんな話に頷《うなず》くとでも？　大体、リリアーナが私に対してやってきたことを忘れたの？」

わざとらしく、大きなため息をついてそう言うと、まさか私にそんなことを言われると思っていなかったんでしょう。一瞬ポカーンとアホ面を晒《さら》していたリリアーナは、すぐに顔を真っ赤にさせて言い返してきました。

「そ、それはもう過去の話じゃない！」

リリアーナの中では過去の話になってしまっているんですね。なんだか複雑な心境になってしまいます。だって、私は過去のことだ、なんて一度も思ったことがないですもの。

「ええ、過去の話ね。でも謝罪も何もしてないのに許されたと思っているの？」

「何よ！　お姉様は私に謝れと言っているの!?」

プライドの高いリリアーナが謝る、なんてそもそも思っていませんでしたが、こんなにハッキリと納得出来ない、という意思を伝えられると少し腹立たしいです。

多分、今は自分が不幸な目に遭っているんだから他の人なんて知らないわ、という考えなんでしょう。

「当然じゃない。まぁ、謝ったところで家に戻ろう、なんて思わないけどね」

私のことを思いっきり睨《にら》みつけているリリアーナにそう言って、初めてリリアーナに対してバカにしたような笑みを浮かべました。

今までの私だったらあり得ない行動ですし、下だと思っていた私にこんな扱いを受けて凄《すご》く屈辱的でしょう。その証拠に、リリアーナは顔を真っ赤にして、力強く拳を握りしめていますもの。

でも、今までされてきたことを考えるとこれくらい優しい方だと思いながら睨《にら》みつけてやりました。

「な、何よ……お姉様のくせに生意気だわ……」

私に睨《にら》まれて腹が立ったんでしょう。地面から這い上がってきたかのような、低い声で呟いたのが聞こえてきましたね。

「なんで帰ってこないのよ！　この店があるから帰ってこないんでしょ!?」

まぁ、確かに店があるから、というのも理由の一つですが、店がなくてもあんな家に帰りたいとは思いませんよね。自分にとっては居心地の良かった家でしょうけど、私にとっては最悪な家ですし。

「そうよ！　だったらこの店は私がもらってあげるわ！　だからお姉様が家に帰ればいい

いじゃない！」

これには言葉を失ってしまいましたよ。

だって、何故伯爵令嬢が、侯爵家の領地にある店をもらえると思っているんでしょう？　それにこの店は、マリアンヌのおかげで出来た店です。そんな簡単に、はい、どうぞ、なんてあげるわけがないですよね。

リリアーナは一度言ったら止まらないのか満面の笑みです。

「あ、安心して！　従業員達は私がしっかりと雇ってあげるわ！　まぁ、まずは私のドレスを買うのが優先だけどね！」

「だったら聞くけど、リリアーナは何が出来るの？」

これに対するリリアーナの反応は「え？」という間抜けな声だけです。

「依頼に来たお客様の採寸は？　布に関する知識は？　デザインの知識は？　型紙を描く時の計算式は頭に入っている？　刺繍は出来るの？　ミシンは？」

最低でも、今言ったことは出来ないと私の代わり、なんて務まりません。

自分に店をちょうだい、と言うくらいですから、きっと全て完璧に出来るんでしょうね、という意味を込めて尋ねてみましたが答えが戻ってくることはありませんでした。

「ちょ……ちょっと！　なんで私がそんなことをしないといけないのよ！」

そう言ってリリアーナは耳を塞いでしまいましたが、出来るわけがありませんよね。だって、普通の勉強も出来ないんですから服の勉強なんてしているわけがありません。私だって、前世の記憶がなければ今、服作りなんて出来ませんし。

「私と代わるんだったらそれくらいやらないと」

そう言うと、言い返すことが出来ないのか口をギュッと閉じてしまいました。

……やっぱり考えていませんよね。わかってはいましたが、何も出来ないけど店をちょうだい、なんて馬鹿げたことを言うリリアーナには呆れてしまいます。

「大体、まともに刺繍も出来ない貴方が何を言っているの？　ただ売り上げを使って自由に買い物をしたいだけでしょう？」

「な、何よ！　それの何が悪いのよ！」

もう言い返すことが出来ないみたいで開き直ってしまったみたいですね。

素直なのはいいことだと思いますよ。ただ、リリアーナが素直になったらバカがバレてしまうだけ、ですけどね。

案の定、リリアーナのとんでもない発言に、アンナやミア、店にいるお客様までもがあり得ない、とでも言いたそうな顔をしてリリアーナのことを見ています。

でも、当の本人は周りの反応に気付いていないみたいで、一通り叫び終わったのかブツブツ呟いています。

「大体、お姉様ごときの店がこんなに人気になるわけがないわ。きっとあの女のコネを使っているのよ」

あの女、というのは、マリアンヌのことですよね？

マリアンヌの、というか、クリストファー侯爵家のコネを使っている、ということに関しては否定出来ないんですが、そこまでハッキリと言われたのは初めてなので反応に困ります。

しかも、言ってしまえばマリアンヌだけではなくミナジェーン殿下のコネまで使っていますしね。

なんて思いながら、いまだにブツブツと呟いているリリアーナを眺めていると、凛とした声が店の中に響き渡りました。

「話は終わったかしら？」

元々リリアーナと私の会話で店の中が静まり返っているので、店内にいる人の視線が一気に声のした方に向きましたね。

まぁ、私の場合は、振り返らなくても誰の声か、なんてわかっているんですが……。

声のした方を見ると、思った通りマリアンヌが苦笑しながら立っていて。

「本当に呆れますわ。よくもまぁ……そんな自分勝手なことを堂々と言えますわね。恥ずかしくありませんの？」

そう言いながら、ゆっくりと私達の方に近付いてきました。私としては、やっとマリアンヌが来てくれた、と安堵していますが、リリアーナはバツの悪そうな顔をして、マリアンヌを睨《にら》みつけていますね。

マリアンヌはゆっくりとリリアーナの前で止まり、見下すようにリリアーナを見ました。

「人の領地で騒いで、楽しかったかしら？」

そう言ってきた時のマリアンヌの顔は、一見穏やかそうに笑っていますが明らかに怒っています。

まぁ、長く関わってきたからこそわかることなので、リリアーナにはわからないでしょうけど、今のマリアンヌは過去一と言ってもいいくらい大激怒していますよ。

とりあえず今は下がりましょう。

何となくですが、二人には何かしらの因縁のようなものを感じるんですよね。それが、一体何の因縁かはわかりませんが……

急に現れたマリアンヌに、一瞬驚いていたリリアーナでしたが、すぐにマリアンヌのことを改めて睨《にら》みつけました。

「あんたは人の領地の人達を奪うようなことをして楽しかった⁉」

「あら？　私は貴方と違って嫌がっているのに奪う、なんて非道なことはしませんわ。皆、あの領地が嫌になって逃げてきた人達ですのよ？」

一方、マリアンヌは優雅に笑みを浮かべています。

リリアーナが興奮しているから、というのもありますが、言動にも行動にも余裕を感じますね。私はリリアーナに怯えているのがバレないようにするのに必死だったので、そんなに余裕がありませんでしたよ。

「もうシャルとの話は終わったんでしょう？　さっさと家に帰ったらどうかしら？」

マリアンヌはそう言うと、わざとらしくため息をついて頬に手を当てています。これはマリアンヌが、早く終わらせたい、という時に出る行動なんですよね。

そんなマリアンヌの行動を知っているわけもないリリアーナは、急に私の方をすがるような目で見てきました。

「まだ終わっていないわ！　お姉様！　家に帰ってくるのよね！」

そう言って、パッと振り返ってきたものですから、今まではしなかったリリアーナの異臭が一気に鼻について、つい「うっ……」と声を出してしまいましたが、何とか返事をすることが出来ました。

「だから、家には帰らないって」

うーん……結構な臭いですね。これ以上店にいたら鼻に臭いが残ってしまいそうな、不快な臭いです。

「なんでよ！　店のことなら私が……」

「また最初から説明しないとわからない？　大体、私はもうリリアーナの姉ではないの。貴方がそうしたんじゃない」

そう言って、なるべくリリアーナと距離を取りました。だって、これ以上近付くのは私の鼻が限界ですし。

「これ以上話すだけ無駄ですわね。さっさと家に帰りなさいな」

マリアンヌもそう言ってリリアーナから一歩離れました。さっきから動きが多くなったせいで、マリアンヌの方にも臭いがきたんでしょう。流石《さすが》に臭いは耐えられないみたいで、思いっきり顔に出てしまっています。

「あ、馬車がないから帰れませんわよね。うちの馬車を貸して差し上げますわ」

マリアンヌがパンパン、と手を叩きました。すると、急に店の扉が開いてクリストファー侯爵家のメイドと、家紋が入った馬車が店の前に現れたではありませんか。

いつの間に待機していたんでしょう？

なんて思いながら、リリアーナをチラッと見ると、馬車を用意出来ないのは本当みたいですが、「いらないわよ！　自分で帰れるわ！」と顔を真っ赤にさせて叫んでいます。

ここでマリアンヌの言うことを無視して馬車に乗らなかったら……ここの領民達に迷惑がかかりますよね。

それはマリアンヌも同じ考えだったようです。

「そんなわけにはいかないですわ。領地内をウロウロされても迷惑ですし、領民達から、最近小汚い小娘がいる、って苦情が出ていますの」

そう言ってリリアーナを睨《にら》みつけると、ようやく自分が臭い、と言われていることが理解出来たんでしょう。顔を真っ赤……いや、頭から湯気が出てしまうのでは？　というほど怒っていますよ。

ですが、マリアンヌは気付かないふりをして、再びパンパン、と手を叩きました。すると今度は、侯爵家の数人の兵士達が店の中に入ってきてリリアーナの両腕を抱えました。急な出来事だったし、あまりにも早い捕獲だったので一瞬何が起こったのか理解出来ませんでしたよ。

「ちょ……っ！　何!?　離しなさいよ！」

確かに、このままリリアーナが店にいても、何も変わりませんし、いい判断ですよね。

なんて思っている間に、リリアーナは兵士達によって店から追い出されてしまいました。

最後に、「お、お姉様!? 私! 諦めないから!」という言葉を残していきましたが、つまり、また店に来る、ということなんでしょうか? そうなると、またマリアンヌに迷惑をかけることになるので出来ればやめてほしいんですけど……

リリアーナが追い出された店の扉を呆然と眺めていると、その様子を見ていたマリアンヌが優しく私に話しかけてきました。

「そんなに不安そうな顔をしなくても大丈夫ですわ」

いつの間に顔に出てしまっていたんでしょうか? 自分では割といい感じに隠せていると思っていたんですが。

「でも、リリアーナがまた来る、みたいな話をしていたし……」

「もし来たら、また追い出せばいいだけですわ」

そう言ったマリアンヌの顔は、自分に任せろ、と口には出さないけどそう言ってくれているような気がしたので、「ありがとう」とお礼を言うと、ニッコリと微笑んでくれました。

今のお礼は、リリアーナを追い出してくれたことに対してのお礼と、私がいいように捉《とら》えた、自分に任せろ、と伝えてくれたことに対するお礼です。

「とりあえず明日も来ますわね。あの女なら絶対に何かしら行動に移すと思いますし」

リリアーナを追い出した後、マリアンヌはそう言って店を後にしました。

あ、当然ですが、あの場にいたお客様には一人一人謝罪をして許してもらいましたよ。

「貴方のデザインが好きで通っているのよ」

「私達はコネじゃないことを知っているから」

常連さん達からそんな優しい言葉までかけてもらって、本当に嬉しかったです。

そう思いながら、ドレスの装飾の部分を作っていると、私の様子がおかしいことに気付いたのか、エルマが話しかけてきました。

「やっぱり、今後何を仕掛けてくるか、気になりますよね」

まぁ、皆も気になっているからかもしれないですけどね。

「そうだね。一番可能性が高いのは、リリアーナがお父様に伝えて店に乗り込んでくる、っていう流れなんだよね」

「うわぁ……その展開は最悪ですね」

簡単に想像出来る展開なので、話を聞いた皆が頷《うなず》いています。

多分、今頃家に到着した頃だと思うんですよね。家に帰ってすぐに、お父様に私の居場所を話している、と私は予想しています。そこで、お父様がすぐにでも向かう、と言うか、それとも今は構っている暇などない、と言うか。後者だったらいいですが、お父様のことなので、私が店を経営している、と聞いたら飛びついてくるでしょうね。

「どうにか店に入ってこられないように出来ればいいんですが……」

ミアがそう呟いて、店内をチラッと見ています。

店に入ってこられないように、ですか。流石《さすが》に扉に鍵を閉めるわけにもいきませんし、どうにも出来ないですよね。

「いっそのこと、常連さんに裏口を教えて、そこから入ってきてもらうとかどうでしょう?」

「そんなことをしたら新規のお客様が入ってこられなくなるわ」

「でも、店を開けていたら、多分入るなり怒鳴り散らかしますよ」

ミアとエルマが話をしていますが、解決策は見つからないですよね。

ですが、エルマの言う通り、お父様のことなので、店に入ってくるなり、何かしらの文句を言ってくるでしょう。しかもクビにしたメイド達がここにいる、っていうのも面白くないはずです。そうなると、まずは店番をしている誰かに、家を裏切って！　くらいのことを言いそうですよね。……考えるだけで胃が痛くなる展開ですよ。

解決策が見つからず、深いため息をついている私に、今まで黙って会話を聞いていたカルロが、「いっそのこと、店を休みにしちゃうっていうのはどうですか？」と提案してきました。

店を休みにする、というのは私の中では出来ればやりたくないことです。だって、ここ最近は休む回数も多かったですし、やっとお客様も戻ってきつつあるのに、このタイミングで、って思ってしまうんですよね。

なので、カルロの提案になかなか返事を出来ずに悩んでいると、重ねて言われました。

「お客様がいたら、また今日リリアーナ様が来た時と同じようなことになるんですよ？　だったらいっそのこと、二人が来るまで店を休みにして、解決させてから店を開ければいいのでは？」

確かに……全てが解決したら何の問題もなく店を続けることが出来ます。

しかも、伯爵の爵位が剥奪されるのは四日後。そう考えるとあと四日耐えれば、私達は自由になる、ということですよね？

「店を休みにしよう！　あと四日で終わるもんね！」

そう言うと、全員嬉しそうな顔をして頷《うなず》いてくれました。

そうと決まったら、さっき帰ってしまったマリアンヌに、店を閉めることを伝えた方がいいですね。それから、店に出ているアンナ達にも伝えないと。

そう思って、カルロとエルマ、ミアに尋ねます。

「ちょっと出てくるけど大丈夫？」

「明日から休みなんですから、心配しなくても大丈夫ですよ」

そう言って微笑んでくれました。

店を出る前に、アンナとテオにそれぞれ明日から店を休みにする、ということを伝えると、二人とも驚いた顔をしていましたが、理由を話すと頷《うなず》いてくれました。というか、皆は私が非道なことをしない限り考えを否定してこないんですけどね。

皆への話も済んだことですし、早速マリアンヌの家に向かうと、メイドさんが驚いていましたがすぐに応接室に通してくれました。まぁ、メイドさん達もさっきまで会っていたはずなのに……となりますよね。マリアンヌも忙しい合間を縫《ぬ》って店に来てくれていると思いますし。

……そう考えると、凄《すご》く申し訳なく思えてきましたよ。

「シャル？　さっきまで一緒にいたのにどうしましたの？」

驚いた顔をしたマリアンヌが部屋に入ってきました。急いで来たのか、少し息を切らしているのを見ると、改めて申し訳なく思いましたね。

ただ、流石《さすが》になんでもない、で帰るわけにもいかないので、明日から店を休みにすることを報告しに来た、とマリアンヌに言うと、「まぁ！　そうですのね」と驚いてはいましたが、どこかホッとしているような、そんな顔をしていました。まぁ、マリアンヌは元々休むことを勧めていましたし。その反応も納得ですよ。

なんて思っていると、急に応接室の扉がコンコン、とノックされたかと思ったら、何とクリストファー侯爵と夫人の二人が中に入ってきたんです。

「シャルロットが来ているそうだな」

これには反射的に、座っていた椅子から立ち上がってしまいましたよ。

「毎回ご迷惑ばかりかけてすみません！」

挨拶よりも先に謝罪をした私を見て二人は苦笑していますが、本当に申し訳ないです。

しかも、今回もまた迷惑がかかるようなことになっていますし……

「マリアンヌにも言っているが、あの店のおかげで我が領地はより発展したんだ。これくらいの迷惑くらい気にするな」

侯爵は優しく微笑みながらそう言うと、立ち上がったばかりの椅子に座るよう促してきたので、改めて椅子に座り直します。

「それで？　今日は一体どうしたんだ？」

クリストファー侯爵が真剣な顔をして聞いてきました。マリアンヌに話している時点でこの二人には伝わるので、「その……店を四日ほどお休みしようと思って報告しに来たんです」と前置きをした後に、私達の考えを簡単に説明しました。

「なるほど……確かにお客様にそんな話を聞かせるわけにもいかないからな」

クリストファー侯爵も店を閉めるのは賛成みたいでホッとしましたよ。しかし、侯爵は渋い顔をしてこうも言ってきます。

「だが、店を閉めたところで、奴らのことだから店の前で騒ぐだろう？」

確かに、あの二人だったら店がやっていなくても扉をガンガン叩いたり、とか色々騒ぎそうですね。

「そうですね……きっと騒ぐと思うので、周りには少し騒がしくなる、と話をしておこうと思っています」

「でもあの店の中に入れたくないわよねぇ」

今度は夫人になんだか意味深に微笑みながら言われたので、戸惑いながらも「ま……まぁ、そうですね」と返事をすると、夫人はパンっと手を叩いてニッコリと微笑みました。

「だったら我が家で話し合いをしたらどうかしら？」

夫人がそう言ってクリストファー侯爵に「いい提案じゃない？」と話を進めようとしているので驚きましたよ。

だって、ほら、一応私って平民で、侯爵家に出入りしているのも結構特殊なケースなのに、面倒な家族の話し合いをするために場所まで貸してくれる、って言っているんですよ？　もう、驚くな、っていう方が無理ですよ。

そう思いながら咄嗟《とっさ》にマリアンヌの方を見ると、「確かに……私もその方がいいと思いますわ」と夫人の提案に乗り気です。しかもクリストファー侯爵までもが、「まぁ、確かに、あの伯爵と妹を相手に一人で話をする、というのも難しいと思うし」なんて言いながら、何やらメイドに指示を出し始めていますよ。

な、何か、ここまでくると断りにくいと言いますか……。あ、もちろんとても助かりますよ？　ただ、話の展開が毎回早すぎるんですよね。

「だってシャルロットの店は我が家の領地のものだし、保証人になっているのも我が家なのに、他の人に譲るなんてあり得ないわ」

そう言って、夫人は決定事項、と言わんばかりにニッコリと微笑んだので、苦笑しながら頷《うなず》くと、「さて、そうと決まったらやることがあるから、ここで失礼しますわね」と言って、颯爽《さっそう》と応接室から出ていってしまいました。

今までの夫人は、ニコニコしながら優雅にお茶を飲んでいる、という姿しか見たことがなかったですが、お母様と話をする時もこんな感じなんでしょうか？

そう思いながら、夫人が出ていったばかりの扉を呆然と見つめていると、クリストファー侯爵がフォローらしき言葉を口にしました。

「まぁ……なんだ。彼女も友人のことを心配しているんだ。何かと力になってあげたいんだと思う」

そして、自分も仕事があるから、と応接室を後にされました。

次の日、予定通りに店を休みにして、クリストファー侯爵家で、いつお父様達が来てもいいように、と待機することになりました。領地に入る際の検問で、伯爵家の馬車が来たら御者にだけ侯爵家に向かうように、と指示するみたいですが、そんなに上手くいくものなんですかね？

なんて思いながら、マリアンヌとお茶を楽しんでいます。あ、ちなみに、今日はアンナだけを連れて他の皆にはお留守番してもらっていますよ。一応、依頼もありますしね。

机の上に置いてあるお茶を一口飲んだ後に、マリアンヌに聞いてみました。

「それより、急に遊びに来るみたいな感じになって大丈夫だった？　元々の予定とかもあったでしょう？」

昨日決まったこととはいえ、急に私が来ることになったから、マリアンヌだって予定をずらしている可能性もあります。それに、伯爵家で無下に扱われていた私より、マリアンヌはとても忙しいんですよ。

勉強もしているし、それに家の手伝いも。それでいて、領民達の様子を見に行ったりもしていて、いつ休んでいるのか心配になるくらいです。

だから、今日もきっと予定があったんじゃないかな、と思って尋ねたんですが、マリアンヌはニッコリと微笑みました。

「まぁ、確かに予定はありましたが、そっちは長引きそうなのでシャルの方が優先ですわ」

私の方が優先、と言ってくれるのは嬉しいですが、予定があったのに申し訳なくも思えます。でも、ここで私が、ごめん、なんて言ってしゅんとしたら空気が重くなってしまうと思ったので、咄嗟《とっさ》に明るい話題を振ってみました。

「ところで、マリアンヌの婚約者は？」

マリアンヌからそういう話を聞いたことがなかったですしね。一回くらいはそういう話をしてみたいと思ったんです。

「な……っ！　な、なんですの!?　急に」

私の質問に、マリアンヌは手に持っていたティーカップを震わせながら明らかに動揺しています。顔を真っ赤にさせて、驚いた顔をしているマリアンヌがなんだか可愛く思えてしまいました。

「そういえば、マリアンヌからそういう話を聞いたことがないと思って」

「そ……その、今日の予定が婚約者になる方との顔合わせでしたの」

ポツリとそう呟きましたが……え？　今日顔合わせをする予定だった？

あまりにも重要なことだったので、聞き間違いかと思って固まってしまいましたが、マリアンヌの赤くなっている顔を見て大きな声を出してしまいます。

「ええ!?　ちょ、ちょっと！　それは私よりもそっちを優先しないと！」

だって、顔合わせだよ？　こんな私の家族喧嘩みたいなことよりも、そっちの方がマリアンヌの今後に関わる大事なことだよね。それを私が優先だ、なんて……流石《さすが》に申し訳なさすぎる！

そう思ってマリアンヌを見ると、まだ赤くなっている両頬を手で押さえながら恥ずかしそうに言ってきました。

「いいんですの。それに、私だってまだ心の準備というものが……」

これには思わず叫びそうになってしまいました。え、今までもマリアンヌを可愛いと思っていたんですけど、恋をしたら可愛くなる、みたいな話は本当なんですかね。いつも以上にマリアンヌが可愛らしいんですけど！

「も、もういいですわよね！　違う話をしましょう！」

マリアンヌは話を逸《そ》らそうとしていますが、そうはいきませんよ。顔の熱が引くように、パタパタと手で扇いでいるマリアンヌにニッコリと笑います。

「ねぇ、どんな人なの？」

そう尋ねると、せっかく引いた顔の赤みが再び戻ってきてオロオロとしています。

とりあえず、マリアンヌが可愛い。マリアンヌのこんな姿を見られるなんて、婚約者になった人にも感謝です。

なんて思いながら、ニヤニヤとその様子を眺めていました。

マリアンヌ曰《いわ》く、前から求婚されていたけど、何となく気分が乗らなくて拒否していたのですが、相手側のあまりの押しの強さに負け、今回婚約することになったみたいです。

相手はマリアンヌよりも五歳年上で、公爵家を継いでいる人なんだとか。パーティーに参加をしてこなかった私は、同い年くらいの子息令嬢達しか知りませんが、流石《さすが》マリアンヌですね。

それに、何度断られてもマリアンヌのことを一途に想っていた、その公爵も尊敬しますよ。

そう思いながら、恥ずかしそうに話すマリアンヌをニコニコしながら眺めていると、コンコン、という控えめなノックの後に、真剣な顔をしたメイドさんが部屋に入ってきました。

「お嬢様、シャルロット様」

嫌でも何を言おうとしているのかわかりますよね。

「来ましたの？」

マリアンヌはメイドさんに真剣な表情で尋ねています。

「今、門を抜けたとの報告があったので、もうそろそろかと思います」

そう言ったメイドさんは複雑そうな顔をして私の様子を窺《うかが》っています。皆、私の家のことは把握しているので、心配してくれているんでしょう。私からすると、その気持ちだけで十分嬉しいですよ。

なんて思っていると、後ろに立っていたアンナが心配そうに聞いてきましたね。

「シャル様、大丈夫ですか？」

まぁ、私としては、今日は今まで以上に強い味方がいるので怖くはありませんが、私の思っていることをしっかりと伝えられるかが心配です。

ただ、そうも言っていられないので、心配そうな顔をしているアンナに微笑みました。

「うん、大丈夫。今日でしっかりとケリをつけないとね」

伯爵家が潰れるまであと三日。今日で話を終わらせて金輪際《こんりんざい》、私達に関わらないように言わないとこれからも面倒なことになってしまう可能性もあります。

ハッキリと拒絶をして、もう関わってこられないようにしないと。

そう自分に言い聞かせて、深呼吸をします。

「うちからは私とお父様も話し合いに参加しますわ。我が家の領地内の店のことですし、何よりお父様が店の保証人ですもの」

そう言って、マリアンヌは優しく微笑んでいます。

「ありがとう。後で侯爵にもお礼を言わないとね」

「それは全て終わってからでいいですわ」

確かに、お礼は全て終わってから、ですね。

普段は頼りないかもしれませんが、今日くらいはしっかりしないと。

そう思いながらマリアンヌの部屋を後にしました。

応接室に向かうと、そこにはもうすでにクリストファー侯爵がソファーに座って待機してくれていました。

「すみません……今日はよろしくお願いします」

そう言って軽く頭を下げると、優しく微笑んでくれました。

「気にしなくていい。それに、妻もシャルロットの父親のことはケリをつけたいと言っていたからな」

「夫人が、ですか？」

これには思わず聞き返してしまいましたよ。確かに、夫人はお母様の友人ですし、何かと思うことがあるかもしれませんが、ここまで恨みのようなものを抱いているとは思っていませんでした。

お父様との間に何かあったんでしょうか？

首を傾《かし》げている私に、クリストファー侯爵は「まぁ、すぐにわかるよ」とだけ言って、あとは黙ってしまったんですが、やっぱり気になります。

……元婚約者だった、とか？　いや、あり得ませんね。だって、お父様とお母様は幼い頃から政略結婚するために婚約していた、と聞いていますし……

私が考え事をしている間に、マリアンヌが侯爵に声をかけていますね。

「お父様、私は今回話し合いに参加する気はないのですが、シャルの隣に座っていてもいいですか？」

もちろん、マリアンヌがいてくれるのは私としては物凄《ものすご》く心強いですし、嬉しいですが、話し合いには参加しない、と言っていたので、てっきり違う部屋で待機しているものだと思っていましたよ。

「お父様とシャルはあまり関わりがないし、その方がいいですわよね」

そう言いながら椅子に座ったマリアンヌの気遣いが嬉しくて微笑みながらお礼を言うと「貸しですわ」とそっぽを向かれてしまいました。

そんなマリアンヌの様子をクリストファー侯爵と一緒に微笑みながら見ていると、メイドさんが報告しにやってきました。

「旦那様、到着したそうですので、こちらにお通ししてもよろしいですか？」

一気に空気がピリつきましたね。ついに到着した、ということですか。

はぁ……今回は私一人ではないし、後ろにアンナもいるので心細くはないんですが、やっぱり緊張しますが、深呼吸をして、何とか緊張を和《やわ》らげました。

「あぁ、騒がしくなるだろうがよろしく頼む」

クリストファー侯爵がそうメイドさんに声をかけたのとほぼ同時に、本当に騒がしい声が響きました。

「侯爵家に何も用事はない！　俺はシャルロットに用事があるんだ！」

お父様の声が聞こえてきましたね。相変わらずだ、ということがわかって、少し安心しましたよ。

だって、容赦なく縁を切ることが出来ますからね。

そう思っていると、コンコン、と控えめなノックの後に、ゆっくりと応接室の扉が開くと、メイドさんに連れられた二人が中に入ってきました。

驚いたことに、リリアーナはあの汚い姿のまま……それどころか日が経っているので、中に入ってきた瞬間、異臭が部屋の中に広がりました。

お父様はこれと一緒に馬車で来たんですよね？　うわぁ……いくら私でも絶対に嫌ですね。

お父様を見ると、私が家を出た時とは別人のように変わり果てた姿がありました。痩《や》せ細っている、というのもありますが、実年齢よりも十歳以上年を取ったおじいちゃん、みたいな見た目をしています。一応、大変な目に遭っていたんだろうな、とはわかりますが、どうしても同情する気にはなれませんよね。

なんて思っていると、応接室に入ってきたお父様は、私の姿を見るなり怒鳴りつけてきました。

「お前……なんで侯爵家になんているんだ！」

そうだろうとは思っていましたが、私の友人関係を把握していなかったんですね。

そう思っていると、クリストファー侯爵がお父様のことをギロっと睨《にら》みつけています。

「私が話し合いの場所を貸してあげると言ったんだ」

お父様は自分よりも立場が上の人に対して大人しくなるような人ですからね。出来ることなら私には侯爵という味方がいるということで、さっさと帰ってほしいんですが……そうはいきません。

お父様は少し悩んだ後に扉の方を見つめました。

「……ですが、我が家の話し合いに侯爵家は何も関係がないはずです。席を外してもらえますか」

今すぐに出ていけ、という意味なんでしょうが、場所を借りておいて家主を追い出すのは流石《さすが》におかしくないですか？

「それは出来ない相談だな」

案の定、クリストファー侯爵は淡々とお父様にそう言っています。

それに、私だってお父様とリリアーナの三人で話をするのは絶対に嫌です。

でも、お父様は当然、出ていってくれる、なんて思っていたみたいで、地団駄でも始めるんじゃないか、と思うほど床を強く踏みつけて叫んでいます。

「な、何故ですか！」

うーん……確かクリストファー侯爵の方がお父様よりも年下なんだよね？　それなのに、お父様の方が幼い、といいますか……あ、当然ですが精神的にですよ。

「ここは我が家の領地内だからな。領地内の店の問題は我が家も関係がある」

「で、ですが、そいつは俺の娘です！」

都合のいい時だけ、私のことを娘、なんて言ってくるものだからムカつきますよね。

今までリリアーナだけが娘だ、なんて言ってきた人なのに……腹立たしいですよ。

クリストファー侯爵は私がどんな目に遭っていたのかを知っているので、「娘、ねぇ……」と意味深に苦笑しています。

多分、私と考えていることはほとんど変わらないでしょう。都合のいい時だけ娘扱いするんじゃない、って。

私の隣に座るマリアンヌも、拳を強く握りしめていますね。

まぁ、ここで気付いたんですが、あれだけ怖いと思っていたお父様ですが、今はなんだか負け犬の遠吠えにしか見えないのは、私が成長したってことでいいんでしょうか？

なんて思いながらお父様を眺めていると、立っていることに限界を感じたのか、バレないようにそっと椅子に座ろうとしているリリアーナが目に入ってきました。私だったらあんなに汚くなった人に座ってほしくありませんし、自分の汚さをわかっているなら座ろうとも思いません。……まぁ、リリアーナだから何も考えていないでしょうけど。でも、流石《さすが》に、座るように促されてもいないのに勝手に座るのはあり得ないですよね。

「勝手に座るなんてマナーもわからないんだな」

お父様と話をしていたはずのクリストファー侯爵が、冷たい声でそう言いました。急にクリストファー侯爵に声をかけられたリリアーナは、飛び跳ねるように椅子から離れましたが、なんだかバツの悪そうな顔をしていますね。

自分でも勝手に座るのはダメだ、とわかっていたのかと思いましたが、リリアーナはクリストファー侯爵をキッと睨《にら》みつけて、私のことを指さしてきました。

「なんでお姉様は座っているのに私はダメなのよ！」

うーん……逆に、なんで私が座っていたらリリアーナも座っていい、という考えになるんでしょう？

「シャルロットだって私に座ってもいいかと聞いて、許可をもらって座っている人だよ。それに……我が家の椅子を汚してほしくないからね」

最終的にはそう言われて、リリアーナは顔を真っ赤にして黙っていますが。クリストファー侯爵の言っていることは私も納得です。

「とにかく！　娘の店なんだから、父親である俺がどうしようと勝手です！　邪魔しないで下さい！」

お父様はそう言って私の方に近付こうとしてきました。

「じゃあ、店をどうするつもりでシャルロットの元に来たのか言ってみなさい」

クリストファー侯爵が言ってくれたおかげでお父様の足がピタッと止まりましたね。近くで待機していた兵士達がお父様の前に立ちはだかってくれたので、これでむやみに近付くことも出来ません。

やっぱり侯爵家で話し合いをするのは正しかったのかもしれません。

それに、クリストファー侯爵が、私とお父様が直接話をしなくてもいいようにしてくれているので、本当に助かっています。

改めて心の中でクリストファー侯爵に感謝をしていると、彼は今日一の鋭い目でお父様を睨《にら》みつけました。

「それに、あの店の保証人になっているのは私だ。店も我が家の領地。伯爵が親子だから、という理由でどうこう出来るわけではない」

お父様はこの状況なんて想像出来なかったんでしょう。何も言い返すことなんて出来ず、言葉を詰まらせながら黙ってしまいました。きっと私に、金を渡せ！　と怒鳴りつけて終わりだと思っていたんでしょう。まぁ、縁を切った人にあげるお金なんてないんですけど。

「いや、そもそも、もう伯爵とシャルロットは親子の縁は切っているから違ったな」

私が思っていたのと同時にクリストファー侯爵がわざとらしくそう言ってクスッと笑ったので、反射的に「ええ、その通りですね」と言いそうになりましたが、ぐっと堪《こら》えましたよ。

だって、今はクリストファー侯爵がいい感じにお父様を言い負かしているんです。ここで私が出てしまうと、一気に状況が変わりますからね。ただ、タイミングを見て私も、お父様に向かって何か言ってやりたいと思っていますよ。

クリストファー侯爵に睨《にら》まれているお父様は、モゴモゴとしています。

「お、俺はただ、金を……」

しっかりと耳を澄ましていないと聞こえないくらいの小さな声です。多分、さっき椅子に座れなかったことをまだ根に持っているリリアーナには聞こえないでしょう。

でも、クリストファー侯爵にはしっかりと聞こえていたみたいです。

「ほう……縁を切った娘に金の無心か。よくもまぁ……ぬけぬけと」

あからさまなため息をつきました。これは当然の反応ですし、私も同じ意見ですね。よく私を頼ろうと考えたなぁ……という感じです。

「お、俺は店を奪うつもりなんてないんです！　ただ、金さえくれれば……」

お父様は、侯爵に言い負かされて開き直ったのか、自分はただお金が欲しいだけなんだ！　という主張をしますが、当然ですが、店が欲しいリリアーナはお父様の、店はいらない、という発言を聞いて、すぐさま私の方に近付いてこようとします。

「えぇ!?　私はお姉様のあの店が欲しいわ！　ね？　お姉様！　約束したでしょう？」

まぁ、兵士に止められるので、無理なんですけどね。

しかも、約束って……勝手に騒いでいるだけの人が何を言っているんだか……

思わずため息をついてしまいましたよ。

「だから、リリアーナに何が出来るって言うの？　店のお金を好き勝手に使いたいだけなんだから諦めろ、って言ったじゃない」

前にも言ったことを、そっくりそのまま言うと、私の言葉に便乗して後ろにいたアンナがリリアーナのことを睨《にら》みつけました。

「シャル様以外に店長は務まりませんよ」

「多分、店のお客様がいなくなるだけでしょうね」

アンナに続いてマリアンヌまでもが鼻で笑ってそう言いましたね。

今まで黙っていた三人が一気にリリアーナに向かって言ったものですから、リリアーナはぽかんとした顔をしていますが、当然です。そもそも、あげる、なんて話はしていませんし。

リリアーナが呆然として固まったので、やっと静かになったと思ったのに、もちろんもう一人のうるさい人が黙っているわけがありません。

今まではクリストファー侯爵と私のことしか見ていなかったのか、私の後ろにいるアンナを指さしながら叫びました。

「お、お前！　なんでここに！」

アンナは私についていく、と言って、お父様とは話をせずに辞表を置いて出てきたんですもんね。こんなところで会うなんて思ってもいなかったでしょう。

驚いて指をさしたまま固まっているお父様に、アンナが「お久しぶりです」と冷静に挨拶をすると、何を勘違いしたのかお父様はニヤニヤとし始めました。

「ちょうど良かった。メイドのほとんどがいなくなったんだ。戻ってきてもいいぞ」

戻ってくるに決まっている、と言わんばかりの態度です。やっぱりアンナ以外の四人を店に残しておいて正解でしたね。

「まぁ、辞めるでしょうね。安い給料に重労働。おまけに奥様とシャル様以外の二人は最低な人達ですから」

アンナはそう言いながら肩をすくめました。多分、辞めた人全員が、そんなブラック企業のようなところになんて戻りたくないですよ。

しかし、戻ってくる、と自信満々だったお父様は、アンナにハッキリと断られて顔を真っ赤にして怒っています。

「な、なんだと……っ！」

これには思わず笑いそうになりましたが、ぐっと堪《こら》えていると、クリストファー侯爵がお腹を抱えて急に大きな声で笑い始めました。

「あっはっはっは！　いやぁ……伯爵は随分と面白いことを言うんだね」

せっかく私が我慢していたのに無駄になっちゃうじゃないですか、と思ってクリストファー侯爵を見ると、お父様をバカにするように笑った後、鋭い目つきでお父様に尋ねました。

「あと数日で爵位が剥奪されるのに、誰がそんな家で働きたいと思うんだ？」

確かに、たとえ伯爵家がホワイト企業のような仕事内容だったとしても、あと三日ほどで平民になるんです。今更戻る方が二度手間です。

「爵位剥奪⁉」

クリストファー侯爵の言葉に驚くのはリリアーナで、お父様から何も話を聞かされてなかったんでしょう。一応次期当主なのに、可哀想……なのかもしれません。

そんなリリアーナの隣では、お父様が「そ、それは……金さえあればどうにか出来るし……」なんて言いながら、下を向いてしまっていますが、金さえあれば、って領民のほとんどがいないのでお金があっても無理では？

「ま、待ってお父様！　爵位剥奪って何なの⁉　私達は平民になるっていうこと⁉」

リリアーナはそう言うと、お父様の腕にしがみつきましたね。この距離でもだいぶ異臭がするから、こんなに近距離にいるお父様は大変だろうな。まぁ、ずっと一緒にいたみたいだし、もう慣れているかもしれないけど。

「うるさい！　お前には関係ない！」

お父様は腕にしがみついてきたリリアーナを怒鳴りつけて、腕を大きく振り回し、暴言を浴びせています。私がいなくなった間に、お父様とリリアーナの関係は大きく変わってしまったみたいでまるで、以前の私みたいだ、と思わず二人のやり取りから目を逸《そ》らしました。

「自分が可愛がっていた娘に対して、それは酷いのではないか？」

クリストファー侯爵が鋭い声で、お父様にそう言いましたが、その言葉が余計にお父様を苛立たせるみたいです。

「こんな奴、可愛いわけがないだろう！」

今までクリストファー侯爵にだけはしおらしく話をしていましたが、ついに猫をかぶるのに限界を迎えたお父様が侯爵に対しても普段の口調で話し始めました。

「俺はこいつに騙されていたんだ。お前もわかるだろう？　こいつがどれだけ嘘つきで常識のない奴なのか」

そう言って、リリアーナに向かって思いっきり拳を振り下ろします。

「痛い！　やめて！」と叫んでいるリリアーナに対して一度ではなく何度も、何度も拳を振り下ろしているお父様は、私がまだ伯爵家にいた時と全く変わっていません。それどころか、悪化したかのようにも思えます。

ひとしきりリリアーナのことを殴り終えたお父様は、急にすがるような目で私を見ました。

「俺が本当に大切なのは正当な血筋の娘であるお前だけだ！」

……もうそろそろ、私もお父様に言ってもいいですよね？

そう思いながら拳をぎゅっと握りしめて、大きく息を吸った私は淡々と話しました。

「何を言っているんですか？」

自分でも驚くくらい冷たい、冷ややかな声が出たので少し驚きましたが、そのまま続けます。

「あれだけ蔑《ないがし》ろにしてきたのに、都合が悪くなったら今度は娘、ですか。ハッキリと言いますが、私は貴方のことを父親だと思っていません」

兵士達の間を縫《ぬ》って、お父様の目をしっかりと見つめながらそう言いました。

「なっ……ここまで育ててやったのに恩知らずが！」

お父様は怒鳴りつけてきましたが、恩ですか。育ててやった、と言われても、お父様は常にリリアーナの言いなりで、私となんてまともに話すらしたこともありません。

「恩があるのはクリストファー侯爵家の人達と、メイド達、それからお母様に対してだけです」

今までしてきたことを忘れてしまったんですかね？

クリストファー侯爵は、まさか私がここまでハッキリと言うなんて思っていなかったようで、満足そうに頷《うなず》きながら話を聞いています。マリアンヌは私がお父様に向かって話をしている間も、優しく背中を擦《さす》ってくれていますし、アンナはそっと私の肩に手を置いてくれています。

皆に守られている、という安心感があるので、私自身驚くほどお父様にハッキリと思いを伝えられるんでしょう。

クリストファー侯爵は静かに、でも怒りをあらわにしながらお父様のことを睨《にら》みつけました。

「シャルロットがここまでハッキリと拒絶しているんだ。今までの自分の行動が返ってきただけ。もう諦めるしかないんじゃないか？」

少し前まで私のことを強気で睨《にら》んでいたお父様も、クリストファー侯爵の圧に負けたのか大人しくなりましたよ。

でも、本当にクリストファー侯爵の言う通りですよね。領民が去ったのだって、今までお父様が高い税金を支払わせ続けていたことが原因ですし、メイド達だって、この二人が無茶な要求ばかりしてきて我慢の限界を迎えた、ということです。私だって、物心がついた時から続くあからさまな姉妹間での差別に限界だっただけです。

つまり、全ての原因はお父様本人なんですよ。

「なんでよ！　お姉様がお金を貸してくれないと私は平民になるんでしょう!?　だったら妹のために貸してくれてもいいじゃない！」

また片方が黙ったら、もう一人の方が騒ぎ始めてしまいましたね。この状況ではいつまで経っても終わらないじゃないですか。

「リリアーナ、前にも言ったけど、私はもうリリアーナの姉ではないわ。貴方がそうしたんでしょう？」

「で、でも……！」

リリアーナは不服そうな顔をして私を見てくるだけです。

本当にいい加減にしてほしいですね。ここまでしつこいと周りからも嫌われますよ。

……あ、もう嫌われていたんでした。

「そうやって調子に乗るのもいい加減にしろ！　お前は黙って俺の言うことを聞いていればいいんだ！」

お父様はそう言うと、兵士達を押しのけて私のいる方に向かってこようとしています。

その時でした。

「いい加減にするのはそっちの方じゃないかしら？」

有無を言わせない声が部屋の中に響きました。

声がしたのは扉のある方……ということは、誰かが応接室に来たということですが……確認したかったけど、お父様と兵士達がちょうど立ちはだかっていて確認することが出来ません。

マリアンヌのお母様？　いや、でももっと懐かしい感じのする声だったような気がします。

ということは、メイドの誰か、ということでしょうか？

そう思いながら、誰が来たのかだけは確認したくて何とか頭を左右に揺らしてみるけど、やっぱり見えません。そのうちわかるだろう、と思うしかありませんね。そう諦めた時でした。

「な……なんでお前がこんなところにいるんだ！」

急にお父様が叫んだのが聞こえてきました。

「あら？　娘が大変な目に遭っているのに、助けに来ないほど薄情な母親じゃないわよ」

そんな言葉が聞こえてきて、いまだに姿は見えないけどやっと誰が来たのか理解しました。

久しぶりに聞いた声、私のことを娘と呼ぶ人……そんなの一人しか思い当たりませんよね。

「お……お母様？」

呟くと、それに気付いた兵士達がスッと前を開けてくれました。もちろん、お父様のことはしっかりと両脇を抱えたままです。兵士達が前を開けてくれたので、しっかりとお母様の顔が見えましたよ。

久しぶりに見る、優しくて美しい、お母様の顔です。

「シャルロット、久しぶりね」

優しく微笑んでくれて、久しぶりの再会の喜びと、安心と、なんだか色んな感情が一気に溢《あふ》れかえって、思わず泣きそうになってしまいました。

ですが、そんな雰囲気をぶち壊す人がいます。

「お、お母様！　お姉様に言ってやって下さい！　伯爵家を助けて、って！」

もちろんリリアーナでした。

リリアーナが扉の近くにいたせいで、お母様と一番近い位置にいる、という状況なんですよね。おかげで体の弱いお母様に掴みかかるかのように凄《すご》い勢いで迫っていますよ。

これには咄嗟《とっさ》に椅子から立ち上がってお母様のところに駆け寄りそうになりましたが、マリアンヌに手を掴まれて押さえられました。

「今までなんで兵士が近付けないようにしていたのかわかっているでしょう？」

そう言われて一気に冷静になれましたよ。

確かに、今私がお母様のところに行っても何も出来ません。それに、せっかく兵士達が守ってくれたのに、自らお父様の近くに行くのと同じです。何か武術とかが出来れば……とこれほどまでに悔しいと思ったのは初めてですよ。

お母様は、リリアーナに迫られたのにピクリとも動くことはなく、ただただ冷たい声で言いました。

「嫌よ。あの家がどうなろうと私の知ったことではないわ」

お母様のこれほどまでに冷たい声、そして冷たい目は初めてです。それほどまでにお母様も怒っている、ということなんでしょう。

まぁ、そう言われてもリリアーナが引くわけがありませんよね。

「な、なんで!?　だってお母様だって住むところが……」

「何を勘違いしているのかわからないけど、私はシャルロットが大変な目に遭っている、と聞いたから来たのよ。別に貴方達二人はどうでもいいわ」

お母様はそう言うと、ゆっくりと私達のいる方に近付いてきました。

……って、お、お母様が歩いている？

だって、今まで歩くことも困難だからベッドの上で生活をしていたのに……でも、目の前ではお母様が優雅に、しっかりと自分の足で歩いています。

私が混乱している間に、お母様は私の座っている椅子の近くまで来ると、優しく微笑んでくれました。

「よく今まで頑張ったわね」

リリアーナのせいで一度は引っ込んでしまった涙でしたがまた溢れ出そうになりましたよ。

でも、今泣くわけにもいかないので、グッと堪《こら》え笑い返します。

「お母様のおかげです」

そう言って微笑むと、一瞬驚いた顔をしながらも、また優しい笑みを返してくれました。お母様のこの笑顔が幼い時から大好きなんですよね。そんな和やかな空気を壊す人が……。

「ちょっとお母様!?　なんでお姉様の味方なのよ！」

これには本気でイラっときましたよ。しかも、お姉様の味方、とか言うけど、自分の味方になってほしいならそれなりの態度を取れば良かったじゃないですか。

「なんで、って……だって私の娘だもの」

「だったら私だってお母様の娘じゃない！　助けてよ！」

まぁ、そういう主張をしますよね。でも、この状況で二人とも助けるとか無理な話ですよね。

そう思ってお母様を見ると、リリアーナに対する瞳が鋭いものに変わっていることに気付きました。

これには流石《さすが》のお父様も気付いたみたいで、「や、やめろ！　リリアーナ！」とリリアーナのことを止めていますね。もう遅いと思いますけど……

そんな私の考えは大正解で、お母様は大きくため息をつくとお父様を睨《にら》みつけました。

「その年になっても何も聞いていないのね。いや……都合の悪いことだから、と黙っていたのかしら？」

お母様が何を言おうとしているのか、大体察しがつきますよ。

だって、つい最近手紙で知りましたし。

でも、リリアーナは何もわかっていないから、キョトンとした顔をしてお母様を見つめているだけです。

「お前もやめろ……」

お父様はお母様のことを止めていますが、止まるわけがありませんよね。

お母様は、はぁ……とため息をつくと、リリアーナを見つめて告げました。

「貴方は私の娘ではないわ。その人の浮気相手の子供よ」

これに対してリリアーナは、何を言っているの？　というような表情をしていますが、事実なんですよ。

改めて見ると、確かにリリアーナは可愛らしいですが、お母様にもお父様にも、私にも似ていません。本人はどう思っていたのか知りませんが、目の色も、髪質も、顔立ちも一人だけ違うんです。

呆然としているリリアーナと、膝から崩れ落ちてしまったお父様を横目に、お母様は過去の出来事……私達が生まれる前と後のことをゆっくりと話し始めました。

ここからは、お母様がリリアーナに教えたことと、私が手紙で読んだことを交えて説明しますね。

まず、お母様とお父様は政略結婚だった、というのは私も聞いていますし、珍しいことではないので驚きません。

でも、お父様は美人で優しくて、賢くて、同年代の貴族達から人気者だったお母様のことが、とにかく気に食わなかったみたいなんです。あ、この美人で人気者だった、というのは、マリアンヌの母親であるクリストファー侯爵夫人から聞いた話なので、お母様が自分で言ったわけではないですよ。

今思うと、お父様はこんな性格なので友人と呼べる人がいなかったんでしょうね。だから、人気のあるお母様を妬《ねた》んでいたんでしょう。その証拠に、お父様の友人を一度も見たことがありませんし、存在も知りません。私の知っている限りでは、お父様の友人はゼロです。

……っと、話が逸《そ》れてしまいましたが、人気者のお母様のことが気に食わなかったお父様は、お母様に向かってこんなことを言ってきたらしいんです。

「子供が一人生まれればお前は用なしだ！　子供だけを置いてさっさと死んでも構わない！」

政略結婚とはいえ、あり得ないですよね。

まぁ、そんなお父様をお母様が好きになれるわけもなく、子供が生まれるまでの辛抱だ、もし耐えられなかったら離婚して実家に帰ろう、と思っていた時に、早い段階で私を妊娠していることがわかったみたいです。

お母様はそれはもう喜んでくれたみたいで、お父様にも嬉々として報告したそうですが、お父様には「ふざけるな！」と怒鳴られたらしいんです。

当時のお母様は、子供が出来れば解放してもらえる、と思っていたので、なんで怒鳴られているのかわからず、何故お父様が怒ったのか理由を知ったのは、私が生まれて二年後だったとか。

お父様は結婚してすぐに愛人を作っていたみたいなんですよね。

しかも、お母様は子供が出来ない身体であると吹聴して追い出し、愛人と再婚しようと考えていたみたいで、それを決行しようと思っていた矢先に、お母様の妊娠がわかってしまったものですから怒っていた、ということらしいんです。

ここまで聞いて、話の流れ的にもうわかると思いますが、その愛人というのがリリアーナの本当のお母様なんです。現在、愛人は消息不明みたいですが、娼婦の人で、濃いめの化粧に派手なドレス、男性の扱いも上手いのでお父様は骨抜きにされていた、とお母様が教えてくれました。

ちなみに、我が家が金銭的に厳しくなったのも、最初はお父様が愛人に貢いでいたのが原因だった、と聞いていますよ。

さて、ここからはお母様が何故自由が利かない体になってしまったのか、について説明しますね。実は、お母様は伯爵家に愛人を住まわせてもいい、とお父様に言ったみたいなんです。

ですが、リリアーナの母親は、愛人、という地位に納得出来なかった。

まぁ、そうですよね。貴族の夫人になって、娼婦から一発逆転、と思っていたところを愛人なんですもの。パーティーに一緒に参加出来るわけもなく、お茶会だって愛人だから、と白い目で見られるような生活。豪華な暮らしを夢見れば夢見るほど納得出来ないでしょう。

お父様だって、政略結婚したお母様よりも、リリアーナの母親の方を妻にしたい、と強く願っていた、といった内容がお母様の手紙に書いてありましたし。だったら最初からお母様と結婚しなければ良かったのでは？　とも思いましたが、そうはいかなかったんでしょう。

はぁ……そんなのがリリアーナの両親、と考えると、自分勝手で我儘《わがまま》なリリアーナの性格にも納得出来ますよ。

そんなおバカさん二人が考えることなんて、大体想像出来ますよね？

お母様のことを殺して、後妻に愛人を迎え入れようと企んだみたいです。今後の話をしたい、とお母様とお茶を飲んで話をすることにして、こっそりお茶の中に毒を入れたんですって。

しかも、お母様は意識を失う時にお父様と愛人の嬉々とした声が聞こえてきたそうです。

「これで邪魔者はいなくなったな」

「ええ！　私も貴族になれるのね！」

これは本当に胸糞が悪かった、と手紙に書いてありました。その部分の文字が、少し乱れていたので当時のことを思い出してお母様も気分が悪かったでしょうね。

私に全てを教えるためとはいえ、つらいことも書かないといけなかったお母様のことを思うと、なんだか胸が苦しくなります。

そう思いながら、リリアーナに説明しているお母様を見ると、表情はとても真剣で、でもどこか怒りを帯びているような、そんな気がしました。

一方、リリアーナはお母様の話を大人しく聞いているみたいですが、信じられない、という思いが伝わってきますね。

お父様は顔を真っ青にして下を向いていますし、マリアンヌとクリストファー侯爵からは「いくら政略でもあり得ませんわ……」「多少の話は聞いていたが酷すぎるな……」と呟いているのが聞こえてきます。

あ、お母様が何故毒を飲んだのに生きていたのか、ということですが、マリアのおかげで無事だったみたいなんです。当時のマリアは、お母様の専属メイドというわけではなかったんですが、お父様の様子がおかしい、と何となく思ったマリアがお父様と愛人を監視していると「いつ決行する？」「やっぱりお茶に混ぜるのが一番自然だと思うのよ」という話を部屋でコソコソ話しているのを聞いてしまったんですって。

ただ当時のマリアは新人のメイドだったし、メイド長に言っても信じてもらえない、と思って、ポケットの中に必ず解毒剤を入れておくようにした、とのことでした。

「解毒剤の量よりも毒の量が少し多かったみたいで、全ては取り除けなかった。でも解毒剤のおかげで数日間、高熱で寝込むだけで命に関わることはなかった」

手紙にそう書いてありましたね。

マリアは解毒剤が足りないことを悔いて、そこからお母様の専属メイドに名乗りを上げたみたいですが、お母様がこうして生きているのはマリアのおかげです。本当に、感謝してもしきれませんよ。

さて、お母様が生きている、とわかった愛人はまだ生まれていないリリアーナと一緒に、伯爵家を出ていったみたいです。貴族になったら贅沢が出来る！　と思ってお父様に近付いただけで、お父様に対して愛情はなかったんでしょう。まぁ、愛情があったら最初から夫人じゃないと嫌、なんて言いませんしね。

ですが結局は一人で子供を育てることが出来なかった元愛人さんは家の前に「貴方の子供が生まれました」という置手紙とリリアーナが放置してあった、というのが過去の話らしいです。

手紙では、省略されていたところがあったので、お母様の口から全てを聞いた時は言葉を失いましたよ。

話を聞き終わったリリアーナは、というと、まだ信じられない、という様子でお母様に尋ねます。

「え……？　ということは、私は娼婦が母親だってこと……？」

「ええ、そういうことよ。しかも私を殺そうとした人ね」

そう答えたお母様は今まで見たこともないような、憎々しい視線をリリアーナに向けました。

まぁ、自分を殺そうとした人の娘、なんて可愛がれませんよね。助けて、なんて言われても絶対にごめんですよ。

ですが、そんなお母様に対してリリアーナは、兵士達が前にいるにもかかわらず、駆け寄ろうとしました。

「で、でも！　そんなの私は知らなかったからっ！」

リリアーナが動いたせい……といったら可哀想かもしれませんが、急に動き出したので一気に異臭が部屋の中に広がりましたよ。これには流石《さすが》にリリアーナ以外の全員が顔を歪ませています。

リリアーナ自身はどんな臭いなのかわかっていないようで、皆が顔を歪めているのに対しても「失礼じゃない！」と叫んでいますけどね。でも、本当に凄《すご》いんですよ。

なんて思っていると、お母様はハンカチで鼻を押さえながら鋭い視線をリリアーナに向けました。

「リリアーナがシャルロットを追い出した時、いつかはやると思っていたわ。だって、あの人の娘ですもの。性格も顔もそっくりに育ってしまって……」

話を聞く限り、リリアーナはお父様と愛人さんのいいところと悪いところを絶妙に受け継いでしまっています。それに関してはリリアーナが悪いわけではありませんが、お父様が甘やかして育てた結果ですよね。

マリアンヌもクリストファー侯爵も、お母様の言葉に頷《うなず》いています。

「し、知らない……私はそんなの知らなかったわ！」

「でも、今知ったわよね？　これで、私が貴方達のことを助けたくない理由もよくわかったでしょう？」

必死に自分は悪くない、ということにしたいみたいですがお母様にそう言われて、もう言い返すことも出来ません。だって、何を言ってもお母様はリリアーナのことを助ける気なんて起きないんですから。

そう思っていると、リリアーナは絶望したような表情をしながら、今度は兵士達に両脇を抱えられているお父様に必死に助けを求め始めましたね。

「お、お父様！　何か言って下さいよ！」

なんだか一気に大人しくなったので、部屋の中にいることを忘れていましたよ。

お父様は何やらブツブツと呟いています。

「もう無理だ……まさかこいつがこんなところまで来るなんて……」

うーん……なんだか気持ちが悪いですね。

「俺が平民なんてあり得ないだろ……いや、だが平民になればまた彼女と……」

彼女というのはリリアーナの母親のことでしょう。平民になったお父様が娼婦に相手をしてもらえると？　自分が夫人になれないとわかった途端、お父様を捨てた人ですよ？

きっと現実逃避でもしないとやってられない、と思ったんでしょうけど、夢を見すぎですね。

なんて思っていると、そこにお母様の驚いたような声が聞こえてきました。

「え？　まさか、貴方は自分が平民になると思っていましたの？」

これには私も驚きましたよ。

だって、爵位剥奪されたら当然平民になりますよね？

それとも……もしかして、お母様が何かして、男爵くらいの地位はもらえることになった、とかでしょうか？　そう思ってパッとお父様を見ると、さっきまで絶望的な顔をしていたのはどこへやら、顔をパァっと明るくさせてお母様に近付いてこようとしています。

「違うのか？　ま、まさか爵位剥奪の話はなくなったのか!?」

当然、兵士に止められて無理でしたけど。

でも、本当にどういうことでしょう？　だって、貴族じゃなくなったら平民になる、というのは一般的で……あ、もしかしたらもっと酷いことをしていたから強制労働させられるとか、そっちの意味？

「何を言っていますの？」

再び扉の方から、声が聞こえてきました。

全員がパッと声のした方を見ると、そこにはクリストファー侯爵夫人が立っていて、手には何枚かの紙を持っていますね。お母様が応接室に入ってきた時、そろそろ来るとは思っていましたが、こんな最終局面のようなタイミングで来るとは……。なんだか主役みたいでカッコいいです。

なんて思っていると、夫人はゆっくりと私達の方に歩いてきてお母様の隣の席に座りました。

「遅くなって悪かったわね。資料をまとめていたら時間がかかってしまったわ」

さりげなくリリアーナも夫人についてこようとしていましたが、兵士に止められていたので笑いそうになってしまいましたよ。

まぁ、隣のマリアンヌは「ぷっ……」と軽く噴き出してしまっていましたが。

夫人が席に着くと、マリアンヌがすぐに声をかけます。

「お母様！　話し合いには参加しないと思っていましたわ」

「誰もそんなことは言ってないじゃない。アルトと一緒に色々とやることがあったのよ」

夫人はそう言いながら、手に持っていた紙を私達に手渡してきました。なるほど……これをまとめるのに時間がかかっていたんですね。それにしても、アルト様まで我が家のこんな話に巻き込んでしまったとか、本当に申し訳ないですね。アルト様の婚約者を探すのが忙しい、と言っていたのに。

「これは……？」

そう尋ねる私の横で、マリアンヌはすでに手渡された紙の内容を読んでいるらしく「まぁ！」なんて驚いています。えっと……読んでもいいんですよね？

そう思って夫人を見るとなんだかいたずらに成功した子供のように、歯を出してニッと笑いました。

「面白いことが沢山書いてあるわよ」

本当は夫人が歯を出すなんてあり得ない笑い方なんですが、今はなんだか夫人のその笑顔に心躍るような、ワクワクとした、そんな気持ちになりましたよ。

夫人に手渡された書類を読んでみると、黒……いや漆黒とでも言えばいいんでしょうか？

想像出来ると思いますが、夫人に手渡された紙には今までお父様がしてきた悪行が箇条書きで書かれていたんです。

えーっと？　人身売買？　いつの間にそんなのをやっていたんでしょう？　それから税金の横領。関税を不当に増額。あ、娘に虐待、というのもありますね。それから妻を殺害しようと試みる、というのまでしっかりと書かれています。

虐待と殺人未遂に関してはしっかりと証拠もついていますね。毒を手に入れた日付、場所、名前……あ、あとリリアーナの親に関しても少しですが書かれてあります。

現場を見ていたわけではありませんが、読んでいるだけでお父様に嫌悪感を覚えるほどの内容ですね。これを作った人がいかにお父様のことを嫌っているのか伝わってきますよ。

なんて思いながら、読み終わった紙を机の上に置くと、私よりも先に皆が読み終わっていたみたいでマリアンヌの紙はアンナに手渡されていました。

「さて、証拠もしっかりと揃っている以上、ただ爵位が剥奪されて平民になる、だなんて甘いことはしませんわ」

夫人がスッと椅子から立ち上がってお父様の目の前に、私達が見たものと全く同じ紙を突きつけました。ついでに、近くにいたリリアーナにも、今までの悪行が書かれている紙を手渡します。

「な、何よこれ……こんなの私は知らないわ！」

紙を読んだリリアーナは顔を真っ青に変えてそう叫びましたが、知っていたら黙認していた、ってことで無事では済まされなくなりますよね。

「まぁ、事件には関わっていなかったから、貴方は修道院送り、くらいで済むんじゃないかしら？」

夫人はそう言うと、小馬鹿にするような、そんな笑みをリリアーナに見せました。

まぁ、そんな風に言われて黙っている人じゃないですよね。

「は、はぁ？　なんで私が修道院なのよ！」

今度は顔を真っ赤にして叫んでいます。

正直、リリアーナには営業妨害をされたので、修道院どころか牢屋の中に入っていてほしいくらいなんですよ？

顔を真っ赤にして叫んでいるけど、この部屋の中にリリアーナの味方をする人なんているわけもなく、全員が冷めたような視線を送っています。もちろん、それは私も同じで、今までされてきたこと、今回のリリアーナの言動を考えると同情も何もしませんよね。ただただ冷ややかな視線を送ることしか出来ません。

「そうやって私をバカにして楽しい!?　本当に性格が悪いわね！　お父様も！　いい加減に正気に戻りなさいよね！」

リリアーナはもうどこに八つ当たりしたらいいのかわからなくなっているみたいで、ついにお父様にもそんなことを言ってしまいましたよ。さっきまで、お父様に対して恐れて何も言えなかったリリアーナはどこへやら、って感じですよね。

無言でリリアーナの様子を眺めていると、誰も反応しないのに腹が立ったのか何なのかはわかりませんが、手に持っていた証拠ともいえる調査書を豪快に破《やぶ》き始めました。

「何よ……何よ何よ！　こんなもの！」

そんなことをしても、私達の手にも同じものはありますし、無駄なんですけどね。

今はそんなことを考えている暇もないほど必死、ということなんでしょう。

そう思っていると夫人は苛立っているリリアーナを煽るようにニヤニヤと笑っていますね。

「あら？　破《やぶ》いても無駄よ？　他にも沢山用意してありますもの」

しかも懐から本当に私達が持っているものと同じことが書いてある紙を十枚ほど取り出して、ひらひらとリリアーナに見せつけるように持っています。

これは、短気なリリアーナですから相当腹を立ててるんじゃないでしょうか。

そんな私の考えは大正解で、リリアーナは夫人のことを思いっきり睨《にら》みつけた後に叫びました。

「うるさいっ！」

そうかと思えば、何と近くにあった花瓶を持ち上げ、床に向かって思いっきりぶん投げたんです。

うわぁ……よくそんなことが出来ますよね。しかも他の人の家で。

リリアーナの足元には投げた花瓶が粉々になって散らばっていて、飾ってあった花も無残にリリアーナに踏みつけられているのが見えたので、つい声を出してしまいました。

「あー……やっちゃったね」

一部始終見ていたマリアンヌも便乗するかのように苦笑しています。

「あらまぁ……あれ、お父様のお気に入りの花瓶ですわよ？」

これには反射的に「え!?　そうなんですか!?」とクリストファー侯爵を見ると、なんだか悲しそうに苦笑した後に「あぁ、いい金額だったが気に入って買ったんだ」と言ったのを聞いて胸がキュッと締め付けられるような感覚になりましたよ。

本当にお気に入りの花瓶だったんですね……。まさかこんなに沢山ある調度品の中からピンポイントでお気に入りのものを壊すなんて、最悪すぎます。

そう思っていると、状況が読めてきたのか徐々に顔色を悪くしているリリアーナに、夫人が首を傾《かし》げます。

「お金もないのに人の家のものを壊して、どうやって弁償するつもりなのかしら？」

そしてまるで追い打ちをかけるようにお母様がクスッと笑っています。

「あら、大丈夫よ。少しは家にお金が残っているからそれで払ってもらえばいいだけだもの」

この二人……絶対にコンビを組ませたらいけない人達だったんですね。怖すぎますよ……！

空気の読めないリリアーナも流石《さすが》にこの状況がいかにまずいことなのか理解したみたいです。

「こ、これは……て、手が滑って……」

「手が滑った割には、随分と豪快に割りましたわよねぇ」

夫人の言葉で、何も言い返せなくなっていました。

はぁ……甘やかしすぎた結果、としか言えないですね。思わずため息をつきました。

「これ以上話すこともないし、また我が家のものを壊されても迷惑だ。そろそろ追い出してくれ」

クリストファー侯爵がそう静かに言ったのが聞こえてきました。

確かに、クリストファー侯爵が言う通り、これ以上話すこともないですし、話をするだけ無駄ですね。

それにお父様はあれだけ意気揚々と現れたにもかかわらず、今では戦意喪失しているみたいですし。

なんて思っているうちにもお父様とリリアーナは部屋の中にいた兵士達に連れられて応接室を後にしました。

リリアーナは最後まで「ちょ……店は私がもらうんだから！　離しなさいよ！」と騒いでいましたが、お父様は今までやってきた悪事が全てバレていることが相当衝撃的だったんでしょう。されるがまま、という様子で最後は何も言うことなく連れられていきました。

あ、ちなみに最後にあの二人に向かって挨拶をしましたよ。

「私と縁を切ってくれてありがとうございます。おかげで私は今、幸せです」という挨拶を、満面の笑みで。

流石《さすが》のリリアーナもこれを言われたら何も言い返してこなかったですよ。一応私の思いをしっかりと伝えることが出来たので、個人的には満足です。

まぁ、クリストファー侯爵はそうではないと思いますけど。そう思いながらチラッとクリストファー侯爵を見ると、悲しそうな顔をして粉々になった花瓶を片付けているメイドを眺めています。

私がここで話し合いをする、なんて言わなければあの花瓶は壊れなかったのに。

そう考えるとなんだか申し訳ない気持ちでいっぱいになります。

クリストファー侯爵に、なんて声をかければいいのか、と黙り込んでいると、夫人がクリストファー侯爵の背中をバチーンっ、という大きな音をさせて叩きました。

「物はいずれ壊れますわ！　そんなにウジウジとしても仕方ないですわよ！」

お、思った以上に豪快ですね。

それだけでクリストファー侯爵の諦めがつくと思えませんが……

「そ、それもそうだな」

何と、クリストファー侯爵はそう言って、悲しそうな顔をしてたのとは一変して真剣な顔に変わりました。長年夫婦でいるだけありますね。

そう思っていると、真剣な顔をしたクリストファー侯爵が話しかけてきました。

「今後、どうするつもりなんだ？」

今後、ですか。私としては普段通りに店を営業する、としかいえないんですが……なんて思いながら夫人を見るとお父様の悪事が書かれている紙をひらひらとさせました。

「まず、これを陛下に持っていきますわ。どんな判断を下すのかはわからないけど、陛下だったらしっかりと判断してくれると思っていますもの」

それは私も賛成なので、夫人の言葉に頷《うなず》いているとクリストファー侯爵も夫人の言葉に頷《うなず》きながら、今度はお母様に質問しましたね。

「伯爵家がなくなったら夫人はどうするつもりなんだ？　実家に帰るにも兄夫婦達もいるだろう？」

確かに、実家に帰る、というのは現実的ではありません。伯父様がいますし、それに私と同い年くらいの子供達もいますからね。

そう思ってチラッとお母様を見ると「その件については大丈夫ですわ」と言ってお母様も私のことを見ました。

これって……

「もしかしてお母様……」

「いいでしょう？　シャルロット」

お母様はそう言って、いつも通り優しく微笑んで首を傾《かし》げています。

こんなの断る理由もありませんよ。

「も、もちろん！」

すぐさまお母様に返事をすると、それを聞いていたアンナも嬉しそうに頷《うなず》いています。

「戻ったらすぐに部屋を用意しないとですね」

良かった……これで何の問題もなくお母様と一緒に暮らすことが出来ます。

どこまで回復しているのか、についてはわかりませんが、お父様が嫌がっていた医者に診てもらって、それから……と今後やることについて、考えているとマリアンヌがニッコリと微笑んでくれました。

「じゃあ、これでシャルロットも怯えることなく店の営業が出来るってことよね？」

そ、そうでした！

お母様と一緒に暮らせることが嬉しくて、すっかりお礼を言うのを忘れるところでしたよ！

そう思った私は、勢い良く椅子から立ち上がって深々と頭を下げました。

「はいっ！　皆さんのおかげです。ありがとうございます！」

これでやっと店に集中出来ます。本当に……本当に長かったですよ。


あれから一週間後、無事に、と言っていいのかわかりませんが、お父様とリリアーナは爵位を剥奪されました。

お母様はクリストファー侯爵家で話し合いの後、すぐに伯爵家に離婚届を送り付けたので、特に変わったことはありませんでしたよ。流石《さすが》のお父様も諦めたのか、次の日には記入済みの離婚届が届いたので速攻提出していましたしね。

そんなことよりも一番驚いたのは、クリストファー侯爵家に来た時にはもうすでに荷物を持ってきていたんですって。しかも、お母様が侯爵家に来ている間にマリアが荷物を店に持っていっていたみたいで、戻った時には皆で楽しそうにお茶を飲んでいて驚きましたよ。

来るなら来るで、私も一緒に話がしたかったんですけどね。まぁ、その後にお母様も一緒に今までの分を取り戻すかのように沢山話が出来たからいいんですけど。

さて、お父様のことになるんですけど、クリストファー夫人が調べた以外にも沢山の悪事をやらかしていた、ということもありますが、最後の最後にリリアーナを奴隷商に売り飛ばそうとしていたことが発覚したようで、爵位剥奪と同時に牢屋に入れられてしまったみたいです。牢屋の中で一年間、そしてその後には鉱山送りになるのが決まっていて、もう二度と表に出てくることはないだろう、とカイン殿下が教えてくれました。

ミナジェーン殿下にお父様とリリアーナと話し合いをした、と伝えると「なんでそんな面白そうな場に私を呼んでくれなかったんですの!?」と不満げにしていましたが、流石《さすが》にミナジェーン殿下を巻き込むのは違いますよね。まぁ、そうはいっても、話し合いに口出ししたい、とかではなくどんな話し合いだったのかが気になっているだけみたいでしたけど。

なので、大体ですが、こんな感じのことを言っていた、ということを伝えると「家に突撃するべきでしたわ……」と悔しがっていました。

そして次にリリアーナですね。

リリアーナは想定していた通り、修道院に入れられることになったみたいです。しかもこの国で一番厳しく、リリアーナのように問題を起こした令嬢達が送られていく場所と言われているところらしく、もうそれって修道院ではなく矯正施設なのでは？　と思ってしまいましたよ。だって修道院って基本的には神様に祈りを捧げたり労働したりするところ、だと思っていましたし。

なので、話を聞いた後に思わず「なんで修道院というんでしょう？」とカイン殿下に聞いてみたところ「聞こえがあまりよくないだろう？　それに一応修道院と同じで祈りを捧げる時間もあるんだよ」と言って肩をすくめていました。

聞いた話によると、他の修道院ではそのままシスターになるところですが、リリアーナが行くことになった修道院は、神様に今までの行動を懺悔して、本当に反省している、ということがわかったら外に出ることも出来るみたいです。そうは言っても絶縁されて修道院に、という人も多いので、そのままシスターになる、という人の方が多いみたいですけどね。

リリアーナは……どっちを選択するんでしょうか？

それから、最後にヤンヌ様についてなんですが、どうやらリリアーナと婚約破棄した後、家からは半絶縁状態で学園でも孤立しているらしいです。一応学園は卒業しますが、その後はどうなるか皆もわからない、という状況みたいですね。

正直、三人とも同情は出来ませんが、今までの自分の行いが返ってきた結果、と思いましょう。

なんて思いながら出来上がったばかりのドレスを眺めていると、店の方からエルマの声が聞こえてきました。

「シャル様！　ドレスの受け取りが来ましたよ！」

「わかったわ！」

受け取りの時間にピッタリですね。返事をして店内を覗くと、今日もいつも通り依頼をしに来たお客様が沢山待ってくれています。あれからまた新規のお客様も増えてきて、ここ一週間は常にバタバタとしていますよ。

店のこともいいですが、これからはもう少し恋愛とか、プライベートの方も、とか思うんですけどね。

なんて思っていると、作業をしているアンナがニヤニヤしながら聞いてきました。

「そういえば、明日はルイス殿下とデートですよね？」

そうなんです……実は三日前くらいに急に手紙が届いて一緒に王妃様のプレゼントを選んでくれないか、とお誘いを受けているんです。

「ち、違う！　デートじゃなくてお出かけをするだけよ！」

顔が少し熱くなった気がしますが、きっと気のせいだと信じて、アンナにそう返事をすると、話を聞いていたお母様までアンナの言葉に便乗し始めましたね。

「あら？　私もそれはデートだと思うんだけど……」

実は、お母様も服作りに興味があった、とのことで無理をしない程度に手伝いをしてもらっているんですが……手にはしっかりと依頼の布を持って、ニヤニヤしながら私のことを見ていました。

「もう！　からかわないで作業して！」

そう言ったものの、やっぱりパーティーの一件以来ルイス殿下を意識してしまいますよ。

いや……でも、深い意味はないはず！

そう思いながら、頬に手を当てて顔の熱を冷ましていると「シャル様！　早くして下さーい！」というエルマの急かす声が聞こえてきました。

見ると依頼人がソワソワとして落ち着かない様子で私が来るのを待っているんですが、一緒に私を待っているエルマまでウロウロしながら待機しています。

そんなエルマをクスッと笑ってから、お客様の元へと急ぎました。

書き下ろし番外編

私が記憶を思い出した日

「シャルロット！　見て下さいませ、このドレス！　今回のパーティーのためにお父様が特注で注文して下さいましたの！」

そう言って私の前に現れたのは、幼馴染のマリアンヌ様（七歳）でした。マリアンヌ様の家は爵位が高いこともあってお金持ちで、私が一生かかっても着ることの出来ないようなドレスを着てきては、毎回私に見せつけてきます。

羨《うらや》ましいと思う反面、自慢したいのだな、と思うとなんだか微笑ましさも感じ、私はマリアンヌ様がドレスの自慢をしてきたら褒めることを徹底していました。

今回もいつものようにマリアンヌ様が満足出来るような言葉を並べようとドレスに視線を向けましたが……あり得ません。

マリアンヌ様は可愛いというよりも綺麗と言う言葉がぴったり当てはまるような人なのに、黄色のフリルがふんだんに使われた私の妹……リリアーナに似合うようなデザインのドレスを着ていたのです。こんなの、マリアンヌ様の魅力が半減どころか一ミリも伝わりません！　どうして侯爵様はこのようなドレスを選んでしまったのか……そりゃあ、マリアンヌ様ならどのようなドレスでも似合うと思ってのことでしょうけど流石《さすが》にこれには呆然としました。

「そのような明るい暖色系のドレスよりも、マリアンヌ様には寒色系の色の方が似合うと思います。それに、せっかく綺麗なお顔立ちをしているのに、フリルがあまりにも多すぎて台なしのように思いますわ。マリアンヌ様でしたらフリルよりもレースを沢山使って……」

無意識でした。まさか私の身分で、侯爵家のマリアンヌ様が着ているドレスに苦言を言うなんてあってはいけないことですもの。

自分でも口を押さえましたが時すでに遅く、私の発言に対してマリアンヌ様は驚いたような顔をしながら固まってしまいました。そんなマリアンヌ様を見た私は取り繕うように大慌てで謝罪しました。

「も、申し訳ございません！　マリアンヌ様！」

しかし、私の声を聞いてもマリアンヌ様は固まったまま動くことなく、ただただジッと自分の着ているドレスを見つめています。ついさっきまで嬉しそうにしていたのに私のせいでこのような顔をさせてしまった、という事実に、私は必死にドレスを……マリアンヌ様のことを見つめることなくドレスだけをジッと見つめてこう言いました。

「本当に申し訳ございません。本日のドレスもとても綺麗です！　黄色のドレスがマリアンヌ様のお肌にも合っていて……」

いいえ、全く合っていません。マリアンヌ様のお肌の色にこのような明るい原色の黄色なんて全然合いません……ただこのようなことを思うことも初めてなので、さっきの自分の言動と心の声に抗うように続けてこう言いました。

「その沢山のフリルも凄《すご》く可愛らしいです！　それに後ろについている大きなリボンがドレスの可愛らしさを引き立たせていて……」

マリアンヌ様にはあまりにも可愛らしすぎて……心の中と口と全く違う言葉を並べている私の言葉を遮《さえぎ》るように「本当にそのように思っていますの？」という、凛としたマリアンヌ様の声が聞こえてきました。

「私はそのような嘘の言葉で褒められるよりも、ハッキリと意見を言ってくれる方が嬉しいですわ」

マリアンヌ様はそう言うと、少し照れたように髪の毛を手でパッと払うと言いました。

「それに実はこのドレス、私には似合っていないのではと自分でも思っていましたの。

ただお父様が有名なデザイナーに作ってもらったと凄《すご》く嬉しそうに渡してきたから……」

マリアンヌ様は、何かを思いついたように私のことを見つめてきたと思ったら、

「そうですわ！　シャルロット、貴方が一度デザインしてみない？　そのデザインをもとにドレスを作りますわ！」

「ど、ドレスのデザインですか⁉」

あまりに突拍子もない提案に、思わず大きな声で聞き返してしまいました。だってまさかそのような提案をしてくるとは思ってもいなかったですし、そもそもドレスの知識なんて全くありません。今までの私なら絶対にこのドレスをこれでもか、というほど褒めていたと思います。なので、マリアンヌ様からの提案はとても興味がありますしやってみたい、と思いましたがお断りするしか……

「あれほどまでに私が感じたこのドレスの違和感を的確に言い当てたのですもの！　シャルロットの言う通りのドレスを作ったら、きっと私に似合うものが出来ると思いますわ！」

目をキラキラと輝かせてそう言うマリアンヌ様には本当に申し訳ありませんが、

「……私なんかがマリアンヌ様のドレスをデザインだなんて……それにさっきは本当に無意識に言ってしまっただけですし……」

そう言ってこの話を終わらせようと思いました。

「これは私からのお願いですわ。だから断わってくれても一向に構いませんが、シャルロットなら出来ると信じていますわ」

しっかりと私の目を見たマリアンヌ様にそう言われると、「わかりました」と返事をするしかありませんでした。

それからの私は今までにないくらい、とにかく服飾関係の資料を沢山読み漁りました。せっかくマリアンヌ様が私に期待してお願いしてくれたんですもの！　出来ることなら今の流行や主流のデザインを取り入れた上で、マリアンヌ様の魅力が最大限に伝わるようなドレスをデザインしたいと考えたからです。

とはいえ、この前の出来事はやっぱり偶然でしかなかったのか、デザインが思い浮かぶことはなく、私の目の前には沢山の紙と資料が積まれているだけ……という、他から見ると何をしたいのか理解出来ないような状況になっています。必要なものを揃えたらこうなってしまっただけなんですけどね……

頭の中に浮かんできたデザインを描けばいいと思って大量の紙を用意しましたが、まさか全然思いつかないとは考えてもいませんでしたし……そう思いながら資料に描かれてあった定番のドレスの形を紙に描いていると、ふと扉の方から「お嬢様……一体何を?」という声が聞こえてきました。

視線を向けるとそこには私の専属メイドのアンナが立っていて、手元にはお茶の準備がされてあるワゴンがありました。

そういえば、そろそろお茶の時間だったわね。集中していて全く気が付かなかったわ。

私の目の前に大量の紙がある、という今まで見たことがない光景にアンナは目を丸くして首を傾《かし》げています。そんなアンナについ先日のマリアンヌ様の屋敷での出来事を話すと「お嬢様がデザインを?」と何故か顔をパァっと明るくさせて駆け寄ってきたと思ったら、私に確認を取り机の上にある紙をニコニコしながら見つめ始めました。

そんなアンナに、思わずどうしてそんなに嬉しそうにしているのか聞いてみました。

「だって、お嬢様は凄《すご》くセンスが良いと思っていましたし……今日のドレスだって一年前に買ってもらったものをご自分で手直ししたのですよね?　以前よりも素敵なデザインになっていると思います!」

満面の笑みでそんな言葉が返ってきたのです。

それは……お父様がリリアーナにばかりお金をかけるので、私のドレスは自分でどうにかしなければいけなかったからで……私だってやりたくてやっていたわけじゃないわ。

……あれ？　ドレスの手直し？

そういえば、どうして私は貴族令嬢には絶対に出来ないようなドレスの手直しが出来るのでしょう？

初めて針を手にした時も、何故か手が勝手に動いてくれたおかげで問題なくドレスを手直ししてアンナを驚かせました。

マリアンヌ様の屋敷での件も含めて、もしかして私には自分でも知らない何か特別なものがある……いや、そんなおとぎ話のような話あり得ないですよね。

だって私は何の特徴も特技もない落ち気味の家の令嬢ですし、何より今だってマリアンヌ様に頼まれたデザインが一つも思い浮かんできません。目をキラキラと輝かせているアンナにはなんだか申し訳ないですが全て偶然です。

一度浮かんできた考えを隅に追いやって、思わずフッと笑みをこぼして机の上の紙に視線を移した途端、急に目の前が真っ白になったかと思ったら、頭の中に膨大な映像が流れ込んできました。私が今まで経験したことがないようなことも……鮮明に、まるで自分が経験したかのようにです。

それと同時に今までどうして浮かんでこなかったのか不思議なくらいに大量のデザインが浮かんできました。あまりの情報量の多さに思わず頭を抱えて膝をつくと、私の異変に気付いたアンナが心配そうな顔をしているのが視界に入ってきます。

今の……沢山の布に服のデザイン？　それに資料には載っていなかった形の服、見たことがない機械、とにかく色んなものがありました。

……もしかして本当に私は他の人とは違う何かがある？　だって今見た映像が夢だとは思えないほどリアルすぎます。それに前世の記憶を持ったまま生まれてくる人が存在すると本で読んだことがあります。

もしかして、これが私の前世の……いや、もしそうだとしても私の何かが変わるわけではありません。

今私がやることは、やりたいことはただ一つです。

今すぐこの頭に浮かんだ膨大な量のデザインを描きたい。その衝動にかられた私は心配そうな顔をしているアンナを横目に、机の上の紙にデザインを描き始めました。

それから一週間後、私は完成させたデザイン画を持ってマリアンヌ様の屋敷を訪れました。

前世の記憶？　で合っているのかわかりませんが、あの日以来私の中で衣服関連のことだけは明らかに変わりました。ドレスをどのようにリメイクするかなどと考えるようになったのです。今までは仕方なく手直しをしていただけでしたが、今ではどのように作り変えるかを考えるのが楽しくなり、マリアンヌ様のデザインを考えながら、自分のドレスのデザインまで考えてしまいました。

これがまた凄《すご》く楽しいんですよね……ドレスによって生地も違いますし、リメイクだとなるべく気付かれないように工夫をしながら組み合わせていくのが本当に……あ、いけません。今はマリアンヌ様のデザインが最優先ですね。

私の正面に座るマリアンヌ様は今日もとても綺麗なお顔をしていて……ただドレスは物凄《ものすご》く濃いピンクのフリフリ……今回も侯爵様は有名だからという理由でマリアンヌ様のドレスを選んだのでしょうね。

私は心の中で一度咳払いをした後に、

「お気に召すかどうか……」

そう言って、マリアンヌ様の目の前に一枚の紙を差し出しました。

これは何度も何度も手直しを加えて、昨日の夜にやっと完成した自信作です。

「そんなの関係ないですわ。私はただシャルロットが一からデザインをしたものが見てみたかっただけですもの」

マリアンヌ様はそう言うとデザイン画を上から下までジッと見つめた後、顎《あご》に手を当て少し考え込むような表情をしました。

私のデザインはそのままでは通用しないのでしょうか……やっぱり手直しや修正をされるのは当然で……そんな不安を胸に言葉を待っていると、マリアンヌ様が手をパンパンと二回叩いて近くにいたメイドにこう言いました。

「私の次のドレスのデザインはこれがいいわ。すぐに作らせてちょうだい」

不安でいっぱいだったのが嘘だったかのように心が軽くなった私が、マリアンヌ様に視線を向けると、マリアンヌ様はさっきまでの表情とは打って変わって満面の笑みを下さいました。

「やっぱり私が思った通りでしたわ！　シャルロット、貴方凄《すご》く良いセンスをしているのね！」

そう言うと、ありがとうと優しく微笑んでくれて、私は思わず涙が出そうになってしまいました。

三週間後、マリアンヌ様は同年代の令嬢達の間で話題になっていました。

それは、マリアンヌ様は無名のデザイナーのドレスを着てお茶会に参加した。侯爵令嬢としてはあり得ないことだ。ということでした。

ただ、その噂はそれだけでは終わらずこう続いていました。

そのドレスは今まで見たマリアンヌ様のどんなドレスよりも美しかった……と。

残念ながらこの噂は上位貴族の中での話だったため、デザイナー本人であるシャルロットの耳に入るのはずっと遠い未来なのでした。

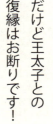

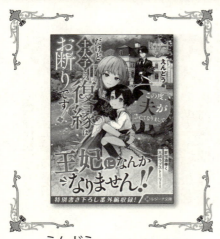

本書は、2022年3月当社より単行本として刊行されたものに書き下ろしを加えて文庫化したものです。


この作品に対する皆様のご意見・ご感想をお待ちしております。

おハガキ・お手紙は以下の宛先にお送りください。

【宛先】

〒150-6019 東京都渋谷区恵比寿4-20-3 恵比寿ｶﾞｰﾃﾞﾝﾌﾟﾚｲｽﾀﾜｰ 19F
（株）アルファポリス　書籍感想係

メールフォームでのご意見・ご感想は右のＱＲコードから、
あるいは以下のワードで検索をかけてください。

アルファポリス　書籍の感想　検索

ご感想はこちらから

レジーナ文庫

実家《じっか》から絶縁《ぜつえん》されたので好《す》きに生《い》きたいと思《おも》います

榎夜《かや》

2024年12月20日初版発行

文庫編集－斧木悠子・森 順子
編集長－倉持真理
発行者－梶本雄介
発行所－株式会社アルファポリス
〒150-6019 東京都渋谷区恵比寿4-20-3 恵比寿ｶﾞｰﾃﾞﾝﾌﾟﾚｲｽﾀﾜｰ19階
TEL 03-6277-1601（営業）　03-6277-1602（編集）
URL https://www.alphapolis.co.jp/
発売元－株式会社星雲社（共同出版社・流通責任出版社）
〒112-0005 東京都文京区水道1-3-30
TEL 03-3868-3275
装丁・本文イラスト－仁藤あかね
装丁デザイン－AFTERGLOW
（レーベルフォーマットデザイン－ansyyqdesign）
印刷－中央精版印刷株式会社

価格はカバーに表示されてあります。

落丁乱丁の場合はアルファポリスまでご連絡ください。

送料は小社負担でお取り替えします。


ISBN978-4-434-34980-5 C0193